講談社文庫

霊獣紀

鳳雛《ほうすう》の書（上）

篠原悠希

講談社

◉目次

登場人物紹介

紫《し》鸞《らん》／シーラン

鸞鳥。聖王守護の
天命を授かる。
出生前にイーグィを見つけ、
鷹に変化して見守る。
十代の少女の姿に
変化することも。

一《いっ》角《かく》／一角麒（炎駒《えんく》）

神獣・赤麒麟。
二百年近く生きた霊獣の仔。
赤金色の鬣《たてがみ》に金の瞳を持つ。
二十代半ばくらいの
人の姿に変化する。
人獣の死や流血が苦手。

朱厭《しゅえん》
猿に似た妖獣で
山神の使い。
人界における
一角の案内役。

イーグィ
鮮卑《せんび》族代国国王の嫡孫。
生まれた時に父は既に亡く、
母が再嫁した第三王子の元で
義兄ふたりとともに育つ。

翠鱗《すいりん》
蛟《みずち》。一角の養い仔。
大秦天王苻堅《ふけん》の守護獣。

青鸞《せいらん》
神鳥。鳳凰。地上で生まれ
た鳳雛を玉山へ導く。

碧鸞《へきらん》
鳳凰。鮮卑族の将軍・
慕容垂《ぼようすい》の守護獣。

イラスト：斎賀時人

霊獣紀

鳳雛《ほうすう》の書

上

第一章　再会と出逢《であ》い

濃藍《のうらん》の天穹《てんきゅう》を横切る、長大な銀河。

天の川に二分された、雲ひとつない冬の澄み切った夜空に、突如として大粒の星が輝いた。一瞬の間もおかず、白い光跡を描いて流れ去る。

「見たか、朱厭《しゅえん》」

興奮気味な青年の声が、澄んだ山の空気を揺らした。

森林の途切れた断崖絶壁の頂に座り込み、星を眺めていた一角麒《いっかくき》は、白い息を吐きつつ、自分の背にもたれて休んでいた使い獣に話しかける。大猿を思わせる妖獣は夜空を見上げ、豹《ひょう》のそれに似た尾を揺らして「ふむ」と小さく相槌《あいづち》を打った。

確かに雲はないのだが、朱厭の目に映る無数の星の瞬《また》きは、どこかぼんやりとしている。銀河すらも、薄墨《うすずみ》を粗悪な紙に滲《にじ》ませたかのように、濁った流れにしか見えない。老いが朱厭の視界を霞《かす》ませているのだろう。だが、それを口にすることは、残り少ない寿命を認めることになる。

「流れ星など、珍しくもない」

興味などない、といった眠たげな口調で朱厭は体を起こした。夜目にもはっきりと浮かび上がる、白い毛に覆われた首を、器用な長い指で掻《か》く。この白い毛も、ここ数年で面積が拡《ひろ》がっていた。全身の体毛にも、そこかしこに白い毛が交じるようになったのは、いつごろからであったか。

赤銅色《しやくどう》の鱗《うろこ》に覆われた一角麒の体は、金属的な光沢の見た目に反して温《あたた》かい。背中は柔らかいと云《い》うほどではないが、鱗の下の筋肉は馬のそれに似て、ほどよい固さがよりかかるのにちょうどよかった。頭頂から長いうなじに沿って生えた赤金色《あかがね》の鬣《たてがみ》は、さらさらと肩へと流れ落ちて、いまのように四肢をたたんで座っていると地面に届く。

二百年近くは生きているであろう一角麒の、艶《つや》やかな鬣の手触りは、ふわりと柔らかい。鱗も一枚一枚が滑らかで、星々の投げかける微細な光にさえ、磨き抜かれた宝石のような煌《きら》めきを弾《はじ》き返《かえ》す。夜も昼も目立ちすぎる艶《あで》やかで美しい獣だが、霊力の豊かな一角麒には、怖《おそ》れるべき天敵はいない。

麒麟《きりん》などの霊獣の仔《こ》は、長く生きることで霊力を蓄え、三百年を生きれば瑞獣《ずいじゆう》、五百年で神獣となり飛行する能力を得て、八百年で仙獣となって仙界にも迎えられ、千年で天界に入ることを許される霊獣となるという。

瑞獣に至るまで生き延びる霊獣の仔はとても少ない。生まれ持った霊力が、その力を欲しがる山界の妖獣を引き寄せ、捕食されてしまうからだ。霊獣の仔、あるいは幼体が霊力を操れるようになるのは百歳前後からで、別の生き物——主に人間——に変化《へんげ》することを覚える。それまでは庇護者《ひご》となる神獣に養われ育てられるか、あるいは幸運にも天敵の手の届かない地の底に潜んで、孤独な長い年月を生き抜く。

一角の生きてきた年月は、本来ならばいまだ瑞獣にも及ばぬ二百年に満たない。人間の年齢でいえば、ようやく二十歳になるかならないかであった。だが、中原《ちゅうげん》を統べるであろう聖王を、その覇業が為《な》されるまで守護するという西王母《せいおうぼ》から下された天命を、およそ半世紀前に果たした功績によって、一角は一足飛びに神獣となった。

ゆえに人間に変化したときの外見は、霊格の高さに応じた落ち着きある三十代以上であるはずだが、内面の未熟さのためか、せいぜい二十代半ばくらいにしか見えない。麒麟の姿にいたっては、一回り大きくなったように思われる他は、朱厭の目には中身も外見も、それほど成長しているようには映らなかった。

この夜もまた、思いつきで朱厭を星見に連れ出したかと思えば、流星が空をよぎるたびに歓声を上げる。

「人界《じんかい》で新しい書物を手に入れたと思ったら、やたらと星を眺めるようになっちまって、天界と通信するやり方でも見つけたのか」

朱厭は冷やかすように言った。一角麒は恥ずかしげに口をもごもごさせて言い返す。

「そんな書物があったら、飛びついてしまうよ。ぼくが通りすがりの商人から手に入れたのは、ただの天体観測記録と、占星術の書だ」

「商人？　偽書《ぎしょ》を摑《つか》まされたんじゃないのか？　本物だとしても、どうせ人間が書いたやつだろ。どれだけの信憑性《しんぴょうせい》があるんだか」

朱厭はふふん、と鼻で笑って、一角麒の鬣を長い指で梳《す》き始《はじ》めた。星明かりで互いの姿は見えるが、さすがに手元は暗い。しかし、二百年近い習慣が培《つちか》ってきた勘と指先の感触で、鬣に絡みついた汚れやゴミを梳き落とす手付きは慣れたものだ。

「それで、今夜の天象は何を意味する？」

無関心な態度ながらも、一角麒の話し相手をすることに不満はないらしく、その夜の観測について意見を求める。

「よくわからない。朱厭の言うとおり、流星は珍しくないし、流れるときは一度にたくさん流れるから、いちいち捕捉しきれない。夜空に二十八もある星宿《せいしゅく》のどれに現れて、どこを通って、どの星官《せいかん》で消えるかまで、ちゃんと観測しないといけないんだ」

「星宿って、なんだ？」

一角麒の話を遮《さえぎ》って、朱厭が訊《たず》ねる。

「天球を二十八に区分けして、その中にある星の群れのことを星宿とか、星官と呼ぶんだ。それぞれ房宿とか、心宿といった名前がある」

「北斗七星とかか？」

夜空を見上げるときに、必ず目にする柄杓《ひしゃく》の形をした星の連なりを、朱厭は口にした。

「まあ、そんな感じ。星官というひとまとまりの星の配置を覚えるのに精一杯で、天象の意味するところまでは、まだ読み取れない」

「じゃあ、見ているだけか」

朱厭はあきれ声で毛繕《けづくろ》いを続けた。

「うん。きれいだし、流星を見つけると気分がいいだろ？」

一角麒のそういう無邪気なところは、神獣に昇格する前とあまり変わらない。

もともと、暦の細かい内容を覚えておくのが苦手な一角麒だ。自分の年齢さえ、正確なところはわかっていない。さらに複雑な星図や占星術に興味を持ったことすら、朱厭にとっては意外であった。

「流星や彗星《すいせい》ってのは、不吉なもんだろ？　見つけて喜んでいいのか」

「それも、現れ方によるらしいね。何日も空にかかる客星や彗星ならともかく、流星はわりとちょくちょく流れているし、一瞬で消えるものがほとんどだ。ひとつひとつの流れ星が示す吉図を見定めるのは、不可能じゃないかな」

「もっと崇高《すうこう》で重要な意味があって、やっているのかと思ったぞ」

朱厭の揶揄《やゆ》する口調に、一角麒は長い鼻をぶるると震わせて嘆息した。

「占星術で翠鱗《すいりん》の行方がわかるかなぁと思ったんだけど、無理だったね」

「星見で失《う》せ者捜しか」

ここのところ、星見のために毎夜でかける一角麒の意図を知って、朱厭は驚きあきれた。

一角麒の養い仔、蛟《みずち》の翠鱗が神獣になるための天命を授かりに、朱厭の案内で玉山《ぎょくざん》を目指して旅立ったのが数年前のこと。途中で冬になり、寒さのために体が動かなくなってしまった翠鱗は、廃村の地下室で冬眠することにした。いったん山へ帰った朱厭が春になって迎えに行ったところ、廃村のあった場所は更地になっていた。翠鱗は冬眠していた廃村ごと、いなくなってしまったのだ。

一角麒と朱厭は、廃村から近い邑《むら》や城市を渡り歩いて捜したが、翠鱗の痕跡はどこにも見つけられないまま、年月は過ぎていく。

つい最近も、一角麒は人界におりて、数ヵ月ぶりに帰ってきたばかりだ。大量に持ち帰った書籍を昼も夜も読みふけっていたかと思えば、理由も言わず毎晩の星見にでかけ始めた。

足で探して見つからなければ、占いで探し出そうというのは、人間の発想だ。とはいえ、神獣であろうと山神であろうと、万能の生き物ではない。どうしても求める答や結果が出せなければ、占いに頼ってしまうこともあるだろう。

「それで、結局なにもわからなかったんだな」

連日の書見と、連夜の星見が無駄な努力と知って、笑う気にもならない朱厭だ。

「翠鱗の行方はわからなかったけど、近々誰かが訪ねてくるかもしれない」

一角麒はしたり顔――馬にも龍にも似た容貌の麒麟に、そんな表情ができるとすれば――で答えた。

星を眺めているだけで、そんなことがわかるものだろうか。どの星をどう解釈すればそういう結論に達するのか、と朱厭は疑問に思った。

そもそも、天象や山海の精怪に関して、人間の書物にはいいかげんなことばかりが書かれていると、常々ぼやいているのは一角麒なのである。

そのような不平を漏らしながらも、山を下りるたびに大量の書物を人界から持ち帰り、棲処《すみか》の洞窟深くに詰め込んでいる一角麒をよく知る朱厭は「ふうん、そうか」と答えるに留《とど》めた。

深山の渓谷を見下ろす断崖の上部に、ぽっかりと空《あ》いた窟屋《いわや》が一角麒の棲処である。その窟屋に、星見の予言どおり客が訪れたのは、その三日後のことであった。

一角麒の守る山を覆う結界に、何ものかの霊気が触れた。翳がひとりでにさざめき、一角麒は即座にその主《ぬし》が誰であるかを悟る。闖入者《ちんにゅうしゃ》を許さない結界は、懐かしい友人に対しては常に開かれているのだ。

一角麒は窟屋の出入り口へと、友人を迎えに出た。

遥《はる》か下方に渓谷を見下ろす窟屋の入り口には、石舞台とでも名付けたい大岩が張り出している。そこへ、幟《のぼり》のようにはためく尾羽《おばね》の先まで含めれば、身丈は一間《けん》半（二・八メートル）に及ぶ青い鸞鳥《らんちょう》が舞い降りた。

「青鸞《せいらん》！」

一角麒の体高と変わらぬ身長を有する巨鳥は、大きく広げた翼を優雅な動作で折りたたむ。空色から濃藍へと色相の変化する、長く優美な尾羽と風切り羽は、日光を反射して虹色に煌めく。一角の記憶にある以前の青鸞よりも、さらに艶《あで》やかな彩《いろど》りの翼となっていた。しばらく会わないでいた間に、青鸞は霊力をいっそう高めたのだろう。

石舞台に着地するなり、青く優雅な鳥はゆらりと藍の影に包まれた。影が晴れると、足下《あしもと》まで裾《すそ》の広がる青絹の漢服をまとった優美な女性が現れる。前髪と側髪を頭頂に集めてゆる《ゆ》く結った髷《まげ》に金の簪《かんざし》を挿し、後ろの髪は結わずに背中へと流している。

「お久しぶり、一角麒。元気そうね」

涼しく柔らかな呼びかけを返す。

相手の変化に合わせるかのように、一角麒もまた赤金色の輝きとともに、胡服《こふく》姿の青年の姿を取った。

「ここは居心地のいい洞窟ね。日当たりがよくて、景色も素晴らしい。そして、秀峰のちょうどいい険しさが静けさを保ってくれる――」

翼がそのまま青絹の曲裾袍《きょくきょほう》と化した大袖《おおそで》を翻《ひるがえ》し、青鸞は空と眼下に広がる絶景へと両手を広げた。陽光を浴びて玉虫色に照り返る大袖は、絶えず谷底から吹き上げる風に激しく煽《あお》られる。

「そこは風が強い。中に入って」

一角の招きに応じて、青鸞は洞窟の内側へと足を踏み入れた。

裾からのぞくのは、青絹に銀糸《ぎんし》の刺繍《ししゅう》を施《ほどこ》した細身の沓《くつ》だ。細工のこまやかな青鸞の沓を一瞥《いちべつ》した一角は、その変化の巧みさに感心した。

初めて会ったときの青鸞がまとっていた、匈奴《きょうど》の貴婦人の衣装を思い出し、一角の頰《ほお》に微笑《ほほえ》みが浮かぶ。

青鸞は神鳥となる以前から、細やかな装飾品や、美しい衣装を出現させることができていた。いっぽう、一角が衣装の形や素材まで自在に変えることができるようになったのは、神獣に昇格してからだ。

これは一角に変化の才能や霊力が足りないためではない。人の姿を取ったときの衣服の色柄や刺繡に、無頓着なためであった。

霊獣の幼体が変化を習得するとき、はじめのうちは最初に目にした人間の容姿と、その衣服しか再現できない。それも、見たままの姿をそっくり写し取るのではなく、自分の成長度に応じた人間の姿になる。人の百年が霊獣の十年に相当することから、百歳の幼体は十歳の童子の姿に、二百歳であれば二十歳の青年に、という具合だ。

変化を覚えたばかりのころの一角麒は、観察していた少年の足下を見落としていた。そのため、後脚で立ち上がった二足に履いていたのは沓ではなく、まして人の足でもなかった。麒麟の蹄《ひづめ》のままであったのだ。このことはいまだに朱厭にからかわれる。

このように、変化は易しい術ではない。

修行のすえ基本的な変化を習得しても、人の姿を昼夜にかかわらず何日も維持する霊力を持たぬあいだは、本物の衣服を入手する必要があった。無限ではない霊力を服装に費やすよりも、そのときに流行している衣服を古着商から購入する方が、よほど簡単ではある。

神獣となってそれなりに年月の過ぎた一角ではあるが、青鸞と異なり、かれが霊力で織り出す衣服といえば、体表の鱗に似た赤一色の、その場に応じて使い分ける漢服と胡服の二種類だけであった。髪の毛にいたっては、鬣がそのまま無造作《むぞうさ》に伸ばした長髪となって、背中を流れ落ちるだけだ。その土地の風俗に合わせて束《たば》ねたり結い上げたりするのは、変化したあとの手作業になる。

外見をつくろうことに興味のない一角麒にとって、簪の細工や沓の刺繡の精緻《せいち》さといった、青鸞の服飾の再現に対する細部へのこだわりには、ひたすら感心させられるばかりだ。

一角に絨毯《じゅうたん》を勧められた青鸞は、腰を下ろすのも待てないといったようすで、用件を切り出した。

「あなたがお捜しの養い仔、蛟の翠鱗を長安《ちょうあん》で見つけたの」

「長安？」

一角は驚いて訊《き》き返《かえ》した。

青鸞は艶然と微笑んで、優雅にうなずいた。

「ええ。長安の空を通り過ぎたときのことです。宮城の太極前殿の屋根に、彫像のようにちょこんと鎮座する蛟がいました」

青鸞は我慢できないといったようすで、ころころと笑い出した。

　一角は唖然《あぜん》として開いた口が閉まらない。一角と朱厭が、華山《かざん》と玉山の間にある街道と近隣の山を尋ね歩き、人里を巡っては井戸の中をのぞき込み、街角の子どもたちの顔をひとりひとりのぞきこんでいたときに、翠鱗は大秦《だいしん》の首都にいて、それも宮殿の屋根の上でくつろいでいたというのか。

　一角はぶふっ、と息を吐いた。これは笑うしかない。

「大秦は何年か前に新しい天王が立ったというけど。そうか、翠鱗はとっくに玉山入りして西王母と会い、自分の天命を見つけたのか。迷子になったと決めつけて捜し回っていたなんて、いらない心配だったなぁ」

　一角自身は、玉山を見いだすのに十年以上を費やした。かれの聖王であった石勒《せきろく》と邂逅《かいこう》を果たすまでさらに十年をかけた。翠鱗はそれを数年でやり遂げてしまったのだ。未熟な幼い獣だと考えていた翠鱗に、してやられた気がする。

　一角は自嘲と感嘆の入り交じった笑いがおさまらない。

「元気そうだったわ。長安に入る前から、宮城に龍気《りゅうき》が立ち昇っているのが見えたので、寄ってみたの」

「龍気が？　翠鱗から？」

　青鸞にも判別できる霊気を発するまでに成長していたのかと、一角はさらに驚いた。一角は龍という獣の生態や成長を詳しく知るわけではない。翠鱗自身ですら、自分が龍に似た妖獣なのか、それとも龍の幼体であるのかを、知らなかったのだ。

「そんな遠くからも判別できる龍気を放っていたということは、翠鱗は本物の龍の仔だったんだな。すごいな。青鸞と翠鱗はどんな話をしたのかな」

青鸞は申し訳なさそうに眉を少し寄せて、首を横に振った。

「鸞の若鳥の渡りを先導していたから、残念ながら話をしている時間はなかったの」

「若鳥？　君には導くべき眷属《けんぞく》がいるの？」

一角の興味は、翠鱗の近況よりもむしろ、青鸞の眷属へと向かう。

生まれてこの方、一角は同種族の麒麟とは出会ったことがない。ときに人界の書籍や絵画に、麒麟を描いたものを眼《め》にするが、角の数や形状は様々で、蹄も牛や鹿のような偶蹄《ぐうてい》であったり、馬のように固い奇蹄《きてい》であったりと、同じ種族名を共有する獣とは思えなかった。

「ええ。でも、瑞鳥《ずいちょう》たる霊力を具《そな》えた鸞はとても少なく、そのほとんどは神鳥に至ることなく寿命が尽きてしまうので、数はとても少ないの。だから、出会うことは稀《まれ》ですけどもね」

「それでも、麒麟や龍よりは数が多いということじゃないか。うらやましいな」

自らを産み落としたであろう親の記憶もなく、物心ついたころには天にも地にもただひとり、兄弟や眷属が存在するのかどうかも知らない一角や翠鱗と異なり、青鸞には親鳥に育てられた雛《ひな》のときの記憶もあるという。

生涯のほとんどを、群れを作らず個体で過ごす虎や熊でさえ、巣立ちするまでは親に養われて過ごすというのに、一角麒は自分がどこでどのようにして生まれてきたのか知らない。山神の英招君《えいしょうくん》に拾われる前のことは、何ひとつ覚えていないのだ。

一角の、自らの眷属に出会いたいという想《おも》いを感じ取ったのだろう、青鸞は霊鳥たる鳳凰《ほうおう》の眷属について語る。

「蛟が必ずしも龍の仔であるとは限らないように、鸞もまた鳳凰の雛として生まれてくるわけではないのです。長じてのち鳳凰になれるのは、鳳凰の卵から孵《かえ》った鸞鳥だけ。鳳凰となれなかった地上の鸞から生まれた雛は、人界では瑞鳥として喜ばれるけど、霊力はなく一生鸞鳥のまま決して鳳凰にはなれない。龍ならざる蛟といった龍の九種が、何百年生きても龍にはなれないように」

どのような種に生まれつくかで、誕生したときにすでに命運が定まっている。残酷な話である。

「ただ、地上の鸞には稀に、鳳凰の血が顕《あらわ》れることがあります。霊力を具えて生まれた雛は、修行次第では神鳥や仙鳥の境地にいたることもできます。ただ、霊力のない親鳥にかれらを導くことはできませんから、そうした鸞を見つけ出して、天地の理《ことわり》を教え、必要であれば玉山を目指すよう導くのが、神鳥となったわたくしの務めでもあります」

麒麟や蛟と違い、鸞は翼が生えそろえば空を飛べる。ゆえに西王母の課す天命を果たして、飛行のできる神獣となる道を急ぐ必要がない。だが、それでも青鸞のように玉山に登る鸞鳥はいるという。

「稀にですが、鳳凰の卵が地上で孵ることがあるのですよ。天界や仙界の巣から盗まれることもあり、あるいは地上を旅していた鳳凰が、たまたま途上で産み落とすことがあったり。後者の場合、ほぼ確実に鸞の巣に置き去っていくのですが、親の鸞には雛の区別がつかないそうです。ただ、長じるにつれて、霊力の違いが明らかになってきますから、こうした鳳凰の雛を見つけては導き手となり天に還《かえ》すのも、神鳥や仙鳥の役目なのです」

鸞が玉山を目指す目的は、己の霊格とその限界を試すためであると青鸞は語った。自分自身が、たまさか霊力を発現させた地上の鸞なのか、天にも昇るべき真の鳳雛《ほうすう》であるのかを知るために。

仙界や天界を生きる場とする鳳凰の、帰巣《きそう》本能のようなものだろうかと、一角は思った。

長安の空を通過したときに引率していた鸞鳥も、青鸞が見つけ出した霊力のある若鳥であったという。霊力のあるなしを見分けるのは、心話で語りかけたときに反応があるかどうかだと青鸞は語った。

一角は翠鱗と出会ったときのことを思い出す。あのときの一角は人の姿をまとっていたので、人語で話しかけたのだが、翠鱗の無防備な思考がそのまま心話として一角の頭の中に流れ込んできた。ただ、翠鱗は自分自身が言語を理解することも、他者と意思の疎通ができることも、そのときまで知らなかった。

一角の思考に応じるように、青鸞は話題を翠鱗に戻す。

「長安で龍気を見かけたときに心話で話しかけたのだけど、距離がありすぎたのか、あるいは翠鱗が何かに集中していたのか反応がなくて、いきなり目の前に姿を見せたからずいぶんと驚かせてしまって」

霊力があっても心話を解さぬとしたら、知性を持たぬ龍種の妖獣であるかもしれない。それでも、地上に現れることの稀なこの種の獣が、行方不明となった一角麒の養い仔である可能性は捨てきれない。そう考えた青鸞は、とにかく正体を確かめようと高度を下げた。するとくだんの蛟は、青鸞の気配を察したとたんに、驚いて逃げだそうとしたという。一角の捜していた翠鱗ではないと判断した青鸞だが、次の瞬間に蛟は可愛《かわい》らしい人の子の姿に変じた。たいそう驚いたのは青鸞の方だったかもしれない。

「翠鱗がわたくしの心話に応えなかった理由を、時々考えてしまうの。種が違う場合は、互いを知り合ってからでないと心が通じないのかしらとか、人間の目を惑わす薄い結界でも張っていて、心話も弾かれてしまったのかしら、とか。次に会ったときに訊ねてみるつもり」

そのように笑い声を上げて、青鸞は一角の養い仔との短い邂逅を語った。

神鳥に昇格した青鸞が、地上の鸞の雛から霊力のある者を導き、さらに鳳凰の雛であれば天界に還すために養育しているさまは、一角が翠鱗を養い仔として育ててきた行為と似ている。さらに言えば、槐江山《かいこうさん》の山神である英招君が、一角麒を養育してきたことにも通じる。英招君も一角麒も、神獣の霊格を持つものとして、霊力のある獣を受《う》け容《い》れて養うことを、無意識に行ってきたのだろう。

もしかしたら、霊獣の仔を育てることが、地上に棲《す》み、山界を治める神獣の役目であるだろう。

そうであるのならば、この先の長い生のうちで麒麟の仔に巡り会い、養うこともあるかもしれない。一角は気持ちが明るくなった。

数日後に窟屋を訪れた朱厭に、一角は翠鱗が見つかったことを告げた。

「無事に守護獣の任につけたのか。そりゃあ、よかった」

朱厭は牙をむき出しにして、満面の笑みを作り、豪快に笑った。

さっそく会いに行くつもりだと一角が言うと、残念そうに肩をすくめる。

「おれも顔を見に行きたいが、最近は疲れやすいし、昔ほど早く動けないからな」

拳《こぶし》で腰を叩《たた》いたり、膝《ひざ》を両手で撫《な》でたりして、朱厭は寒さの厳しい季節に動き回ることのつらさを愚痴る。

朱厭の寿命を一角は知らない。一角より百年は長く生きているという話ではあったが、正確なところは本人もよく知らないらしい。妖獣の種類は多様で、個体にも差がある。三百年も生きればかなりの長寿であるというし、朱厭が人間の姿に変化したところは六十近い老人のように見える。

一角の山から長安までは、そこまで遠くはない。だが、空を翔《かけ》る麒麟の背にしがみついているのは、朱厭にとってはつらくなりつつあるようだ。昔のように人界をともに旅して回るということも、このごろは減ってきた。

「急なことだし、朱厭は他の山神にも仕えていて忙しいだろう？　暇《いとま》をもらうのに時間がかかるだろうし、とりあえず、ぼくひとりで行って、翠鱗の近況を確認してくるよ。それから、都に適当な居場所を見つけたら、朱厭を迎えにくるのでどうかな。それまでに準備をして待っていてくれ」

「おう。それがいい」

朱厭は破顔して承諾した。

このようにして、一角麒は初めての養い仔である翠鱗の無事を知り、長安を訪れて再会を果たした。

翠鱗の見いだした聖王は、一角も一度だけ会ったことのある、大秦の皇族苻堅《ふけん》であった。当時はまだ十三かそこらの少年で、どこかの城市で一角と朱厭を待っていた翠鱗を戦災孤児と思い違いし、救ってくれようとしたのだ。

その数年後、玉山への途上で冬ごもりをしていた翠鱗を、苻堅が拾う巡り合わせになったというわけであった。

あの自信に満ちた少年が、いまは大秦の天王か、と一角は深い感慨に打たれた。

翠鱗によれば、苻堅は出自によって人を差別することなく、諸胡や漢族のいずれであろうと才能があれば抜擢《ばってき》し、征服した国の皇族や臣民をも、大秦の宮廷に迎え入れて厚遇しているという。その懐の深さに、異民族が入り乱れ、血を流し続ける中原を統一するのは、苻堅そのひとであろうと翠鱗は固く信じている。

だが、翠鱗が玉山に行く前に苻堅と巡り会い、長安に連れてこられたことと、西王母より天命を受けずして、苻堅の守護獣を自任していることを知って、一角麒は不安に駆られた。

——西王母の与《あずか》り知らぬところで、勝手に守護獣を務め上げたとして、それが神獣に昇格する資格と成り得るのかな――

そう考えた一角は、いまからでも玉山を目指して真の天命を知ることを翠鱗に強く勧めた。しかし、翠鱗は小さな体を震わせてこう言い張った。

「長安を離れている間に文玉《ぶんぎょく》に何かあったら、ぼくは一生後悔する。それが天命であろうとなかろうと、ぼくは文玉が聖王の道を進むのを見届けたい――」

翠鱗が苻堅に執着していることを察した一角は、それ以上の説得をあきらめた。

そして、翠鱗が天命の是非や自身の成長よりも、苻堅という人間に魅入られていることも気になった。翠鱗は苻堅のそばに居続けたいがために、自身の役割を都合よく解釈しているように思われたのだ。

一角麒は西王母に会い、翠鱗の行動の是非について問うことを決め、朱厭の待つ自分の山には帰らず、長安を去った足でそのまま玉山へと向かった。

神獣となったいまでは、玉山への道のりは、一角麒にとって晴天に太陽を見つけ出すくらい簡単なことであった。天の圃《はたけ》を地上の鏡として抱く昆侖《こんろん》と玉山の連なりには、いつ見ても天まで届く光の柱が立ち昇っている。あとは、そこを目指して空を駆けてゆけばいい。

「さて、ここまでは簡単なんだけど――問題は山界の入り口を見いだすことだ」

一角は独りごちた。

玉山に限ったことではないが、霊格の高い山神の治める山界には、闖入者を防ぐための結界が張ってある。仙界の最高位にある西王母の山であれば、神獣といえども招かれない限りは、勝手に足を踏み入れることはできない。

そして、西王母ほどの神が、自らの領域に近づく神獣の気配を察知しないはずがなく、使い獣によって結界の解かれた入り口が示されないということは、西王母は一角麒に会う意思がない、ということなのだ。

「だめだ。どこも閉ざされている」

数日、数十日をかけて、玉山の麓《ふもと》をぐるぐると回った一角麒であったが、結界が自分に開かれることはないと知ると、とぼとぼと引き返すことにした。

飛ばずに地上をゆっくりと移動していたのは、西王母が気まぐれに使いを出して、一角を引き留めてくれるかもしれないという、淡い希望があったからだ。それに、一歩一歩大地を踏みしめて歩くのは、まとまらぬ考えを整理したり、不安な気持ちを鎮《しず》めたりするのに向いている。

「とりあえず、いったんは山に戻って、翠鱗の近況を朱厭に報《しら》せよう。それから長安に行って、しばらく都に留まって、翠鱗と苻堅の先行きを見守ることにするか」

ようやく心が決まった一角が、顔を上げて飛び立《た》とうとした瞬間、風を切る音とともに巨大な影が一角麒の頭上をかすめた。四肢に溜めた勢いを逃しきれず、一角麒は前のめりに倒れそうになった。

行く手に舞い降りた巨大な影の主を目にして、一角麒は驚きの声を上げる。

「鸞？」

見慣れた青鸞のそれよりも、ひとまわり小さい。だが広げた翼は優に六尺を超えている。頭上を舞う鸞の尾羽は地面に届くほど長く、翼の色は青よりも紫を帯びている。青鸞の翼は青から虹色の層のごとき玉虫色であったが、この鸞鳥の色は青から紫へと移り変わる、濃淡の層が特徴的だ。

一角麒が新手《あらて》の鸞鳥の特徴をすべて目に留める前に、ふわりと紫の影につつまれた鸞は、すみやかに人の姿へと変化した。

年のころは十四か十五の、襦裙《じゆくん》に深衣《しんい》の漢服をまとったたおやかな少女だ。

黒々とした瞳には好奇の輝きが満ち、一国を傾ける美姫《びき》として通用するであろう華やかな目鼻立ちは、人間の美醜に無関心な一角麒でさえ惹《ひ》きつけられる。

一角や朱厭、そして翠鱗などは、とりあえず人間に見えればよいという規準で、最初に出会った人間の姿を後生大事に変化の見本としている。しかし、このように美しい人間が、都合よく変化の霊力を獲得したばかりの鸞鳥の近くにいるはずもない。鸞鳥たちは何を規準に人の姿を選んでいるのかと、一角麒は場違いな感想を抱いた。

「はじめまして。あなた、麒麟でしょう？」

鸞の少女は、紅《あか》く形のよい唇から、玉を転がすような響きの声で話しかけてきた。

突然の出逢いに、一角麒は驚きつつも即座に人の姿に変化した。

「見ての通り」

そっけない一角の返答に、鸞娘《らんむすめ》は「うふふ」と笑った。

「驚かせてごめんなさい」

初対面でも物怖《ものお》じしない少女に、一角は戸惑いを覚えつつ、玉山の方へと視線を移した。

「西王母に会いに行くところ？」

「いいえ、たったいま、玉山を辞したところ。そしたら、こちらに神獣の霊気を見かけたから」

「それで声もかけずに、いきなり姿を現したと？」

無防備に見知らぬ獣の行く手を塞《ふさ》ぐなど、危険ではないかと思わず説教しそうになる一角だ。だが、霊力を具えた巨鳥であれば、地上に怖いものなどないのかもしれなかった。

「心話で呼びかけたけど、反応がなかったの。でも、初対面の相手では、波長を合わせられないこともある、って私の養い親に言われたのを思い出して」

青鸞が翠鱗に呼びかけたときも、反応がなかったと話していたのを、一角は思い出す。青鸞と一角が出会ったときは、青鸞の名と姿を知る前に呼びかけられたが、ちゃんと聞こえていた。それは出会う前から、一角が守護獣らしき存在の放つ霊気を、身近に感知していたことで説明がつくかもしれない。

「そういうことなのか」

心話の届く距離には限りがある。それは声に出した音の届く範囲と同じくらいであった。音声と異なるのは、話しかけられる方が相手の存在を知らなければ、聞こえないというところだ。

「ぼくは、一角麒。人の姿のときは一角と呼ばれている」

一角は改めて自己紹介する。鸞娘もまた自分の非礼を思い返したらしく、頬を赤くして小さく会釈した。

「私は紫鸞《しらん》。鸞のときも、人の姿のときも」

「よい名だね」

全体に淡い青紫の霊気を放つ紫鸞には相応《ふさわ》しい。一角はお世辞でなくそう言った。ただ同時に、自らの羽の色に因《ちな》んで名をつけるのならば、別の鸞と色が被《かぶ》った場合はどう呼び分けるのだろう、などとも思った。そして、自分もまた別の麒麟と出会ったときに、その麒麟が一本角であれば、同じ名前で呼ばれているのだろうか、とも考えて、不意に笑いが込み上げてきた。

「それで、紫鸞も西王母から聖王守護の天命を授かってきたのかな」

一角は歩きながら訊ねた。

並んで歩くには難しい獣道を、ふたりの若い男女は言葉を交わしながら進んでゆく。なぜかどちらも空を移動しようとは思いつかなかった。ゆっくりと歩く速さが、互いを知るにはちょうどよかったのだろう。

西王母が霊獣の仔に授ける天命について一角が知っているのは、聖王候補の守護のみだ。そのため、紫鸞が西王母の坐《ざ》す玉山を訪ねた理由を、はなからそう決めつけてしまった。

「ええ。間もなく、新たな聖王候補が地上に誕生するでしょうから、天象に気を配って過ごすようにとのお言葉をいただいたわ。夜に眠るなということかしら。私は鳥なのに」

漢服の袖で口元を隠しつつ、紫鸞は笑いを堪《こら》えた。さいわい、一角の問いは的外《まとはず》れではなかったようだ。一角は自分の思い込みに気づかぬまま、話を続けた。

「天象は夜だけではないからね。日中にだって、虹やら白光やら、火球は出現する。いつ空を観察して、いつ眠ればいいのか、西王母は教えてくれなかったのかい」

「あら、そういえばそうね。思いつかなかった。天象といえば、星のことだと思っていたから。もしもそう訊ねていれば、西王母さまは教えてくださったのかも」

さほどたいした問題でもなさそうに、紫鸞はころころと笑った。

「出逢う縁があれば、どのようにしても巡り会うでしょうから、あまり深刻には考えなかったんだけど」

そう楽観する紫鸞の言葉に、翠鱗と苻堅は出逢うべくして出逢ったのだろうかと、一角は考え込んだ。一角もまた、天命を知る前と知ったあとに、一度ずつ石勒に出逢っている。しかも一角ははじめ、石勒とは別人の光輝を自分の聖王であると推測して追っていたのだが、石勒と再会したときは、かれこそが一角の求める聖王なのだと直感した。

聖王、あるいは聖天子となるべき人間は、どの民族、どの階層から現れるか予想がつかない。

出自だけでなく、かれらが霊獣と出逢うべき場所も、都であったり、どこかの片田舎であったりと、まったく一貫性がない。聖王の器を見つける手がかりはただひとつ。かれらは通常の人間の持たぬ光輝や光暈《こううん》をまとっているので、この魂の輝きを視認できる霊獣の仔であれば、会えばすぐにわかるという。

「ぼくのときは、天象や星の兆《きざ》しに気をつけるようにとは言われなかったけど」

「まあ。それでは、一角はどのようにして、あなたの聖王に出逢ったの？」

それが聞きたくて、眼下を歩いていた一角麒を呼び止めたのだろう。身体《からだ》から放たれる霊気を見れば、一角が神獣の霊格を具えているのは明白であったことと、玉山の周辺を歩いている神獣であれば、天命について詳しい話が聞けるのではと察したらしい。

「ぼくのときは、天象の導きはなかったけど――」

一角は自分と石勒の出逢いを話すことにためらいがあった。玉山に辿《たど》り着《つ》く前と後、どちらも人買いや盗賊にさらわれ旅を中断するはめになったこと。そして、二度目は鎖に繫《つな》がれていたのを石勒に救われたことなど、いまにして思えば他者に話すのは恥ずかしい気がする。

「ああ、まずは、一角の聖王が誰だったか、教えてくれるかしら」

一角は一呼吸置いて、思い出すままに答えた。

「五十年ほど前に、趙《ちょう》という国を建てた石勒、字《あざな》は世龍《せりゅう》という人間だ。同じ時期に、匈奴の攣鞮劉氏《れんていりゅうし》が同じ名の王朝を開いたから、石勒の趙は石趙《せきちょう》とか後趙《こうちょう》と呼ばれている。石勒は匈奴別部の羯族《けつぞく》出身だった」

「どんな人間だったの?」

紫鸞は一角の顔をのぞき込むようにして、無邪気に訊ねてくる。

最初に思い出すのは、石勒の額《ひたい》からまっすぐに天へと伸びる、白くまばゆい光であった。その光が天から降りてきていたのか、石勒の額から放たれていたのか、一角はいまでもわからない。

一角は苦笑して、どう言ったらいいかなぁ、と空を見上げた。気がつけばすでに夕刻で、東の空は藍に染まりつつある。ふたりの頭上では西から東へと、淡い紫から濃い紫へと空の色が移り変わり、夕陽《ゆうひ》の沈みゆく地平は茜色《あかねいろ》に染まっていた。

「どこかに結界を張って、火を熾《おこ》そうか。たぶん、一晩では語り終わらない」

西の空に煌めく宵《よい》の明星に目を留めて、一角はそう促《うなが》した。

第二章　紫鸞《しらん》と碧鸞《へきらん》

紫鸞を卵から孵《かえ》した親鳥は、幾世代目かの地上の鸞鳥で、霊力は持ち合わせなかった。同じ時期に卵から孵った兄弟姉妹たちも親鳥と同じで、紫鸞自身もまた巣立ちのときまでは、自身を親兄弟と同じような地上の鳥であると思っていた。

断崖絶壁の岩場に営《いとな》まれた巣から一羽《わ》、また一羽と雛鳥《ひなどり》が飛び立つ日、紫鸞の翼だけが、まだ空へと羽ばたけるほど成長していなかった。体は他の雛よりも大きかったというのに、紫鸞の翼はまだ完成していなかったのだ。

巣へと戻ってきた両親は顔を見合わせて、哀《かな》しげに首を振った。そして、無理に飛び立たぬよう、紫鸞を巣の中へと押し戻した。

両親の鸞が心話の力を持っていたならば、そこで待っていなさいと告げたであろう。

だが、何も言わずに飛び去ってしまった両親と兄弟姉妹が、紫鸞のもとへ戻ってくることはなかった。

食べるものも与えられず、温《ぬく》もりを分け合う同胞《はらから》もいないまま、紫鸞はひとりぽつねんと一昼夜を過ごした。太陽が天道を通って西の彼方《かなた》に沈むのをぼんやりと眺め、紫と藍を混ぜ合わせたような闇空に星が煌めきだし、透き通った大気の彼方に、銀河がぐるりと移動する藍色の空を、ただひたすらに見上げていた。

標高の高い岩場を吹きすさぶ風から守ってくれる親鳥と、冷え込む夜に寄り添う兄弟姉妹は、どこへ行ってしまったのか。

東の空がほのかに白み始めたころ、紫鸞はようやく自覚した。

飛べない自分は、両親に見捨てられ、置き去りにされたのだ。

朝日が大地を照らしたとき、断崖から見渡せる世界のどこにも、親鳥と雛鳥たちの姿はなかった。ただびょうびょうと吹く風が巻き上げる砂と埃《ほこり》が、視界に映る動くもののすべてであった。

地の涯《は》ての彼方まで、紫鸞を知り、訪ねてくる者のいない孤独に、息をするのも苦しくなってくる。やがて太陽の陽射《ひざ》しが熱をもたらし、喉《のど》の渇《かわ》きと空腹が耐え難さを増してきて、紫鸞の胸に『不安』という感情が芽生えた。自分はどうなってしまうのだろうと、『思考』が紫鸞の中で組み立てられていく。

ここに留まってはいられない、という『結論』が額の奥で閃《ひらめ》いた。

巣の端から顔を出して遥か眼下のようすを窺《うかが》う。両親と兄弟たちはどこへ行ってしまったのか。いまから追えば、間に合うだろうか。

落下への恐怖を抑えつけ、おそるおそる巣の端に足をかけ、翼を広げる。

そのとき、背後になにかが近づく気配を感じた紫鸞は、はっとして振り向いた。

少し離れた岩場から、長い胴体をくねらせた巨大な蛇《へび》が鸞の巣を窺っていた。

だが、その長大な生き物は、常日頃から巣の雛を狙って崖《がけ》を登ってくる蛇とは、似ても似つかない姿形をしていた。蛇特有の平べったい三角形の頭部があるべき場所には、目鼻口が正面に寄った円《まる》い顔があった。頭部からは黒く長い毛が生えている。その正面しか見えないであろう奇妙な双眸《そうぼう》が、紫鸞をじっと見つめていた。

おどろな長い髪に覆われた頭をもたげた蛇神のそれが、『人間』という生き物の顔であると知ったのは、それからずいぶんと後のことである。

天敵にしか見えない生き物に捕食される恐怖に、文字通り蛇に睨《にら》まれた獲物のように凍りつく。身を硬くして巣から落ちそうになっていた紫鸞の頭蓋の中で、言葉とも思考ともつかぬ何かが響いた。

――我はそなたを食べに来たのではないよ。鳳凰の眷属、紫鸞。そなたを迎えに来たのだ。我はこの山を治める蛇神の颶娘《ぐじょう》。そなたが百歳を迎えるまで、養い親となる者だ――

このときまで、紫鸞には名前がなかった。人面蛇身の山神が呼びかけた『紫鸞』というのが、彼女の名前となった。

山神の颷娘は、ずっと以前から紫鸞の存在を知っていたという。鸞鳥の両親は、自らの雛たちが巣立つまでは紫鸞の世話をしてくれたが、巣を空ける日が来ても飛ぶことのできない紫鸞を、置いて行ってしまったのだ。

——そなたが地上の鸞でないことは、巣から立ち上る霊気によって、ずいぶんと前に気がついていた。そろそろ雛どもが巣立つころだと、ようすを見ていたのだ——

——どうして——

まだうまく思考を言葉に換えられず、紫鸞はたどたどしく心に浮かんだ疑問を颷娘に向けた。

——紫鸞、そなたは祖先の血が強く顕れた地上の鸞か、あるいは鳳凰の落とした卵から孵った鳳雛《ほうすう》だ。育つ速さは地上の鳥獣と異なり緩《ゆる》やかで、長じるにつれて霊力が高まってゆく。霊力を操る術《すべ》を学ぶことで結界を張って身を守り、百歳を超えるころには他の鳥獣に変化《へんげ》することができるようになる。だがそれまでは、その霊力を養分に求める妖獣から身を守るため、庇護者が必要だ。我が治める山に、そなたの霊気を感知してより幾歳月《いくとしつき》が過ぎたかよくは覚えておらぬが、鳳凰の眷属であれば保護せねばならん。我が眷属の蛇どもが、ときおりそなたの成長を測りに来ていたことを、覚えているか——

――いつも、父母に追われて、崖から落とされていた蛇ならば――

老婆にも似た山神は、人面をくしゃりとさせ、皺《しわ》を増やして笑みを浮かべた。

――そなたらの養い親は、心話の通じぬ地上の鸞であったからな。我が眷属とはいえ、使いの蛇どもは鳥の雛が大好物であるから、使いを果たしたついでに、他の雛を一羽くらいは失敬しようとしたかもしれん。そなたの養い親は正しいことをした――

颶娘は自分の頭に摑まるようにと紫鸞に告げた。

この異形《いぎょう》の獣を信じてついていくべきなのか、紫鸞は躊躇《ちゅうちょ》した。ただ、颶娘の話が嘘《うそ》ではないことは、直感で理解していた。

――私の親鳥たちは、親ではなかったの？――

――育ての親ではあったよ――

颶娘の心話には、しんみりとした響きがあった。その響きを受け取った紫鸞の胸に、親鳥の翼の下にまどろんでいたときのような温もりが広がった。

紫鸞は慣れぬ動作で、それこそ鳥の巣のような颶娘の髪に両足の爪《つめ》をからめて座った。颶娘は紫鸞を乗せた頭を起こして、器用に断崖を滑り下りた。蛇腹の鱗が壁面に吸い付いているかのように、するすると下りてゆく。そのうち、絶壁に長い溝や細い棚状の通路が穿《うが》たれている場所まで来ると、颶娘は紫鸞に頭から下りるようにと言った。巣から一歩も出たことのない紫鸞は、両の脚を伸ばして立ち上がったものの、歩き方がわからない。

——自分の脚で歩いたことがないのかい？　それを言ったら我も同じであるがな——

手足を持たぬ蛇身の颶娘は、ガラガラとおかしな音を立てて笑った。

——鳥によっては、両足を揃《そろ》えてぴょんぴょんと飛んで前に進む。おまえのように脚の長い鳥は、片足ずつ前に出して歩くようだな——

紫鸞は言われた通りに右と左の脚を交互に前に出して、颶娘の後をついていった。コツを覚えると、それほど難しくはない。翼が生えそろい、胸に羽ばたく力がつくまでは、歩くしか移動する術がないようだ。

その後、変化できるようになるまで、どれだけの歳月が過ぎたのか、数えていないのでよくわからない。紫鸞と颶娘が棲んでいたのは、西方のとても乾燥した地域で森もまばら、雨期と乾期の狭間《はざま》に春と秋が巡るような場所であった。

紫鸞が自分の生い立ちを詳しく誰かに話したのは、これが初めてではなかったか。記憶の曖昧《あいまい》なところも多く、颶娘との会話も実際にはどのようであったか覚束《おぼつか》ない。自我もなく、思考することも知らなかった巣立ち前の記憶は、ぼんやりとした影絵芝居のそれと大差はない。

だが、一角《いっかく》はそのような紫鸞の幼少期の話に、興味深く耳を傾けた。

「人界で暮らしたことは？」

来《こ》し方を語り終えてひと息つく紫鸞に、一角が問いかける。紫鸞は首を横に振った。

変化を学ぶころに、颶娘に連れられて人界を訪れたことは幾度かあった。だが、人々に紛れて暮らしたことはない。

「玉山へ向かう途中、何日か城邑《じょうゆう》に立ち寄ることはあったけど――」

翼ある身の便利さから、紫鸞は長く人里や城市に滞在したことがなかったという。

「では、人界の掟《おきて》や人間のことはよく知らないのだね」

一角はひととき思案した。

「人界は思いのほか危険だ。鳥獣にとっても、人間自身にとっても。特に若い女性がかどわかされずに旅をするなんて不可能なんだよ。うっかり正体を現して逃げ損ねたら、捕まってひどい目に遭う」

一角はそう助言するとともに、人界の作法が身につくまではと、森を出てからもしばらくの間は、ともに人界を旅することを申し出てくれた。

人間の住む村から町を渡り歩き、人口の多い城邑を訪れ、そこで兄妹《きょうだい》あるいは若夫婦を装ってしばらく滞在する。颶娘と西王母《せいおうぼ》に教わった人語がうまく伝わらないときもあったが、人間の暮らしを営むことは、紫鸞にとって驚きと学びの連続であった。

新しい発見や経験について、話の種に困る日は一日としてなかったが、空を見上げ天象を眺めながら交わす話題はいつでも、紫鸞の未来に待ち受ける天命——聖王守護——に落ち着く。

『中原に覇を唱《とな》える人物と行動を共にするとなると、人語の文字を読み書きできるとよい。守護獣の役目は聖王の器が病や戦、事故で急逝《きゅうせい》しないよう、その命を守ることであり、聖王の治める国の政治や、人界の歴史に干渉することではない。だが、守護すべき人間が聖王としての正道を外すようであれば、正しい道に戻るよう導く必要はある。そのために必要な知識や人界の歴史については、史書や思想書などを読んでおくと役に立つ』といった、実際に聖王守護をやり遂げて神獣に昇格した先達《せんだつ》の意見は、とてもためになる。

また、長安にいて大秦天王《だいしん》の守護獣を務めているという蛟や、一角がこれまで出逢った神獣の話も興味深かった。特に劉漢《りゅうかん》の祖を守護して神鳥となったという青鸞《せいらん》の話は、紫鸞の興味を引いた。

「西王母さまは、先達の鸞については、お話ししてくださらなかったわ」

紫鸞は残念そうにつぶやく。

「そういえば、ぼくも他の麒麟について話を聞いたことはなかったな」

一角も、どうして自分から訊ねてみなかったのかと、不思議に思った。

「颶娘の見立てが間違っていて、自分が鳳凰になれないただの鸞だったら、天命をいただけずに山を下ろされるかもしれないって、とても不安だった。自分のことで頭がいっぱいだったのね。自分に眷属がいることは、想像もしなかった」

紫鸞はため息をつく。一角は自分もそうだったかもしれないと、苦笑した。昔のことで、あまり覚えてはいないのだが。

一角はさらに、人界における処世術や、未熟な霊力でも可能なさまざまな術を丁寧《ていねい》に教えた。

「かかわる人間たちの善意や悪意を見抜くことができたら、自分の身を守るだけではなく、聖王を助ける力にもなる。聖王を騙《だま》そうとか、陥れようとか、あるいは暗殺してしまおうという害意のある人間を、遠ざけることができるからね」

故意に誰かを傷つけよう、あるいは殺してしまおうという『害意』なるものを、紫鸞は理解しかねた。捕食されることから生まれてくる恐怖、捕食者に対する怒り、あるいは逆に自らが捕食する対象を見つけたときの興奮、獲物に反撃され、とり逃がしたときのやり場のない悔しさなど、そういったものとは違うのだろうか。

自分が捕食者であるときの興奮は、敵意よりも喜びであるのだから、害意とはいえないのではとも思う。

この考えについて一角に問おうと思ったが、紫鸞はうまく言葉にできなかった。

颶娘に初めて出逢ったとき、その異形に驚き怯《おび》えはしたが、心話を交わしていくうちに心が落ち着いていったことを、ぼんやりと覚えている。颶娘が自分に向けていた気配は、明確な悪意や善意に振り分けられるものではなかったが、その言葉に嘘はないと、素直に信じることのできる空気を颶娘はまとっていた。

ただ、人界は山界よりも複雑で、危険な場所なのだ。

少ない霊力で気配を消し、人間の関心を逸《そ》らす方法。近い眷属の獣――紫鸞の場合は鳥類――を使役《しえき》する方法。そのいくらかは颶娘に教えられてはいたが、一角の説明や手本の方がはるかにわかりやすかった。

「君は他の鳥たちと意思を交わせるかい？　人里に棲む雀《すずめ》や烏《からす》から人界の噂《うわさばなし》話を集めたり、渡りの鳥に遠方の気象や出来事を訊ねたり、あるいは遠方の知人に便りをことづけたり、ということだけど」

一角の問いは、紫鸞を驚かせた。それまで、紫鸞は他の鳥と意思の疎通を図ろうと、考えたこともなかったのだ。その必要がなかったし、できるとも思わなかった。

だが、紫鸞は首をかしげて少し考えてみた。

「あの子たちの囀《さえず》りや鳴き声に含まれた意味はわかるから、単純なやりとりならできると思う。雀は天気や餌《えさ》のことばかり話しているけど、烏やカササギの方が人間や周りをよく見ていて、複雑な『言葉』で、それぞれの『意思』を交わしている。たぶん、話しかければ会話らしいことはできると思う。でも、鳥は気性が荒いから、相手にしてくれるかしら」

それなりに観察はしてきたが、他の鳥族と積極的にかかわってきたことのない紫鸞だ。使役するところまでは考えたことがなかった。

「鳳凰は鳥類の王だからね。霊威を以《もっ》て命じれば、鳥はもちろん、鷲《わし》や鷹《たか》でさえ君に逆らいはしないさ。とりあえず、呼び出すところから練習してみるといい」

まだようやく独り立ちしたばかりの鸞に、猛禽《もうきん》を従わせることができるのか、紫鸞はいささか懐疑的であった。

一角は野山を歩いているときに、口笛を吹いて鹿や馬を呼び出しては放す、ということを、紫鸞の前で幾度かやってみせた。

「口笛は必ずしも必要ではないけど、獣たちは耳がいいから、この方が確実なんだ」

ふたりが急ぐことなく人界で時を過ごしているうちに、季節は巡る。

一角は行く先々で、農村の暮らしや城下の商工業に賑《にぎ》わう街並みだけでなく、富貴な人間たちのあらゆる風俗と遊興から、路上に暮らす貧民たちの姿までを、紫鸞に見せる。

一角の面倒見のよさに、紫鸞はたびたび微笑まされた。颺娘もまた、縁もゆかりもない異種族の自分に親身であったが、神獣とはそういうものなのだろうか。霊力は具えているものの無防備な幼体、ようやく変化の術を身につけて、力試しのために人界へ漕《こ》ぎ出そうという遠い眷属を、放ってはおけないのかもしれなかった。

人の姿で人界に暮らすことは、山界のそれよりも物入りだ。城邑の内側では、住むところを借りねばならず、食べ物と衣類、そして燃料もすべて市場や商人から購入しなくてはならない。山野で採れた希少な茸《きのこ》や山菜、木の実に薬草、あるいは玉石や鉱石といった、元手のかからないものを朝市で売って、さらに価値の高い物品や金銭へと交換してゆく手法もまた、一角は中原を旅しながら丁寧に教えていった。

ある晩秋、城邑の門まで来たところで、一角は路銀を切らしていたことに気づいた。

「山野で食べ物や薬草の採れる季節でもないな」

「宿賃が足りなければ、どこかの厩《うまや》屋とか、屋根裏でもいいのよ」

一角はもちろん、紫鸞も寒暑や空腹を調節するのに、多くの霊力を必要としない。城下のどこでも寝泊まりはできる。だが、それでは人界で時を過ごす意味がない。

「一泊か二泊ならそれもいいけど、この旅は紫鸞が人界に馴染《なじ》むことが目的だからね。城下に滞在するのに、人間とのかかわりを逃す手はない。それに、元手と時間をかけずにお金を稼ぐ方法を試すいい機会でもある。紫鸞は大道芸を知っているかい？」

一角は朗らかに断言し、どこからか太鼓を調達してきた。衣服の色を派手やかに変えると、寺院の門前で人を集める。紫鸞に太鼓を叩かせ、自らはとんぼ返りを何度か披露《ひろう》した。集まった投げ銭で、一角と紫鸞はそれなりの宿に泊まり、温かな食事を得ることができた。

「一角は神獣なのに、人間に芸を売るのを、なんとも思わないの？」

空を翔《か》け、人の善悪を見抜き、自らの気配や自分とかかわった人間の記憶を消すなどといった能力を持つ一角が、大衆に軽業《かるわざ》を見せて日銭を稼ぐことを、紫鸞は滑稽《こっけい》に感じた。紫鸞がその気持ちを正直に口にすると、一角は笑い声を上げる。

「人に気づかれず移動したり、自分の行為を忘れさせたりして稼ぐ方法って、泥棒か詐欺《さぎ》しかないじゃないか」

ひとしきり笑ってから、一角は頬を引き締め、真面目な顔を作った。

「人外のぼくたちは、目立ってはいけない。人界の法を犯さず、人間の能力を超えない範囲で、人間の暮らしを真似《まね》するのが、一番安全なんだよ」

大道芸ほど目立つ方法もないと紫鸞は思ったが、言葉にはしなかった。その場で一夜の宿代と食費を稼げる方法を、他に思いつかなかったからだ。

次の日も道ばたで曲芸を見せていると、見物人から紫鸞に声がかかる。耳を傾けると、「そっちの嬢ちゃんは歌舞はやらんのか」という冷やかしであった。

天命を果たすためには、人界に馴染むことが肝要であるという一角の助言を、素直に受け取っていた紫鸞は、自分にできることがあるのならば学びたいと申し出た。一角は紫鸞を連れて妓楼《ぎろう》や王宮に忍び込み、宴《うたげ》で歌い舞う美姫の姿を見せた。紫鸞は袖を翻して舞う楽しさを覚え、軽やかな身のこなしは見物人から喝采《かっさい》を得た。

紫鸞は老若の人々が浮かべる笑顔や歓声が、自分に向けられていることを誇らしく思った。

「人間たちが私の踊りを喜んで、褒めてくれるのって、なんだか嬉《うれ》しい」

紫鸞が歌妓《かぎ》や舞姫らの振る舞いを思い出すままに歌を歌い、舞を舞えば、目立つことこの上ないという矛盾を抱えながらも、簡単に路銀を得ることができた。城邑から人里へと移動するあいだに野山があれば、食費も宿代もかからない麒麟と鸞だ。口すぎのために日々稼ぐ必要はない。頻繁《ひんぱん》に大道芸をする必要もなく、城市ではよい宿に泊まることができた。

だが、ひとつところの滞在が長くなると、紫鸞の舞を気に入った富豪や貴族に、館に上がって芸を披露するようにと、声をかけられることがあった。

そのようなことがあると、一角はためらわずに次の城邑へと移動する。紫鸞は不思議に思って訊ねた。

「衣冠も車も、とても立派で華やかな人たちよ。曲芸や舞を喜んでくれたら、ご褒美《ほうび》をたくさんもらえるんじゃないかしら」

無邪気に引き留める紫鸞に、一角は苦笑を返す。

「歌妓や芸妓《げいぎ》は、主人や客の閨《ねや》でも奉仕することを求められる。ぼくらにとって、番《つがい》でもない相手との同衾《どうきん》なんて、考えられないだろう？　まして、断りそびれて臥所《ふしどころ》に連れ込まれ、そこで変化が解けて本来の姿に戻ったら、それこそ大騒ぎだ。聖王以外の人間とは、深くかかわらない方がいい」

『番』という言葉を出されて初めて、紫鸞は自分もいつかは伴侶《はんりょ》を持つのだろうかとぼんやり思い描いてみた。育ての親鳥の睦《むつ》まじいようすは覚えている。一角の言うとおり、自分のかたわらに寄り添うのは人間ではなく、同じ鸞鳥であろう。

紫鸞の変化姿は、人間の目には適齢期のそれも美しい女人として映っているらしい。あらためてそう言われても、自分が人間に求愛されるところなど、どうしても想像できない紫鸞であった。


「聖王と巡り会うコツ？」

ある日の問いに、一角は思わず訊き返した。紫鸞は慌てて両手を左右に振った。

「ううん。むしろ、巡り会ってから、って意味。同じ時期に、光の徴《しるし》を持った聖王がふたり以上いたら、どちらが自分の聖王なのか、どうやって見分けるのかなって」

劉淵《りゅうえん》と石勒《せきろく》が同時期に存在していたことを、指しているのだろう。

「会えばわかる、って言いたいけど、たぶん、最初に出逢う聖王の徴を持った人間、ということになるのかな。ただ、その徴というのも、同じではないんだ。ぼくの世龍《せりゅう》は額から一条のまばゆい光が天を突いて伸びていた。劉淵は北の冬空に昇る赤光《しゃっこう》のようで、どちらも遠くから見つけ出すことができた。翠鱗《すいりん》の苻堅《ふけん》は淡い光の暈《かさ》に包まれている。苻堅の光暈はそれほどまぶしくはなかったけど、惹きつけられる光であったのは、世龍たちと同じだった」

大秦の君主を蛟が守護しているのなら、紫鸞が求めるべき聖王候補は南の東晋《とうしん》か、東の大燕《だいえん》ではないかと考え、洛陽《らくよう》など名のある都市を渡り歩き、長江《ちょうこう》まで足を延ばしてみた。しかし、南方の湿った暖かい気候と言語に馴染めないことに同意したふたりは、半年ほどで河北《かほく》へ戻り、大燕の首都、鄴《ぎょう》へと向かった。

しかしその途上で、ふたりは東晋の桓温《かんおん》が始めた北伐の軍勢を目にした。鄴への道のりは、黄河《こうが》の北岸へ避難する庶民と、防衛のために鄴より派遣された燕軍の兵馬によって混乱し、いつ戦闘が勃発《ぼっぱつ》するかわからない緊張感が、河北一帯に拡がっていた。

ふたりは政情不安のために物騒になってきた街道を避け、ひと飛びに鄴より北に位置する裏国城《じょうこくじょう》へと舞い降りた。蒼然《そうぜん》とした古都のたたずまいが気に入った紫鸞は、しばらく裏国に住んでみたいと一角に告げた。

裏国に落ち着くにあたって、本体に戻れば家も家具も不要な紫鸞であったが、なにせ鸞鳥は派手で大きく美しすぎる。すぐに人目に立って大騒ぎになってしまうだろう。かといって、鳩《はと》や雀では人間や犬猫に捕食されてしまう。まして美少女が路上にひとりでいては、さらに危険であると言って、一角は滞留する宿や場所の治安に細かく気を配った。

「住居は治安がよくて、まっとうな隣人のいる区郭《くかく》がいい」

一角は紫鸞のために手際《てぎわ》よく一軒の家を借りて、そこに住むように言った。一年分の家賃は払ってあるので、針子なり、機織りなどしている体裁で都暮らしをしてみてはとも勧めた。

このころには、人界の金銭感覚や物の価値なども理解していた紫鸞は、さすがに大道芸や、山野で採れる生薬や鉱石を売るだけでは、長期の家賃を払えないことはわかる。どのようにして大金を用意したのかと訊ねる紫鸞に、一角はしれっと答える。

「盗みはしてないよ。まあ、希少な書物をどこかの図書寮や書庫から無断拝借して、書き写したのを金持ちに五巻も売れば、小さな家の家賃一年分にはなるかな。原本はちゃんと持ち主に返した」

神獣なのに、意外と人間くさい処世術で人界に暮らしているのだな、とそのときの紫鸞は思わず笑ってしまった。目立たぬことが肝要――それが、一角に教わった一番のことではなかったか。

紫鸞も文字は書けるのだが、どこかの王宮や豪邸に忍び込む身軽さもなく、自身の気配や他者の記憶を操るという術も、一角ほど熟達していない。まして、一角のように一度にたくさんは読んだり書いたりできないし、どこに忍び込めば貴重で高価な書籍を拝借して、書き写せるのかもわからなかった。

暮らしが落ち着くと、一角は紫鸞が人界に慣れた頃合いと判断したらしい。

「では、ぼくは自分の山に帰る。紫鸞が天命の聖王に巡り会えるのを祈っている」

別れはあっさりとしたもので、またいつか会うことがあるだろうかと問う紫鸞に、一角は生きていればそのうち、と仄《ほの》かに笑って答えた。

紫鸞はひとりぼっちになってしまう不安を胸にしまって、夜の空を西へと飛び去ってゆく赤い光跡を、裏国の城壁から見送った。

ひとりになった紫鸞は、働き口の仲介も兼ねる両替商を見つけて、人間がするようなさまざまな仕事を探すことにした。紫鸞ひとりでは、大道芸で稼ぐのは危険過ぎるという判断は、このころには身についていた。

「仕事、あんたが？」

両替商の親父《おやじ》が、紫鸞を上から下までじろじろ眺め回して訊き返す。親父の窪《くぼ》んだ目に、女衒《ぜげん》に売り渡そうかという打算がちらついたのは、ほんの一瞬であった。身なりはよく、顔色も健康的で人品も卑《いや》しくなさそうな紫鸞のたたずまいには、生活に困窮したようすもなく、借金に追い詰められているようにも見えなかったからだ。

「金が要《い》るのか」

値踏みをするように目を細めて、問いを重ねる。

紫鸞は首を横に振った。

「たくさんは、いらないのです。兄の留守中、蓄えに手を付けたくないので、家計の助けになることをしたくて」

紫鸞は一角に言われたとおりの筋書きを話した。庇護する家族のいない独身の女が、自活のために働ける場所というのは、人界においてほとんどない。ただ、夫や男の親族が徴兵や商売などで、長く家を空けることはある。そのあいだに仕送りが滞《とどこお》ると、残された女は家財を売ったり、内職をしたりして口に糊することは珍しくなかった。

「どっかの家の女中やら子守やらは家婢《かひ》のやることだ。あんたみたいなお嬢さん育ちにはきついだろうな」

貧窮して我が子を養うことのできなくなった親が、娘を売って当座の生活費を得ることは珍しくない。器量がよければ女衒相手に高値で売れるが、そうでなければ家内奴隷の婢《はしため》として、取引きされるのが人界のありようであった。

そこまで貧しくなく、家を守る人妻や未亡人には、稼ぐ方法も限られる。

「家に織機はあるかい？　布が織れなくても仕立てができるなら、そっちの口利きを紹介してやれるが？」

そうすれば、自宅に持ち帰り、自分の裁量で稼ぐことができる。だが、紫鸞は機織りも針仕事も学んだことはない。四肢のない颶娘が紫鸞に機織りや仕立てを教えられるはずもなく、自分の衣服は霊力で作り出せる一角や紫鸞に、針仕事など覚える必要もなかった。

家でできることを、と紫鸞は考え込み、一角がまとまった金銭が必要なときに、写本を作っていたことを思い出した。

「漢語の読み書きができます。兄に教えてもらいました」

「ほう？」

両替商は驚きに目を見開いた。

王族や貴族でさえ、自在に読み書きのできる人間は多くはない。庶民においては自分の名前が書けるだけでも、たいした教養として数えられた。読書をする庶民の女子など、皆無と考えられていた。

「あんたの兄さんは、官吏か何かかい？」

両替商は探るような目つきで、紫鸞の頭から沓まで改めて眺め回した。自分はなにか不都合なことを言ってしまったのかと、紫鸞は不安になり、胸の前で両手を握りしめた。

「いえ」

「まあ、そういうことなら、仕事がないわけでもない」

両替商はうなずき、なにやらひとりで納得して棚から冊子と紙を引っ張り出して、紫鸞の前に並べた。

戦乱や政争によって落ちぶれた有識階級の漢人が、唯一《ゆいいつ》子孫に残せる資産が、学問であった。紫鸞の物腰や浮世離れした雰囲気に、卑しい出自ではないと想像した両替商は、身近な家族が兄しかいなければ、針仕事よりも読み書きを習得する女子がいても不思議はないと、勝手に納得したようである。

両替商の態度の変化に、その理由を想像できない紫鸞は戸惑った。

「この冊子を音読して、それから、読めたところを、こっちの紙に書き写せるだけ書き写してくれ」

紫鸞は言われるがままに手渡された本を読み上げ、墨を含んだ筆を渡されて、冊子を白紙に書き写して見せた。

　さらさらと流れるように、手本に劣らぬ字を書く紫鸞の手つきに、両替商は驚きを隠さずにうなずいた。

「字が書けるというのは嘘じゃないようだな。これくらいできれば、手習いはじめの子どもの相手はできそうだ」

　大燕の都市部には、鮮卑族《せんぴぞく》などの異民族が多く居住していた。任官のために漢化を急ぐ鮮卑貴族の子息らは、小学や太学《たいがく》に進んで学問を修めるが、入学までに一通りの学力は必須で、基礎の読み書きは家庭から始まる。また、経済力のある庶民は、我が子にも商売に必要な程度の漢語の読み書きと算術を、家庭において習得させるのが常道であった。

　零落《れいらく》した名門漢族の子弟らが、そうした家庭教師の主な供給源であったが、需要はあるのに一通りの教養を身につけた人材は多くない。経済力のある者は東晋での仕官を志してすでに江南《こうなん》へ亡命し、実力のある者は仕える国を選ばず、大燕や大秦など異民族の朝廷に官職を求めて首都を目指す。

　かつては石趙《せきちょう》の首都であった襄国は、それ以前からも歴史のある都でありながら、いまは辺境の都市に過ぎない。政治の中心である鄴や商都の洛陽、世界の都と讃《たた》えられた長安に比べれば、他人に教育を施せる知識人は、慢性的に不足していたのだ。

おかげで、紫鸞のように若い娘でも、文字が書けるというだけで、性別や年齢を問われることなく、好条件で祐筆《ゆうひつ》や代筆、家庭教師の口は見つかった。

いくつかの家庭に出入りしていくうちに、紫鸞は子どもたちだけではなく、富貴の家族からその家で働く下々の者まで、広く老若男女の人間たちとかかわり、かれらのありようや、感情の機微《きび》を知る。

人間の振りをして、その行動を観察し、暮らしを真似ていく。

両替商は、子どもに手習いを教える仕事なら簡単と考えたが、それは間違いであった。人間の子どもは学問になど興味はない。座って書を読む、文字を書くことに、まったく面白みを感じることはなかった。紫鸞にしても、必要があって基礎は学んだものの、これを誰かに教える技術など持ち合わせているわけではない。

家庭教師といいつつ、その実態は授業時間のほとんどを嫌がる子どもを追いかけ回し、疲れてうつらうつらする子どもに読み聞かせをし、無理矢理に筆を持たせて一文字でも書かせることができれば、上出来であった。

「これじゃ、子守と変わりないわ」

疲労困憊《ひろうこんぱい》して一角の用意してくれた家に戻ると、たちまち変化を解いて本来の姿に戻り、文字通り羽を広げて休む。盗人《ぬすびと》や近所のお節介者が入ってこないように塀に沿って張った結界にほつれが出ていないか、最後に確認したのがいつだったかも忘れてしまうほどであった。

ある朝、紫鸞は外に人の気配を感じて目を覚ました。耳を澄ませていると、トントンと板を叩く音とそれに続く足音が聞こえた。開いている扉を探して、家の周りを歩き回っているようだ。

昨夜は門を開けっぱなしにしてしまっただろうかと、紫鸞は焦った。だが、門が開いていようと打ち壊されようと、人避《ひとよ》けの結界を越えて入ってこられる人間はいないはずだ。

一角が久しぶりに訪れたのかと紫鸞は喜び、寝台から床に飛び降りて、部屋から駆け出した。

鳥の姿で部屋を飛び出さなかったのは、賢明というより幸運だった。走りながら人の姿に変じ、庭に面した扉を勢いよく開けた紫鸞の前に立っていたのは、特に特徴のない三十あたりの男であった。

「誰？」

叫んでから、紫鸞は自分の姿がどのように見えているかと恐れ、バタンと扉を閉めた。人界では常に人間の姿を取る習慣は身についていたが、男の顔に浮かんだ驚愕《きょうがく》の表情に、鳥の特徴をどこかに残した異形の姿をさらしてしまったのかと思ったのだ。

まずは掌《てのひら》を広げて、人間のそれと同じであることを確認する。手に取った髪は黒く、頭から生えている。

次に頭と髪を撫で、頭頂に羽冠のないことを確かめる。顔に触れても羽毛や嘴《くちばし》のないことに安堵《あんど》した。だが、肌の色は？　手と胸元を見れば、漢人特有の象牙色だ。目はどうだろう。丸過ぎはしなかったか。

その部屋には姿を映す鏡がなかったから、紫鸞はそうやって自分がちゃんと人間の形をしていることを確かめていく。

「あのー、紫鸞さんのお宅ですよね。両替商の使いです。お休み中のところに邪魔してしまって、すみませんです」

外から、間の抜けた男の声がした。

「お支度が終わってないようですから、そのままでけっこうですんで、主人からの手紙をここに置いていきますね」

扉の下に、薄い封書が差し込まれた。砂利《じゃり》を踏む男の足音は、そのまま遠ざかっていく。紫鸞は薄く扉を開けて、立ち去る男の背中を見送った。視界の外で、門が開き、閉められる音がした。

紫鸞はかがみ込んで両替商からの封書を拾い上げた。中身は新規の依頼状だ。

ほっと息をついて、紫鸞は外に出た。家の周囲を見回す。人間の注意を家から逸らす人避けの結界は、すっかり薄れてしまっていた。紫鸞は喉元にまで跳ね上がってくる動悸《どうき》をこらえながら、塀に沿って結界を張り直す。それから正門に戻り、重たくて朝夕のかけ外しが面倒という理由で、脇に置きっぱなしにしていた閂《かんぬき》を持ち上げ、しっかり差し込んだ。

　閉ざした門扉に背中を預けて、紫鸞はずるずるとしゃがみ込む。いまさらながら、体が震えてくる。使いの男だからよかったが、泥棒や強盗の類いであったら、いまごろどうなっていたことだろう。いや、あの使いの男にしても、家の中に入ってきて、無防備に鸞の姿で眠っているところを見つかったら、どんな騒ぎになったことか。

　瑞兆《ずいちょう》として喜ばれる鸞であると知られれば、よってたかって捕獲されてしまう。高貴な人間たちの見世物として、厳重に施錠された鳥籠に閉じ込められてしまうだろう。もっと恐ろしいことに、その肉や骨が貴重な生薬になると誰かが言えば、切り刻まれて食べられてしまうかもしれない。

　実際、そのようにして命を落とした鸞もいるという。

　また、旅の間に人間が人間を襲うところを、目にしたことがないわけではない。一角はそういう場に行き会うと、血の臭いに顔を青ざめさせながらも、人間の惨《むご》さについて、紫鸞に話して聞かせた。

　――聖王を守護するようになれば、想像もしたことのない地獄を、見ることになるかもしれないからね――

そのときは実感できなかった一角の脅《おど》し文句が、紫鸞の耳に蘇《よみがえ》る。使いの男は、若い娘が朝の身だしなみを終えずに人前に姿を現したことに驚き、紫鸞の反応を女の恥じらいと捉えた。男が善良で、双方にとって都合のよい方向に勘違いし、ひとり暮らしの娘に配慮する人物であったのは、まったくの幸運であった。

紫鸞は深いため息をついた。

「怖かった――」

我知らず漏らした言葉とともに、肩の強《こわ》ばりもゆるむ。

瑞兆となる鳥や獣を狩る人間の恐ろしさ、弱いと見た相手――特に若い女――に対する人間の理不尽さについて、一角は何度も紫鸞に警告した。

――ぼくらは、人間たちよりは長生きで、多少の術を使ってかれらの注意を逸らしたり、最悪のときは空を飛んで逃げたりすることはできるけど、こちらを獲物と見做《みな》して襲われたら、逃げ切れるとは限らない。自分自身を人間より優れた生き物だと、思わないことだね――

「別に、人間を見下してたわけじゃないけど――」

頭の中で説教をしてくる一角に、紫鸞は無意識に指の節を噛《か》んで、言い返した。

むしろ、自分の力を過信していたのだ。我が身くらい、自分で守れると。紫鸞は両手で頬を包み、それから両肩を抱きしめて、震える体を落ち着かせる。

「一角が都を出る前に張ってくれた結界が三月《みつき》も保《も》ったから、自分のもそれくらい保つかと、勘違いしちゃったんだ」

誰にともなく、言い訳をする。

いや、そうした注意力を保《たも》つのが難しいほどに、人間に交ざって生きることに気を張って、その日その日の気力を使い果たしていたのだ。

――ぼくたちは、狩られる側の生き物だよ。それを忘れないで――

「はぁい」

噛みしめるように反省の念を込めて、紫鸞は頭の中の一角に返答した。

あらためて、紫鸞ひとりが住む一軒の家を眺める。ひどい有り様だ。庭はどこもかしこも草ボウボウで、伸び放題の雑草が戸口へと続く小径《こみち》を隠してしまっていた。野生化した菖蒲《しょうぶ》の密生する隙間から、かろうじて見える池の水は濃い緑色で、水面《みなも》は黒ずんだ藻に覆われている。木々は鬱蒼《うっそう》と葉を繁《しげ》らせた蔓草《つるくさ》に締め上げられて、枝の間から木漏れ日など漏れようがない。どこに井戸があるのか、どこにどのような花壇があったのか、まったく判別できなくなっていた。

側門から玄関まで延びる細い筋、獣道のようなそれが、毎日そこを往復する者がここに住んでいるという証《あかし》である。

建物に目をやれば、蔦《つた》が屋根まで這《は》い上《のぼ》り、土壁から正体不明の苔《こけ》や草も生え、隙間という隙間にはびっしりと蜘蛛《くも》の巣が張られている。煮炊きのための煙出しには鳥が巣を作り、ここだけがどこかの深山の様相を呈している。

一角がこの家を見つけて借りてきたときは、瀟洒《しょうしゃ》な小宅であったが、いまや廃屋《はいおく》にしか見えない。大家が足を踏み入れたら何と言われるだろうか、想像するだにげんなりする。

家庭教師として、それなりに名家の邸《やしき》に出入りする紫鸞は、人間の住む家とその庭がどのようであるべきか、知っている。自分の住処《すみか》が人間のそれと同じように手入れされている必要はまったく感じないにしても、他の人間の目にどのように映るかくらいは、さすがに想像できた。

人間の感性を持たぬ紫鸞といえど、この状況がまずいことはわかる。

おもむろに身を起こして、屋内に入る。

家の中はさらに凄《すさ》まじい。

紫鸞は掃除などしたことがなく、しなければならないと考えたこともなかった。寝床となる寝台はいつもきれいにしていたが、鸞の姿でくつろぐための『きれい』である。自分のくつろぐ場所が汚れていなければそれでいいのだ。

廊下や寝室の床は、紫鸞が歩くところだけが、磨き抜かれたように艶を放ち、そうでないところには埃が積もっている。使われない部屋が埃と蜘蛛の巣だらけで、廃屋状態であるのは言うまでもない。

あの使いの男は、この家の廃れぶりを、どのように両替商に報告するだろう。

紫鸞は暗澹《あんたん》とした気持ちになった。

外だけでなく、自宅の中でも人間として生活すべきだと、一角なら助言したかもしれない。


家の内外で『人間らしい』生活を心がけるのは、決して楽なことではなかった。それでもいつしか、意識せずとも人間の作法を自然にこなせるようになっていた。

大燕は晋の桓温に攻められ、苦戦を強いられているということであったが、裏国は鄴へ糧食や増援を送り出すための徴兵が時に行われる他は、いたって平穏であった。

そのかたわらで、紫鸞はいまだに聖王の器と思える人物に巡り会っていない。

市井に埋もれ、単調に繰り返される日々のなか、一角と語り明かした夜が、つい昨日のことのように思い出されるときもあれば、もうずいぶんと昔の出来事であったような気もしてくる。一角と別れてから、人界でのひとり暮らしも長くなった。

坦々《たんたん》と過ぎてゆく日々に、本来の目的であった『天命』について、考えることをしなくなり、天象を求めて夜空を見上げることも、久しくなくなっていた。

玉山で守護鳥としての天命を拝してのち何年も、あるいは何十年ものあいだ、聖王との出逢いを待つことは珍しくないと、西王母から聞かされていたせいもある。一角もまた、急いで聖王を見つけ出すことよりも、人界の暮らしやしきたりに慣れるのがよいと助言した。

そのように人界に埋没しかけていた紫鸞の耳に、一時は鄴を制圧するかの勢いであった桓温の北伐が頓挫し、東晋軍が引き揚げたという報せが入った。

「河北が落ち着いたのなら、そろそろ聖王を探しに発《た》つべき頃合いではないかしら」

騒然とする城下の噂話を耳にした紫鸞の胸に、数年前に玉山を辞したときの決意が蘇る。鄴へと引き返すことに決めた。

鄴に着いてからは、紫鸞は居場所を定めず、昼は城下を歩いて人々の噂話に耳を傾け、夜になると、ひと気のない城壁に拠《よ》って夜明けまで過ごした。身ひとつでどこでも眠れる鳥暮らしの気楽なことに、あらためて自分の生まれに感謝する紫鸞だ。

「ああ、聖王を見つけ出して守護することになったら、また人間として生活しなくてはならないのかしら」

人間の目を絶えず気にしなくてはならなかった裏国での日々を思い返しただけで、気分が塞いでくる。一日も早く聖王に巡り会い、天命を果たしたいと願う一方で、そのために払う代償もまた、心の重石《おもし》となりつつあった。

夜の大気はすっかり秋の冷気に満ちて、城壁の上に立つと肌寒さを覚える。とはいえ、その天性は雲の高さを飛行する鸞である彼女にとっては、冷たい空気はむしろ新鮮で肌に心地よい。

壁上を巡回する兵士らをやり過ごすと、人目のない場所にうずくまり、夜空を見上げては、西王母の言った天象について思いを馳《は》せた。

紫鸞の聖王は、どのような人物だろう。

大業を果たす人間というのは、おそろしく運がよい。

飛矢や病の方が避けていく。それは本当に、ただ運がよかったのだろうか。人智《じんち》を超えた加護があったのではないか。だが、人皇とされる堯《ぎょう》や舜《しゅん》に、守護獣がいたという記録は人界にはない。それは劉邦《りゅうほう》や石勒も同じだ。

霊獣とその眷属の存在はあくまで伝説であり、人界の歴史に関与した痕跡を残してはいけないのだという。紫鸞は養い親の山神からも、天命を授けた西王母からも、そして地上の導き手であった一角からも、そのように念を押された。

なぜだろう。紫鸞は疑問《ぐじょう》に思う。

鸞や麒麟、そして颶娘のように、さまざまな神獣がこの地上に存在している。そして人間と変わらないか、それ以上の知性も持ち合わせている。なのに、まるでこの世界にいないもののように扱われ、人間たちとかかわりを持ったことなどなかったかのように、記録からも記憶からも消されてしまうのは、理不尽ではないか。

ある日の一角との会話で、紫鸞はこの疑問をぶつけたことがある。一角はしばらく考えてから、言葉を選んでこう答えた。

「地上に置かれた霊獣の仔は、あまりにも数が少ない。だから、人間たちはかれらの存在をなんだかめでたい兆しの運び手、つまり瑞祥《ずいしょう》として捉えているんだ。だからといって、大切にされるわけではない。もしも見つかってしまえば時の権力者に献上するために捕獲され、閉じ込められて飼い殺しにされてしまう。さらに、本当に瑞獣に覇者を守る力があると知れたら、人間たちは血眼になってかれらを探して追い回し、捕まえようとするだろう。山界の結界の内にいても、平穏に暮らすことは難しくなるだろうね」

ならば人界の成り行きに干渉しなければよい話なのだが、あまりに戦乱が続くと、神獣らの治める山界にも、逃げ場をなくした難民や、潜伏場所を求めて山賊がなだれ込んでくる。何千何万という人間が踏み込もうとすれば、一個体に過ぎない山神の張る結界では、持ちこたえられない。そのため、人界が少しでも平安を保つよう、最低限の干渉を試みているのであろう。

「だったら、どうして百歳を過ぎたばかりの未熟な幼体に、聖王を守らせるなんて任務を課すのかしら。人間のふりをするだけで精一杯な私よりも、経験豊富で人界のことをよく知っている一角が、聖王を導いた方がよほど世の役に立つと思うんだけど」

紫鸞がそう指摘すると、一角は呆気《あっけ》にとられて目を瞠《みは》った。

「言われてみればそうだね。霊獣の幼体が霊格を高めるための力試しとするには、人の世の流れと、山界の在り方まで変えてしまう、重たい務めだ」

その矛盾と理不尽さに、一角は初めて思いがいたったらしい。それから一角はしばらく言葉を発さずに、思索に耽《ふけ》った。自分の内側にある記憶の谷に沈んでいくように、まぶたを半分閉ざす。紫鸞は空気の重さを感じて、一角がつぎの言葉を口にするのを待った。短くはない沈黙が続いた。

紫鸞が養い親の颶娘のもとを去り、玉山へと天命を求める旅に出たのは、ひと飛びに神獣へと霊格を高める試練を得るためではなかった。自分と同じような鳥獣に出逢いたかったからだ。颶娘はよい養い親ではあったが、必ずしも気が合う友人とは言い難かった。颶娘の使い獣は、見た目も考え方も紫鸞とは違う生き物で、心話で意思を交わすことはできても、抽象的な思考をともなう会話はできなかった。

自分以外の何かに変化する霊力を持っていたのは颶娘だけで、人間に変化したときは優に百歳を超えた見た目の老婆となった。十歳かそこらの少女にようやく変化できるようになった紫鸞の、ひいひいひい祖母《ばあ》さんかそれ以上の年寄りに見えるのだ。

びゅう、と刺すような冷気を含んだ風が、紫鸞の髪を巻き上げ、とりとめのない思索を遮った。

気がつけば東の空は明るくなっていた。

紫鸞は回想の淵《ふち》から引き戻され、東から数を減らしつつある星空へと意識を向ける。それから、形容しがたい違和感を覚えた。考え事に沈む前には、星々の輝きはもっと鮮明で、ひとつひとつがくっきりと瞬《またた》いていた。紫鸞は注意深く天の四方を観察する。

この空気の澄んだ季節に、西の空が霞んで見えた。

鳥目などと言って、夜になると鳥は目が見えないものとされているが、多くの鳥は昼に起きて夜は休むだけで、生活と視力に人間と違いがあるわけではない。渡り鳥や梟《ふくろう》など、夜に活動する鳥はいるし、視力だけでいえば地上より百丈（三百メートル）の高さから一瞬にして獲物となる小鼠《こねずみ》を判別する鷹の視力は、人間のそれよりも遥かに優れている。

鷹よりも高みを飛行する鸞鳥が目を凝らして遥か地平を望めば、人間の視認できるよりも遥かに細部までを見分けることができる。それこそ、舞い上がる砂の一粒一粒まで。

「あれは、軍勢。数万、いえ、十数万という人間の群れ」

西の空へと立ち昇る霞《かすみ》の正体は、おそろしい勢いで鄴へと迫り来る、騎馬と歩兵の大軍が立てる土埃《つちぼこり》であった。

前日までに市井を歩いて集めた噂によれば、桓温が北伐を断念して南へ退いたのち、次は西の大秦との国交が、一触即発の緊張状態となっていた。

東晋の北伐に対抗するため、燕の皇帝は領土の割譲を条件として、隣国の大秦に救援を要請した。大秦の天王苻堅は要請に応じて援軍を送ったが、大秦軍が戦場に到着する前に、桓温は兵を退いた。喉元の熱さが過ぎて領土が惜しくなった大燕側は、苻堅との協約を反古《ほご》にしてしまった。

協約を破られた苻堅は激怒し、そのため大燕はいま、大秦からの侵攻を受ける羽目となっている。

「また戦争になるのかしら」

紫鸞はうんざりした口調でつぶやいた。

殺生《せっしょう》と流血を前にすると体調を崩してしまう一角との旅は、とにかく戦乱を避けての移動であったから、紫鸞はこれまでどおりにこの場から飛び去ろうとした。

一角は戦の気配に敏感で、遠くからでも血や戦塵《せんじん》の臭いを嗅ぎ分ける。盗賊の襲撃などの小規模なものから千人単位の軍のぶつかり合う戦場まで、事前に察知して避けてきた。ずっとそのようにしてきたこともあり、紫鸞は深く考えずに、習慣的にこの場を去ろうとしたのだ。

しかし、翼を広げようと城壁から身を乗り出したとき、背後で高まる人間たちの叫喚が耳に届き、動きを止める。家財を積んだ荷車を押して閉鎖された城門に殺到し、逃げだそうとする人々がたてる騒音に注意を惹かれた。

紫鸞は刻々と高さを増していく西方の土煙から目を離し、城内の混乱へと目を向けた。敵軍はまだ地平線の向こうにも見えていないのに、人々はまるで蟻塚《ありづか》を壊された蟻の群れのように通りにあふれ、逃げ場を求めて泣き叫んでいる。

あたかも、戦う前から燕の敗北が決まったかのような悲観ぶりである。

紫鸞は城内の無秩序さに首をかしげた。鄴は大きな都市で、都を囲む城壁はとても高くて厚く、何十万という兵に攻撃されても、人間の力で陥落させることが可能とも思えなかったのだ。

そこへ、紫鸞の思考を遮るように、足下に不穏な振動が走った。燕の帝都を守る兵隊が、敵襲に備えて城壁に上ってきたのだ。

朝日が地平から顔を出すのを待たず、城壁の上に着々と無数の兵が配置されていく。弓兵らが隙間なく並んで胸壁越しに弓を構え、その背後では工兵らが起重機の鉄索を巻き上げている。歩兵が起重機で外へ投げ落とす石を運び上げ、あるいは壺《つぼ》に満たされた油を熱し始める。どこかで幾本もの重たい鎖が引きずられる音が響く。

城壁上の通路はたちまち、慌ただしく行き交う伝令や、待機する兵士らであふれた。

紫鸞は殺気に満ちた城壁から降り、早朝から通りに出て正確な情報を求めようと必死な住民や、避難のために右往左往する人々であふれる城下を歩いた。堅固な城壁に拠って住む鄴の住民が、悲観的になって負け戦を予想している理由に聞き耳を立てる。

人々は、競うようにひとつの名を口にしていた。

呉王《ごおう》、皇帝の叔父、慕容垂《ぼようすい》。

紫鸞が遠く襄国にいたときでさえ、その人物の名声は轟《とどろ》いていた。

ほんの数ヵ月前に大燕の兵五万を率いて、鄴に攻め込む勢いであった桓温と東晋軍を撃退した、救国の英雄。

その慕容垂が、大秦軍の先鋒《せんぽう》、冠軍将軍として鄴に攻めてくるのだという。

紫鸞は逃げ惑う都人のひとりを捉え、どうして慕容垂が敵方にいるのかと訊ねた。

「知らないのかい？」

通りすがりの男は目を剝《む》いて怒鳴った。国を揺るがした大事件を知らない人間が、都にいることが信じられないといった表情で唾《つば》を飛ばす。

「もともと呉王を嫌っていた皇太后と太宰《たいさい》の慕容評《ぼようひょう》が、呉王に国の実権を奪われちゃたまらんと思って、刺客を放ったんだよ。九死に一生を得た呉王は、一族を率いて、隣国へ亡命しちまったんだ」

男はそれだけ叫ぶと、肩の荷を担ぎ直して走り去った。

紫鸞がどこへ向かうべきか、飛んで逃げるにしても人が多すぎる、と迷っているとき、兵士らが通りに湧き出した。一般の民に戒厳令を叫んで回る。間諜《かんちょう》扱いされて投獄されてはかなわないと、人々は慌てて屋内へと閉じこもった。数刻もせず、あれほど混雑していた通りは閑散とし始めた。

紫鸞は人気《ひとけ》のない小路《こうじ》へ逃げ込み、虚空へと舞い上がった。

雲に届く大空までは一瞬であった。紫鸞のいる高みからは、地平線のその先までよく見える。鄴を包囲してなお、その最後尾が地平の彼方にある大秦軍は、大地を黒々と染め上げる蟻の大群にも似ている。

翻って鄴を包囲する大秦の前軍に目をやると、人馬の塊の中に、砂埃を透かしてぼんやりとした淡い光が見えた。

松明《たいまつ》や篝火《かがりび》などの光ではない。地上で火を燃やしても、この高さから視認するには弱すぎるであろう。その光は淡く、はっきりとその存在を主張しているわけではないにもかかわらず、確かにそこにあることが見て取れた。

聖王候補は、人の目には見えない光をまとっているという。

紫鸞の鼓動は速まり、空気の薄い上空で、悠然と翼を広げていることが難しくなってきた。近づいて見ることは可能であろうか。

紫鸞は光の正体を突き止めるために、しばらく都に留まることに決めた。だが、混乱を極める城下には、安全に身を潜める場所はない。紫鸞は高層の建物の屋根裏か、仏教寺院の塔に隠れて日中を過ごし、夜になるとそっと城壁を飛び越え、上空から大秦軍の幕営地を探った。

光の主《ぬし》に接近する方法を思案するために、城内の仏塔に舞い戻った紫鸞の背後に、音も立てずに影が舞い降りた。気配を察して振り向いた紫鸞の前に、顔をこちらに向けて「ホー」とささやく大きな梟《ふくろう》の姿があった。

ただの梟ではない。地味で目立たない茶色の羽に覆われているべき梟であるはずが、羽毛のそこここや翼の端々に、碧玉《へきぎょく》の艶が見え隠れしている。そして丸い目は孔雀石《くじゃくいし》を嵌《は》め込《こ》んだような濃い碧色《みどりいろ》であった。そして全身に漂う霊気。

さては霊鳥の雛を狙う妖鳥の一種かと、紫鸞が身構えたときであった。紫鸞の頭蓋に波音のような囁《ささや》きが寄せてくる。

――あそこにいるのは、君の聖王ではない――

それが目の前の梟から発せられている心話であると悟って、紫鸞は息を呑《の》む。面前の梟は薄明《はくみよう》の白い空を背景に、すうと鸞の姿に変化した。いや、変化を解いたのだ。

――あなたも、鸞？――

紫鸞は驚きを込めて問《と》い質《ただ》した。

青い羽の先が碧がかった鸞は、長い首を下に向けた。うなずいたのだろう。紫鸞はそれですべてを察した。

――あの淡い光の主は、あなたの聖王なのね。あなたの名は？　私は紫鸞――

――碧鸞《へきらん》――

紫鸞は思わずくすりと笑った。

――私たちの名前って、羽の色に因んでいるのかしら。だとしたら、同じ色調の鸞は、同じ名前になってしまうわね――

――名の取り合いになるのかもしれない――

碧鸞の心話にも、笑みに似た震えが感じられる。

――それにしても、あなたは梟に変化できるのね。その姿で、聖王を守護しているの？――

碧鸞は首を少し曲げてから、軽く羽をつくろった。

――ふだんは、大鷹《おおたか》の姿で道明《どうめい》のそばにいる――

――どうめい？――

――慕容垂の字《あざな》が道明。燕の皇帝の叔父で、去年までは呉王で燕の大都督《だいととく》だったけど、いまは秦の賓都侯《ひんとこう》で冠軍将軍――

紫鸞は首を傾けて、城下では噂の的であった人物の来歴を思い出した。命がけで守った祖国を捨てて亡命し、ただちに敵国の兵を連れて祖国へ攻め込んできた人物が、聖王候補であったとは。

紫鸞の思考を読み取ったかのように、碧鸞は続けた。

――節を枉《ま》げて、道明を燕から追い出したのは太宰の慕容評と皇太后だ。皇帝も凡庸で役立たず。燕が滅ぶのは道明のせいではないし、燕を滅ぼすのも道明ではない――

淡々とした響きでありながらも、慕容垂を擁護《ようご》する碧鸞の、自らが信じる聖王への信頼を感じとることができる。

ようやく光をまとった人間を見つけたというのに、すでに守護鳥がついていたとは。

紫鸞は自分がずいぶんと出遅れていることに落胆した。そして、それ以前に聖王候補がひとりやふたりではなく、聖王を求める守護獣も少なくないことに驚く。紫鸞は気を取り直して碧鸞に話しかけた。

――大鷹や梟に変化できるのは、すごいことね。碧鸞は人間には変化しないの？――

――できる。だけど、人間の姿では年を取らないから、ずっと側《そば》にいるのなら平凡な鳥の姿がよい。人間は鳥の年齢を見た目ではかることはできないし、十年以上経《た》っても、どこかで新しい鳥と入れ替わったと思われるだけだから——

それは賢いやり方だと紫鸞は感心した。

——あなたの聖王を横取りするつもりではなかったの。ごめんなさい——

——それはわかっている。あやまることではない——

碧鸞はそう告げると、ふたたび梟に変じて羽音を立てずに夜の闇へと溶けていった。

「あ」

引き留めるひまも与えられなかった紫鸞は、爪先《つまさき》まで力が抜けてしまい、思わず仏塔の屋根にうずくまった。

「もう少し、話をしたかったのに」

チリリとした痛みが、一瞬だけ胸の奥でうずく。その痛みに、あるいは立っていられない脱力感に名があるとしたら、寂しさとか、失望という言葉が相応しかったかもしれない。

碧鸞の消えた闇を見つめる。初めて言葉を交わした同族なのに、用件だけ言って去ってしまうとは。異種獣の一角でさえ、たっぷりと時間を割いて、いろいろな話をしてくれたというのに。

天命の任のさなかにある碧鸞と、すでに山神として悠々自適に暮らしている一角を比べることなど、できはしないとわかってはいる。だが、せっかく同族に出逢えたというのに、親しく語り合えなかったのはとても残念だ。

さて、紫鸞の聖王候補探しは振り出しに戻ってしまった。大燕は早晩滅んでしまいそうであるし、今宵《こよい》見上げる天象には、なんの兆しも見られない。

だが、碧鸞はひとつ、紫鸞に希望を残していった。

人間として常に緊張を強いられる生活に耐えずとも、聖王の側にいてその命を護《まも》る方法を示してくれたことだ。


それから数日と経たずに、鄴は陥落した。

高く厚い、堅牢《けんろう》な城壁に守られた都であった。

しかし、慕容垂あるいは大秦の名宰相と呼ばれた王猛《おうもう》の策略であろうか、鄴の宮廷に人質として仕えていた高句麗《こうくり》や扶余《ふよ》の王子らが内応して城門を内側から開き、大秦の軍勢を招き入れたのだ。

一角の言ったとおりになった。城壁は内側に住む人間を裏切らない。だが、内側に住む人間が自ら他の住人を裏切ることは、止められないのだ。

大燕の皇帝は北へ逃走し、残された皇族と官僚は大秦に降伏した。

ほとんど戦闘らしい戦闘もなく、大秦十六万の軍隊は開放された各門から整然と隊列を組んで入城し、皇宮を制圧するために行進を続けた。城下においては殺戮《さつりく》も掠奪《りゃくだつ》も行われなかった。

鄴の都が新しい支配者を迎え入れた日、紫鸞は行く当てもなく空に舞い上がった。しばらくは鄴の上空を旋回していた紫鸞であったが、龍城《りゅうじょう》へ逃走する燕の皇帝慕容《ぼよう》暐《い》を追う秦軍の一団を見つけ、特に明確な意図もなく、かれらについて北へと飛んだ。

第三章　亡国の王子

天の加護なき大燕《だいえん》の皇帝が逃走し捕縛され、鄴《ぎょう》に送り返されるのを見送った紫鸞《しらん》は、さらに北を目指した。

少しのあいだ、人界を離れて考えを整理したいと思ったのだ。

長安の苻堅《ふけん》は蛟が護り、燕の慕容垂《ぼようすい》には碧鸞《へきらん》がついている。この世界には、他にも聖王候補が何人かいて、かれらを守護したい鸞や蛟、麒麟が彷徨《さまよ》っているのだろう。まるで未熟な鳥獣が、自分の霊格をより高めるために、天命と聖王を取り合う競争をさせられているようだと思った。あるいは、自分たちは地上に展開される覇権遊戯に放り込まれて、右往左往する駒に過ぎないのでは、という疑惑も芽生えてきた。

中原と漠北《ばくほく》を別《わか》つ万里の長城《ちょうじょう》を越えると、風景は一変する。ただただ、茫漠《ぼうばく》とした起伏の少ない白茶けた大地に、草原がどこまでも拡がっている。上空からは不毛の大地に見えるが、地表には灌漑《かんがい》の痕跡や、農地らしきものといった、人の手が加わった地形もちらほらと見ることができた。

飛び続けるうちに、視界は地平まで続く不毛な荒れ地ばかりとなった。

――長城の北側にも人は住み、国を築いているという話だけど――

紫鸞は一角《いっかく》から聞いた話や、襄国《じょうこく》で人間を相手に読み書きを教えている間に触れた書物、見識ある人間たちから得た情報を思い返したが、実際に目にする風景は、ずいぶんと印象が異なる。

虚空から地上を眺めているうちに、紫鸞は慕容垂の顔を見ることもなく、碧鸞に追い払われるようにして鄴を飛び去ったことを少し後悔した。

――碧鸞は慕容垂に会ってはいけない、なんて言わなかった。私ったら、どうしてあっさり立ち去ってしまったんだろう。『聖王』と判断されるに相応しい人間を目にすることのできる、希少な機会だったというのに。それに、苻堅そのひとが、大秦《だいしん》の軍を率いて鄴に進軍していたんだから、一角の養い仔だったという翠鱗《すいりん》と知り合うこともできたでしょうに！――

蛟はもちろん、龍の眷属とされるどのような獣も目にしたことのない紫鸞は、失われてしまった出逢いを思うと急に悔しくなって、嘴をカタカタと鳴らした。

碧鸞に出遅れていたことで失望し、短絡的な行動を取ってしまった思慮のなさに、紫鸞が自己嫌悪に陥っていると、やがて生き物の影すら見あたらない、砂丘の連なりが見えてきた。

まるでいまの自分の心象風景そのままだと、紫鸞は思った。紫鸞についてくるものは、我が身が地に投げかける小さな影のみ。紫鸞には、どこへ行きたいとか、行くべきかとか、そういった目的も目標もない。果たすべき天命があることは知っているが、どこへ行けばそれを見つけ出せるのか、皆目見当がつかないのだ。

麒麟の一角、同族の碧鸞、いまだ巡り会えぬ先達の青鸞《せいらん》。

その姿も声も想像するばかりの青鸞ではあったが、一角から聞いた話だけで、眷属の長老のように慕う気持ちが育っていた。この地上のどこかにいるはずなのに、紫鸞はもう二度とかれらに会えないような気がしてくる。

凍りつく風の中を、白い粉雪が舞う。空も大地も、紫鸞の胸の内も寂寥《せきりょう》として、進むほどに風の勢いが強くなり、横殴りに吹いて雪と砂を高く巻き上げる。

荒れてゆく気流と厳しさを増す寒さに、紫鸞はついにそれ以上は北へ進むことをあきらめた。旋回して別の気流を捉え、方向転換する。

無意識にではあったが、里心がついたのだろう。

いま、漠北のどのあたりにいるのか見当もつかなかったが、ずっと西へ飛べば、故郷の山岳地帯にたどり着けるような気がしていた。

――颶娘《ぐじょう》――

育ての親、老婆の顔を持つ人面蛇身の山神の、皺だらけの笑みが無性に懐かしい。氷霧を含む冷たい風を防ぐ長い睫《まつげ》の下で、まぶたを濡《ぬ》らす熱い涙が、ほろほろと虚空に散っていった。

聖王に出逢ってすらいない紫鸞が、いきなり帰ってきたら、颶娘は驚くであろうし、あきれるだろう。もしかしたら怒って紫鸞を叱りつけるかもしれない。

碧鸞のこと、一角と過ごした記憶、混沌《こんとん》とした中原のありようと、いまだ巡り会わぬ自分の聖王のこと、颶娘の庇護のもとでなんの憂いもなく山界で遊び暮らした日々が、脈絡なく思い出される。どこまで飛び続けても考えはまとまらず、天にも地にも自分ひとりしか存在していないような孤独に、紫鸞の心は凍《こご》えていく。

あてもなく、ただ漠然と日の沈む方角をさして飛んでいると、紫色の空にすう、と星が流れた。宵の明星が動き出したのかと思うほど、はっきりと明るく輝いて帚星《ほうきぼし》のような光跡を残し、西南西の地平に落ちる前にふっと消えた。胸の奥で、心臓がドキリと拍動する。

紫鸞が顔を上げると、宵の明星はいつもと同じ明るさで西の空にかかり、沈みゆく太陽を見下ろしていた。

待ち続けていた天象の導きであろうか。

聖王の出現については、天象に注意を払うようにと西王母《せいおうぼ》には言われていたが、そもそも天象の読み方を紫鸞は知らなかった。一角と旅を共にしていたときは、夜空を見上げながらいろいろな話を聞いたが、無数にある星々の名を覚えることなど不可能であった。大地に穿たれた道標《みちしるべ》のように、それぞれの星宿に固定されたまま天空を回転じ続ける恒星と、その星宿から星宿へと、絶えず位置を移ろう惑星の違いも、よくわかってはいなかった。

ただ頻繁に目にする宵の明星は太白という名の惑星で、宵に見かけないときは、明け方の東の空に現れる明星と同じ星であることは、一角に教えられて知った。だが、なぜそのように、やたらと場所を変えて現れるのかという疑問を抱かなかったために、天体の周期性についてはさっぱり学ばなかった。そのため、天象の示す兆しについては、いまだに何を以て聖王への導きとするのか、紫鸞は見当もついていなかった。

とりあえず、目の奥に残る光跡と流星の消えた方角を追っていくうちに、中華風の城壁で囲まれた都市が、茶色い平原の向こうに見えてきた。

城門にかけられた扁額《へんがく》には、『盛楽城《せいらくじょう》』とある。漢字が使われているということは、ここも中原の王朝が支配する領域なのかと、紫鸞は推測した。風の音だけが道連れであった虚空を飛び続けた紫鸞は、人々の営みや暖かな火が恋しくなり、夕闇に紛れて城壁を飛び越え、人目につかない楼閣の屋根に下りて翼をたたんだ。

街を行く人々に漢服姿は少なく、多くは詰め襟と筒袖、丈の長さは膝くらいまでの上衣に、筒状の脚衣と革の長靴といった胡服であった。毛皮の外套《がいとう》や帽子で、雪交じりの寒風を凌《しの》いでいる。

話されている言語も、中原のものとは異なっていた。建物は中華風であるが、人々の言葉や風俗は北族のものだ。燕や秦よりも北にある国といえば、燕の支配者であった慕容氏と同じ、鮮卑《せんぴ》人《じん》の『代《だい》』という名の国であろうと見当をつけた。

この盛楽城が、天象の示した聖王の地であるという確証はなかったが、凍り付くような大気と雪交じりの風の中を一日中飛び続けたのだ。一休みしたかった。

外敵を警戒する必要がないほど平和な国であるのか、城壁上の通路を兵士らが巡回する間隔は間遠《まどお》で、数も多くはない。紫鸞はふたたび翼を広げ、宵闇に紛れて城壁の上に飛び移った。

紫鸞は目の端に何かが燦然《さんぜん》と輝くのをとらえ、そちらに顔を向けた。盛楽城の北側には、遠くまで続く草原に、白く丸い傘を広げた茸の群生地を思わせる光景が広がっていた。木の骨組みに厚いフェルトの布を幾重《いくえ》にも重ねて作られた、円筒形に丸屋根の建物は、穹廬《きゅうろ》と呼ばれる北方遊牧民たちの移動型住居だ。

来るときは見落としていたその住居群の規模は、盛楽城の面積と変わらないか、もっと広大であったかもしれない。集落や村というにはあまりにも戸数が多く、囲いの防壁を持たない町は、北と東西の地平へと、どこまでも果てしなく続く茸の平原のように見えた。

その中央近く、特に巨大な穹廬が並ぶあたりで、そのうちのひとつが油灯《ゆうとう》のように明るい光を放っていた。篝火とも焚《た》き火《び》とも異なる、白みがかった朱とも茜とも見えるその光は、紫鸞の目を惹きつけてやまない。穹廬そのものが、内側から輝いているかのようだ。

鼓動の昂《たか》まりをこらえつつ、紫鸞はその光に導かれて、明るく輝く穹廬の屋根に舞い降りた。

幾重にもフェルトを重ねて断熱性を高めた穹廬ではあるが、中で煮炊きもするために、上部には換気口もある。紫鸞はそこから内部のようすを窺った。中では、ひと組の男女が寄り添って眠っていた。紫鸞が追ってきた光の玉は、ふたりに挟まれるように、うっすらと瞬きながら、ゆらゆら揺れている。

神仙の霊力に呼び起こされた本能が、長かった探索の終わりを告げる。たちまち、それまで孤独と寂寥に苛《さいな》まれていた紫鸞の胸に、じゅわりとした歓喜の熱が広がった。

温かな血流が体の隅々まで巡り、冷え切った体を生き返らせる。

――私の聖王は、まだ生まれてもいなかったのね――

いまだ胎芽《たいが》ですらない、たったいま受精したばかりの命が放つ光は、人肌以上の体温を帯びて、粉雪交じりの寒風に凍えた紫鸞の翼を、穹廬ごと包み込んだ。

新しい命から、自らの翼に流れ込む生気の温もりに、紫鸞は深く息を吐いた。

鄴の地からここまで、休むことなく飛行を続けたことで消耗しきっていた霊気が、たちまち回復する。羽冠から両翼の先端まで力が漲《みなぎ》り、紫鸞は至福の喜びに包まれた。

天命を授かってから、聖王との出逢いを待ち続けて幾年が過ぎたことか、思い出すのも難しい。あまりに長い時を探し続けてきたせいだろう。温もりに包まれた紫鸞は、ようやく落ち着ける場所を見いだした喜びに、身も心もはち切れそうであった。

自分もまた新しい命を得て、地上に生まれてきたかのような興奮の赴くままに、翼を広げて満天の星が輝く夜へと舞い上がる。旋回しつつ上昇し、薄くたなびく雲の層を越え、四方の地平が弧を描くほどの高みにあっても、紫鸞が守るべきひとつの命は闇の中で燦然と光を放っていた。

初めて断崖から飛び降り、天地の狭間を滑空したときの喜びよりもなお、心が躍る。

紫鸞はその夜から、朝夕に目隠しの結界を張って穹廬の屋根に留まり、胎児とその母親の健康を気遣った。経過が順調で、母親が懐妊の兆しを見て大事を取るようになると、聖王を発見したことの興奮はおさまってきた。そして、この先数十年にわたるであろう『天命』の遂行に、不安を持ち始める。

紫鸞はまず、『聖王』とどのようにして出逢い、守護者としての務めを果たせる地位を作り上げればよいのか、計画を練り始めた。

紫鸞はこの土地と人々に馴染みがなかった。しかも、受胎から懐妊の発覚までの二ヵ月間、紫鸞は穹廬の内外で交わされる言語が、彼女がよく知っている漢語ではないことにも気がついていた。

言葉だけではない。生活習慣や様式も、紫鸞が中原で学んできた人界の掟やありようとは、まったく異なっている。それでいて、そこに住む人々は、暗黙かつ厳格なしきたりに順《したが》って、日々を暮らしているように見受けられた。

やがて生まれてくる彼女の聖王に、周囲の人間たちに警戒されずに接近するには、紫鸞もまたこの地の人々について深い理解と知識を持つ必要があるのだ。

人間は受胎から十月《とつき》をかけて生まれてくるという。

その間に、この土地の言葉を学び、風俗に馴染んで、来たるべき真の出逢いを待つのがよいだろう。紫鸞はそう考えて、いったん穹廬の町を離れて、盛楽城へと移動した。

穹廬の寝床に横たわっていた男女の出自や、盛楽の城市を都とする代国について、紫鸞はほとんど知識を持たなかった。聖王候補の背景について知るために、裏国でそうしたように、どこかに家を借りて仕事を探す。

このような異国で、身寄りのないうら若い女性に、仕事や部屋を見つけることは中原の古都以上に難しいのではないか。そう考えていた紫鸞であったが、ここでも漢字を読み書きできることが役に立った。城内における行政や通商には、漢語が公用語となっており、漢字を使いこなせる人材は常に不足していたためだ。

『聖王』は中原のどこかにいるという前提で、一角と旅をし裏国で苦労を重ねて得た経験や知識がここで活《い》かされる。

仕事の斡旋《あっせん》を頼んだ宿屋のあるじ兼口利き屋の男は、裏国の両替商がそうであったように紫鸞の見た目を侮り、女衒や妓館《ぎかん》を紹介してやると笑い飛ばした。だが、紫鸞がすらすらと漢字を書いてみせると、表情を変えた。宿を出入りする役人や商人に紹介し、手紙の代筆や、契約書の作成、どうかすると公文書の清書まで、仕事を回してくれるようになった。

紫鸞は宿代とわずかな食費以上の金銭は必要としない。仕事によって得るものは、代国に関する知識と、この地を治める拓跋部《たくばつぶ》の情報であった。

穹廬に横たわっていた男女は、代国の太子とその妃《きさき》の賀蘭氏《がらんし》であった。つまり、やがて生まれてくる紫鸞の聖王は、代王である拓跋什翼犍《たくばつじゅうよくけん》の直系の孫にあたる。

生まれながらに、代王となるべき命運を背負うことになるのであろうか。

「とぅ、バッ、ッ、シー、イー、ギァン。うーん。無理」

紫鸞は漢字に写し取られた代王の名を何度も声に出したが、どうしてもいくつかの鮮卑語を発音できない。そのうち耳が覚えてくれるであろうと、紫鸞はそれ以上の努力を放棄した。

代の都は盛楽城であるが、王は城内に王宮を持たない。代国を支配する拓跋氏の宗室と、その配下の有力氏族らは、郊外の草原に大小の穹廬をいくつも建て、町を作って暮らしている。

太子と妃の賀蘭氏が、はじめての子を授かったのも、そうした穹廬のひとつだ。

紫鸞は数日おきに、盛楽城と穹廬の町を行き来した。病や騒擾《そうじょう》によって胎児が害されることのないよう、太子の穹廬とその周囲に守護の結界を張るためであった。春が来て、草原を淡い緑が覆い、白や黄色の花が咲き乱れるにつれて、太子妃のお腹《なか》は蕾《つぼみ》のように膨《ふく》らんでゆく。紫鸞は穹廬の屋根に翼を休めるたびに、暖かな光に包まれた太子妃の腹を飽きることなく眺め、胎内で育つ命に心話で語りかけた。

――私の聖王、健やかに、健やかに育って――

太子妃の腹が蕾を通り越して桃の実のように大きくなるころには、紫鸞の聴覚は胎児の鼓動さえも聞き取ることができるようになっていた。

──とても元気な男の子。私の名は紫鸞。あなたを守護する者。もうすぐ会える──

夏の盛りのある夜、紫鸞はそのときが来たことを直感で知り、盛楽の城外へと文字通り飛び出した。産婦の上げる苦悶《くもん》の叫びに導かれるように、夢心地で宙《そら》へと羽ばたき、光を放つ穹廬の屋根に降りる。

ほんのわずか前に産み落とされた赤ん坊の産声《うぶごえ》は、いっそう激しく紫鸞の耳を貫く。人々は忙しく穹廬を出入りしていたが、かれらにはこの真昼のような明るさが見えないらしく、篝火や片手に提げた油灯を頼りに歩き回っている。

紫鸞の紫がかった青い体色は、夕闇に溶けて見えにくくなっていたこともあるだろう。また、誰もが灯《あか》りの届く手元や足下に注意を向けており、穹廬の屋根に止まる大きな鳥の姿や気配に気づくようすはなかった。おかげで紫鸞は、目くらましの結界に霊力を割かずとも、中のようすに注意を向けることができた。

力強い産声に陶然と耳を澄ませる紫鸞の胸に、熱い歓喜の波が満ちてきた。

──私の聖王、ようやくこの世に顕れてくださったのですね──

紫鸞は一条の疑いもなく、そう思った。

人の子は、このようにして世に生まれてくるのかと、深い感動も覚える。

赤子は目を閉じたまま、いつの間にか泣き止《なや》み、据わらぬ首を母の胸で揺らして、乳のにおいを求めている。産婦が小さな頭に手を添えて乳首へと誘導すると、赤子は自ら母の乳首を口に含んで力強く吸い始めた。

紫鸞が赤子の誕生に感無量の思いを味わっている一方で、産婦は生まれたばかりの我が子を抱いて、感激ではない悲嘆の涙を流していた。

「健康な男子を授かったというのに、生まれたときにはすでに父親がこの世にいないなんて、なんて憐《あわ》れな子だろう」

周囲の女たちもまた、産婦同様にすすり泣き、涙を流している。会話は早口で、まだ鮮卑語を正確に聞き取れない紫鸞には理解し難い。

そこで紫鸞は、探知の結界を広げて穹廬を包み込んだ。探知の結界は防御のそれよりも使う霊力が少なく、言葉の通じない人間の心を読み取ることも可能であった。

複数の感情と心の声が行き交《くと》うなか、紫鸞は女たちのまとまった思考と、声に出された言葉の両方を汲み取る。

産婦の母であろうか。枕元で涙を流していたひとりの女の嘆きが、紫鸞の胸に飛び込んできた。

「嘆いても仕方のないこと。この子が無事に生まれてきたことが、せめてもの救い。

ああ、太子さまが生きてここにいらしたら、よくやったと褒めてくださったことでしょう！」

赤ん坊を抱きかかえて乳を吸わせている母親も、こらえきれずに枕に頰を押しつけて涙を拭いた。

この春に、代王の宮廷では謀反《むほん》の騒ぎがあった。赤ん坊の父、代の太子は国王を守って負傷し、その傷がもとで薨《こう》じていた。謀反は胎児とその母の知らぬ間に、離れた場所で起きたために、紫鸞もまた胎児の父の死を知ったのは、すでに何もかもが終わったあとであった。

聖王の父の命もまた、守護鳥である紫鸞が守るべきであったろうか。紫鸞はその答を知らない。西王母からは、聖王の命を護ることだけを命じられていた。ただ、周囲の嘆きのあまりの深さに、太子を助けなかったことで、赤子の境遇を不利な方向へと進めてしまったのではと、紫鸞は我知らず罪悪感を覚えた。

――これは、私の過ちになるのかしら――

周囲の嘆きも、紫鸞の困惑も知らず、額や頰に胎脂を貼り付かせたしわくちゃ顔の赤ん坊は、夕焼けの色に似た淡い茜色の光暈に包まれていた。父の死も知らぬまま生まれてきた新しい命。おくるみの布からも染み出るようなその光を、暖かな色だと紫鸞は思った。一角の話に聞いていた世龍《せりゅう》や劉淵《りゅうえん》のそれとも、遠くから見た冷涼な青みがかった慕容垂のそれとも、印象の異なる光であった。

放浪の日々がついに終わったことに安堵を覚えたものの、感動の波が落ち着くと、次にどのようにして聖王の側にいるべきかと、この数ヵ月頭を悩ませ続けた問題にふたたび向き合う。

探知の結界を使えば、言葉は通じずとも相手の考えていることはわかる。だが、生まれたばかりの嬰児《みどりご》では、快・不快の感覚以上の、意思や思考など持ち得るはずもない。そして、この赤ん坊が成長して紫鸞と意思を交わすようになるまで、十年、二十年という歳月が必要だ。紫鸞にとっては瞬《まばた》きの間であるが、人間は加齢とともに外見が大きく変化する。

――人間の外見は、十年で大きく変わってしまう。たとえば私が乳母になれたとして、いまの外見のまま十年が過ぎれば、周囲の側近に怪しまれてしまう。下手をすれば、人にあだなす妖物と思われて、狩られてしまうかもしれない――

いまでさえ、鮮卑語を習得できているとは言い難い。身元の怪しい漢族の女と思われて、穹廬に近づくことすら不可能に思われる。

――人間として接近するのは、聖王が成長してからの方が、いいのではないかしら――

紫鸞は幾通りかの出逢いを想定し、その成り行きを想像してみる。どうすれば、周囲に怪しまれず、聖王の側に日夜控えていられるのだろう。

——やっぱり、何年も何十年も、ひとりの人間として、そばにいるのは無理——

碧鸞のように、人間の姿ではなく、鳥の姿で守護を務めるのが最良と思えてくる。遊牧民であれば、王侯から牧人まで飼い慣らすという鷹に変化すれば、警戒されずに聖王のそばにいられる。鷹の寿命をとやかく言い出す者がいたとしても、十年ごとに別の鳥に姿を変えて過ごすことも可能であろう。その合間に人間の姿を取ることもできる。

鳥獣であれば、見た目の年齢がわかりにくい。人間の姿で仕えるよりは、はるかに合理的である。紫鸞はその方法を見せてくれた碧鸞にそっと感謝した。

紫鸞はついと穹廬の屋根から空へと舞い上がり、人間の来ない岩場に降りて、他の鳥に変化するための練習に取りかかった。

昼は宿にいて代筆業を請け負い、夜は荒野に出て多様な変化に挑戦する日々が始まる。その合間に、夫を失った太子妃と、父を失った赤子が健やかであるよう、日々の見守りを怠《おこた》ることはない。

イーグィと名付けられたその赤ん坊は、やがて亡父の跡を継いで太子として立つのだろうと紫鸞は予測した。だから、前の太子が亡くなったあとも、什翼犍の息子たちから新しい太子が立てられていないのだと。

だが、イーグィが生まれて数ヵ月が過ぎても、立太子の勅命は出されなかった。そこで宿の主人に、どうして代王は直系の孫を太子に立てないのかと、訊ねてみた。

「あんたは漢人かね」

宿の主人は訊き返し、紫鸞の無知にゲラゲラと笑い出した。

「長男の直系を跡継ぎにするってのは、漢人のやり方だ。それに鮮卑族には王が生きている間に次の王を決める習わしはない。王が死ぬか位を降りるときに、そのとき一番強くて賢い王族の男子が王位を継ぐのさ。だから『太子』って言葉が、そもそも鮮卑語にはなかった。鮮卑の慣習を変えて現王が元気なうちに太子を定めたのは、漢風好みのいまの代王が始めたことだよ。代王には庶腹の長男がいて、先の太子は次男だったが王后腹では最年長だった。成人もしていたし、勇武の誉《ほま》れも高く人望があったから、太子に据えてもどこからも文句は出なかった。それが若死にしちまったのは、惜しいことだったな。で、鮮卑族は長子相続より兄弟相続が普通だ。成長した息子が何人もいるのに、生まれたばかりの孫を次の王に指名したら、謀反やら反乱やらを招きかねない」

所変われば、家督の相続方法も変わるものらしいと、紫鸞は納得した。

宿のあるじの説明によれば、十歳から青年期までのおよそ十年を、当時は後趙《こうちょう》の都であった鄴で人質として過ごした拓跋什翼犍は、その壮麗な都市と整った官僚制度、そして皇帝に権力の集中した中華の制度に感化を受けた。成長して故郷に戻り、王位に就いた什翼犍は、中華の政策を採り入れようと努めた。しかし、鮮卑の伝統を重んじる生母の王太后や旧臣の激しい反対に遭って、その多くは頓挫させられていた。王の治世中に、王自身の意思で正妃の長男を王位の継承者として太子に据えたのも、決して楽な改革ではなかった。

そして、王位の相続は必ずしも兄弟順とは限らない。最終的には有力氏族長と諸大《たい》人《じん》の協議によって決定される。部族社会の鮮卑族の国では、王子らの中でも、もっとも実績を有し、人望が厚く、かつより強力な氏族長——生母の実家——を後ろ盾に持つ者が、王位を継ぐのである。これは王位に限らず、氏族長、それぞれの氏族に連なる大小の部族、あるいは一家庭の首長選びにおいても、同様であった。

『首長』の地位を継ぐ者は、まず母方の血筋が高貴であること、そして王位を継ぐに十分な実力と後援を、その両手に握っていなくてはならなかった。

嫡孫《ちゃくそん》のイーグィが生まれた年に、治世の三十四年目を迎えた什翼犍には、王后慕容氏の所生による七人の息子、つまり亡くなった太子には六人の弟、イーグィにとっては叔父たちがいる。什翼犍の嫡孫であろうと、すでに成人しているか、成人に達しつつある王子たちがいる以上、生まれたばかりのイーグィが太子に立てられ、次の代王となる可能性は低い。

故太子はまだ二十代の少壮だった。末弟にいたってはようやく十歳に手が届いたばかりである。六人の王子らの母方、慕容氏は大燕の滅亡とともに大秦の臣下に降《くだ》ってしまったこともあり、後見についていては、若い王子らがこれから迎える妃の実家の格次第で、次代の王位が誰の手に転がり込むのか、予測は難しかった。

「少なくとも、故太子の血と有力氏族の賀蘭氏を母に持つイーグィにも、叔父たちと同等の王位継承権はあると思うのだけど。順当にいくと、年齢でも実績においても、第三王子が次の王になりそうね――」

紫鸞は盛楽城内に借りた一室で、木机に広げた拓跋氏の系譜を眺めながらつぶやいた。天地に血族のいない紫鸞には理解しがたいことであったが、人間たちは血縁や姻族の関係にとてもこだわる。

一角の薫陶により、人界におけるややこしいことは、記憶に頼らず記録しておく習慣が紫鸞には身についている。イーグィを取り巻く人間たちを、しっかりと頭にたたき込んでおかねばと紫鸞は思った。

城下で拾った噂話、知り合った商人を手伝い穹廬の町へ行商にゆき、見聞きした代王とその家族の近況など、そうしたことも書き留めるようにしている。

その一方で、闇夜に同化した梟に変化して、賀蘭氏の穹廬を止まり木代わりに夜を明かし、イーグィの成長ぶりを観察した。王都とその周辺を流行り病《はややまい》が襲えば、イーグィの穹廬の結界を厚くして、不幸の波を堰《せ》き止《と》めた。

ときおり心話で話しかけては、赤子が反応するのを見て、聖王の器であることを確信する。イーグィがどこからか語りかけてくる声に反応して、きょろきょろと目や顔を動かすのが可愛らしい。そのうちイーグィに思考の力がつき、意思も通じるようになったら、ようやく上達した鷹の姿に変化して、身近で守護をするのが楽しみであった。

霊獣の一年が人間の十年に相当するとしたら、人の一年は霊獣のおよそひと月に相当するのであろうか。だがそれは単純な寿命の比較であり、過ぎてゆく時の流れに長短の変わりはない。昇る朝日も沈む夕陽も同じ数を数え、時も季節も同じ速さで過ぎていく。

それに、たいていの鳥獣は半年から一年、長くても三年で成体となって独り立ちしてゆくのに、人間は自らの足で歩き出すのに一年、さらに十五年は親に庇護され成体となるまで育ててもらわなくてはならない。自らの身を守れるよう十分な霊力を蓄えるのに、百年を要する霊獣の仔が言えることではないのだが、地上の生き物にしては、その成長に非常に時間がかかるのが人間であった。

賀蘭氏は鮮卑族の習俗にならい、亡き夫の弟である第三王子のイーハンと再婚し、イーハンの庶子であるふたりの従兄《いとこ》がイーグィの義兄となった。季節が一巡し、赤子が立ち上がって歩き出し、季節が二巡するころには幼児となって走り回る。三度目の夏を迎えるころには片言《かたこと》をしゃべり出し、手づかみで炙《あぶ》り肉《にく》を頬張り、おとなの使う道具で遊び始める。

代は遊牧の国だ。代王自身も数千という羊や馬を所有し、家畜を養うために夏の草原と冬の草原を行き来する。代王の嫡孫であるイーグィも、代王の遊牧に従って夏の都である盛楽と、旧燕領に近い冬の都の平城《へいじょう》へも同行する。

そろそろ、ただ離れて見守り、結界を張って不運を跳ね返すだけでは、十分ではなくなってきた。イーグィは活発な子どもで、おとなの武器で遊ぼうとしたり、母親や近侍《きんじ》の手を振り切って草原へ走り出ていったり、勝手にイーハンの馬によじ登ろうとして蹴られそうになっては、近侍たちの寿命を縮めていた。

草原をゆく行幸の列が長く延び、人々があまり密集していないときを狙い、紫鸞は傷ついた若鷹《わかたか》を装って幼いイーグィの前に舞い降りた。

すでに棒を剣や槍《やり》のように振り回し、小弓で野ウサギや小鳥を追いかけ回す腕白《わんぱく》な子どもであったから、獲物が向こうから落ちてきたと、乱暴に捕らえられてしまう危険はあった。そのときは、心話で話しかけてようすを見ると心に決めた。

幕営の準備に忙しく働いていた侍者が気づく間もなく、イーグィは地面で見苦しくもがく若鷹へと駆け寄った。手に持っていた小弓を放り出し、小さな両手でそっと包み込むように、柔らかな羽に覆われた生き物を抱き上げた。

「イーグィさま、お気をつけて」

鷹の鉤爪《かぎづめ》や鋭い嘴が、幼い王族を傷つけるのではと心配する側近たちは、おそるおそるイーグィに近寄る。幼児の両腕におさまって、怯えたようすもなく、おとなしく抱かれている鷹を見て、お付きの侍女のひとりが、母妃へと注進する。

急ぎ足でやってくる母親を目にしたイーグィは、若鷹を抱きしめる腕に力を入れた。紫鸞は思わず小さな悲鳴を上げる。鷹らしい鳴き声を再現できたかと不安になり、紫鸞は周囲の反応を窺う。

「イーグィの！　イーグィの鷹！」

可愛らしい声で主張する幼い息子に、賀蘭氏は少しあきれたような、そして困ったような笑みを浮かべた。

「まあ、でも、自分の鷹を持つのはまだ早過ぎますよ。きちんと世話もしなくてはなりません。それに、あなた自身が、鷹匠《たかじょう》について学ぶことが、たくさんあります」

「ぼくも、自分の鷹が欲しい！」

従兄で義兄のイィとリエが駆け寄ってきて、「いいな、いいな」の合唱を始めた。

自分の鷹を持つなら、年上の自分たちが先だと主張する。

この喧噪《けんそう》に、家長のイーハンまで何事かとやってきた。

「イーグィが見つけて捕まえた鷹であれば、イーグィの鷹だ」

周囲からいきさつを聞いたイーハンは、一言のもとに決断を下した。リエは「イーグィばっかり！」と頬を膨らませて地団駄《じだんだ》を踏む。イィとリエの母親がふたりの息子の襟を引いて、幕営の支度を手伝うように叱りつけた。

代王の第三王子であるイーハンは、賀蘭氏を娶《めと》るまで正式な妃はおらず、イィもリエも庶腹であった。そもそも拓跋氏が正妃を娶るのは賀蘭氏、慕容氏、独孤《どっこ》氏などの四姻族からと決まっており、イィとリエの母親ユフ氏は、そのいずれでもなかった。そのため、イィとリエはイーグィより年上でありながらも、嫡母《ちゃくぼ》である賀蘭氏の連れ子よりも格下に置かれている。

最年長で六つになるイィは、実父が継子のイーグィをなにかと優先する理由を、うっすらと理解している。賀蘭氏が嫁いできた当時はまだ幼く、父の二番目の妻が実母よりも敬意を払われていることに、さほど疑問を持たなかった。父も母も、周囲の人間もそのように振る舞うので、そういうものかと抵抗もなく受け容れたのだ。だが、リエはイーグィとは年が近く、新しい弟は嫡母の連れ子、という意識がない。実の兄弟がしばしばそうであるように競争心が先に立ち、周囲のイーグィ贔屓《びいき》を不満に感じているようであった。

だが、いつか生まれてくるであろう次の子は、父と賀蘭氏の子だ。父のイーハンは賀蘭氏との間に生まれる実子とイーグィの、どちらをより可愛がるであろうか。

イーグィが捕らえた鷹の状態や齢《よわい》を調べるため、鷹匠が呼び出された。イィはリエを母のもとに残して、イーグィの連れて行かれた鷹匠の天幕を訪れる。

「鷹の具合はどうだ。飛べそうか」

イーグィは庶長兄がひとりで来たことに、鷹に手を出される心配はないと安堵したのか、にこっと笑ってうなずいた。目隠しを被せて鷹を診ていた鷹匠が、仔細《しさい》を説明する。

「翼は傷んでいません。まだ嘴の周囲が少し黄色いところを見ると、巣立って間もないところに、他の鷹の縄張りに入り込んで怒らせ、疲れて飛べなくなるまで追い回されたのでしょう」

鷹匠は天幕に止まり木を設置し、そこに鷹を止まらせた。餌をやり、明日から必要になる籠を手配するために、天幕を出て行った。

「ずいぶんとおとなしい。籠が必要かな」

イィがそう言ったはしから、鷹はふわりと羽ばたいて、イーグィのかたわらに降りてその膝に頭を擦《こす》り付《つ》ける。イーグィが人差し指と中指で頭を撫でると、気持ちよさそうに目を閉じた。

「すごく懐《なつ》いている。ぼくを命の恩人と思ってるんだ」

「ぼくが触っても大丈夫かな」

遠慮がちなイィに、イーグィはそっと鷹を押しやった。イィが手を伸ばすと、鷹は頭を低くして後じさった。だが威嚇《いかく》はせず、目を丸く見開いたまま、首をすくめるような仕草でイィに頭を触れさせる。

「ずいぶんと態度が違うけど、ぼくが危害を加える気がないのと、イーグィの仲間だってことはわかってるんだな。賢い鷹だけど、イーグィの肩に乗せるには大きい。移動中は籠に入れておくのがいいと思う」

「うん」

おとなのように、鷹を肩や腕に乗せて移動するのはかっこうがいいけれども、自分ひとりで騎乗することもできない子どもが、自分の頭よりも大きな鳥を担いで動き回るのはいかにも無理な話だ。とくに間近で本物の鷹を見て、自分の両腕に抱えたあとでは、四歳にならない幼児にも理解できた。

その夜、イーグィは鷹匠の天幕で眠り、生涯忘れることのない夢を見た。

見たことも想像したこともない、青く美しい鳥が、紫がかった翼を広げてイーグィの体を覆った。母に抱かれているときよりも、継父の馬の前鞍《まえくら》に乗せてもらっているときよりも、ときめく昂揚感《こうようかん》と深い安心感に満たされたイーグィは、満足して微笑んだ。そしてまばゆいきらめきとともに、広やかな袖と裾の長い青い衣をまとった細面の女性がひざまずき、イーグィの寝顔を見下ろしていた。

やはり夢なのだろう。目をつむっているはずなのに、その女性の黒髪の一条一条、長い睫の一本一本まではっきりと見える。イーグィが微笑み、女性も微笑み返す。

――だれ？――

――紫鸞――

イーグィの問いに、異国めいた響きの答が返される。

――シーラン？――

耳慣れぬ音の連なりを、胸の奥でいくどか繰り返していくうちに、気がつけば朝になっていた。なにやらふわふわしたものが頬に触れている。イーグィは手を上げてそちらを見ようとしたが、薄茶色の柔らかなものに鼻を突っ込んでしまう。

驚いて目を開けると、昨日捕まえた鷹がイーグィの寝床、それもかれの頭の真横で休んでいた。イーグィはまだ目を開けぬその鷹に向かって「シーラン」とつぶやいた。

鷹がまぶたを開け、イーグィを見つめた。それはまさに夢で見つめ合った美しい女性の瞳と同じ色と眼差《まなざ》しをしていた。

「シーラン」とイーグィがふたたび呼びかけると、鷹は身を起こして翼を広げ、身繕いを始める。寝床を飛び出したイーグィは、裸足《はだし》のまま、上衣を羽織ることもせずに手近な布を左腕に巻き付けた。

「来い」

鷹のシーランは羽ばたき、伸ばされたイーグィの腕に止まった。鋭い鉤爪が幼子の肉に食い込まぬよう、やさしく握り込む。

イーグィは天幕から飛び出し、薄明の戸外へと走り出す。

「母さま、父さま、見て！　シーランが！　呼んだら腕に止まった！」

両親と兄たちの眠る天幕に駆け込み、興奮した声で叫ぶ。

「シーラン？」

寝床から這い出したばかりの両親は、なんのことかわからず訊き返す。

「この、鷹の、名前。自分でそう言った」

夢に現れた青い巨鳥と青い衣装の女性が、目の前の鷹とどのようにつながるのか、まったく理解しないままイーグィはそう断言した。

「鷹が？　名乗った？」

母と継父に困惑の表情で凝視され、自分はおかしなことを言ったのかと、イーグィの心は怯《ひる》んだ。右手で左腕に掴まる鷹を庇《かば》うように抱き、その翼を撫でる。

「一晩でずいぶんと馴《な》れたのね。シーランという名をつけたの？」

気を取り直した口調で母に話しかけられ、イーグィはうなずいた。

「野生の若鷹を、餌付けも調教もせずに馴れさせ、言うことを聞かせることができるなど、聞いたことがない。しかも、三つや四つの子どもに」

イーハンは感心よりも驚きに満ちたようすで、言葉が続かない。手早く着替えを終えた賀蘭氏は、取りなすように夫の背に手を添えた。

「よく馴れているのなら、問題ありませんわ。不思議な響きの名ですけど、そういうこともあるのかもしれませんね」

遊牧と行幸を兼ねた代王宮廷の朝は忙しい。年上の妻に促されたイーハンは、さっと身支度を整え、廷臣や大人《タイジ》らの集まる朝見の場へと急いだ。

その日から、鷹のシーランとイーグィは寝起きを共にした。

そしてその夜から、イーグィは自分が鳥のように空を飛び、大地を眼下に地平線を目指して飛翔《ひしょう》する夢をみるようになった。

遥かな高みから見下ろす大地には、絨毯の上に取りこぼした無数の穀物を思わせる羊が、点々と草を食《は》む草原が地平線の彼方まで続いていた。

空から見た地上は、このようなものであるかと、イーグィは誰に教えられるともなく知った。

やがて草原を過ぎ、ごつごつとした礫沙漠《れきさばく》を飛び越える。大地は隆起し始め、高さを増す岩沙漠が幾重にも重なり合う山脈は氷河を戴《いただ》く。その天界にも手が届きそうな急峻《きゅうしゅん》の連なる山嶺《さんれい》を越えると、果てしない雪原の下方に、ふたたび青々とした草原がなだらかな麓となって、針葉樹の森へと続く。

——大地には終わりがないのだろうか——

イーグィの漠然とした疑問に、応える声があった。

——東には、大地の涯てがあります。陸が終わると、そこから先は海という名の、群青色をした塩水に満たされた大洋が、どこまでも広がっています——

その声は、とても懐かしい響きをしていた。生まれる前から聴き慣れていたような気がすると、イーグィは思った。

——シーラン？——

——ええ——

夢の中では、鷹と話すことができることに、イーグィは喜びに震えた。

群青という名の色も知らず、水で満たされた大地——大洋というらしい——を想像できなかったイーグィは、夢の中で語りかけてくる声の主に訊ねる。

——大洋には、終わりがある？——

——わかりません。大洋の果てまで飛んだことはありませんから——

空を飛ぶ夢から醒《さ》めたときの爽快さといったら、幼いイーグィはどう表現していいのかわからない。目覚めたイーグィが興奮のままに義兄たちに夢の話をすると、リエは嘘だと決めつけた。同じ穹廬で隣り合って眠っているのだから、信じられないのは当然であったし、もし本当であれば、特別な鷹を持った弟へのうらやましさと、兄である自分が鷹を飼えない悔しさで腹が立つのだろう。

別の夜には、見たことのない明るい緑色に染まった田園や、黄金の波が揺れる麦畑、その向こうには濃く深い緑の森を横断して流れる空よりも青い大河を見た。

イーグィは季節毎《ごと》に盛楽城から送られてきて、各家に分配されていた穀物が、どのように育ち、どこから来るのか、このとき初めて知った。

イーグィはその知識も両親の前で披露したが、漠北の乾燥した大地しか知らぬ両親や近侍らは、まだ語彙も少なく、表現も拙いイーグィが夢で見た世界の風景を語っても、子どもの戯《ざ》れ言《ごと》としか思わなかった。

イーグィは大地を見下ろして飛翔する夢について、他者に話すことをやめた。だが、鷹を身近において起居することはやめない。

鷹は自分から話しかけてくることはないが、イーグィが疑問に思ったことには答をくれる。夜になれば、夢を見ている間は、イーグィは天と地のあるじとなる感覚を楽しむことができた。

飛翔する速さと翼が捉える大気の抵抗、風の冷たさと風景の鮮明さが、自らの体感そのものであるかのようだ。目覚めるときは、自分が鷹なのか、人間の子どもなのか、どちらかわからなくなるときすらあった。

また別の夜には、見たことのない壮大な都市と、大小の城邑の上を飛んだ。想像したこともないような、大勢の人間で溢《あふ》れる城下の賑わい。見上げると頭が背中についてしまいそうな天を突く楼閣。艶のある黄色や青色の瓦《かわら》が陽光を跳ね返す光景が、どこまでも続く。木造の家、家、館、巨大な門、幾層も屋根を重ねた仏塔、果ての見えない宮殿群。

「あれは何？」「これは何？」と訊ねるイーグィに、紫鸞はひとつひとつ丁寧にその建築物の名と役割、都の名前を答えていった。

——代の盛楽城や、冬の都の平城より、何倍も大きい！——

イーグィは感嘆の声を上げる。

夢の中の声は、——あれはかつては大燕の都であった鄴——これは千年以上の歴史を誇る古都洛陽、そちらは世界の首都と讃えられる大秦の都、長安——と異国の響きを帯びた言葉で教えてくれた。

自分の背丈から見える世界がすべてであった幼子には、強烈な刺激であった。このことは他者には理解されないと早々に悟ったイーグィは、母にも義兄たちにも、夢についで話すことはしなかった。

イーグィが得た鷹を見たがる人々が集まってくると、紫鸞はふいと空へ舞い上がってしまう。だが、人がいなくなるとイーグィの側に戻って、そこが自分の居場所であると疑うようすもなく羽繕いを始める。

鷹のシーランは朝も昼も、そして夜もイーグィの身近にいることで、その安全を自らの紡ぎ出す結界で守ることができた。鳥の属性のままに生きるのは、人間の社会で人間としてふるまい生きるよりは、はるかに気が楽であった。

中原の人界で人間修行をしてきた紫鸞にとって、茫漠とした草原や沙漠を移動する遊牧王国とその社会、言語と生活ぶりは、すぐに馴染むにはあまりに異質であったこともある。鮮卑人の名氏族の生まれでもないうら若い女が、幼い王孫の側近におさまる方法など、万にひとつもあり得なかったのだ。

周囲の人間関係に巻き込まれず、碧鸞が言ったように、時の経過にも年を取らぬ外見を気に懸ける必要もなく、ただひたすらに聖王の器を守護し、その成長を見守るには、これ以上の立ち位置はなかった。人間にとっては苛酷な漠北の遊牧生活も、自ら生産し宮仕えに励む必要のない紫鸞にとっては、特に問題の起こらない、のんびりとした暮らしであった。

だがその平和な暮らしは、長くは続かなかった。

六年前に大燕を滅ぼした大秦が、北の草原へとその野心の矛先《ほこさき》を向け、侵略の手を伸ばしてきたのである。

代王什翼犍はこのとき、病床にあった。自ら陣頭指揮を執ることができず、南部大人を務める庶長子のシェジンに迎撃を命じたが、シェジンは総大将としての軍才乏しく、二度戦い、二度敗北して戻ってきた。

「兵の半分を失っただと！」

代王は逃げ帰ってきた我が子を叱責した。

シェジンは父王の前で両膝をつき、「申し訳ありません」と顔を歪《ゆが》めて謝罪する。

「もうよい！　下がれ！　劉庫仁《りゅうこじん》はいるか！」

シェジンは群臣の前で怒声を浴びた屈辱に歯を食いしばり、濃い髭《ひげ》に覆われた顔を額まで赤く染めた。そして、その場に立ち会った弟たちや大人らの気遣わしげな、あるいは見下げたような視線を避け、軍議の場から退いた。

独孤部の大人として人望のあった劉庫仁に、代王は十万の軍を授けて送り出した。しかし、勇将や猛将を取りそろえた大秦の猛攻の前に、こちらも力及ばず敗退する。

「敵が強大過ぎる。熟練の劉庫仁ですら敵《かな》わぬのだ。まだ若年の息子を責めたのは間違いであった」

什翼犍もまた三十年を超える在位中、絶えず南北の敵と戦い続けてきたのだが、四方の敵を圧倒し続け、数多《あまた》の諸民族を従えてきた苻堅には及ばなかったようだ。

かつては代に服属していた匈奴鉄弗部《きょうどてつふつぶ》の大人、劉衛辰《りゅうえいしん》が背《そむ》いて大秦につき、こちらの地勢や手の内をすべて知られていたことも、敗因のひとつであったろう。

東西と南の三方から大秦の軍が進んでいるとの報告に、代王は包囲される前に盛楽を放棄し、北の陰山《いんざん》へと撤退を決める。

伝令から状況の報告と代王の命令を受け取った賀蘭氏は、ただちに穹廬の撤収を始めさせた。息子たちを連れて代王とともに陰山へ避難するのだ。夫のイーハンは拓跋部族の避難を監督しつつ、大秦軍を足止めする役目を負って、五千の騎兵とともに最後まで残ることになっていた。

遊牧や行幸など移動のときは、兄弟の誰が父の馬に乗せてもらうのかと争うのが、イーグィたちの通例であった。

しかし、例年とは異なる時季の、唐突な北への移動。それもおとなたちの緊張した顔つき、不安と殺気に満ちた撤収作業に、イィを筆頭に最年少のイーグィでさえ、武器を研《と》ぐ鉄の臭いの漂う空気を嗅ぎ取り、言われるまま馬車に乗り込んだ。

このとき身重であった賀蘭氏は、子どもたちと同じ馬車に毛皮を積み重ねて乗り、イィとリエの母ユフ氏がつききりで世話をしている。

鷹のシーランは、イーグィのすぐそばに置かれた鳥籠に静かにおさまっている。文字通り鷹揚《おうよう》と構える猛禽を囲むようにして、子どもたちは年長者から見聞きした鷹狩りについて語りあう。あえて戦とは関係のない、日常の話題を紡ぎ出すことで、ふたりの母親と三人の子どもたちは、今この瞬間にも南の地平から襲いかかってくる恐ろしい運命から、気持ちを逸らそうとした。

紫鸞は、拓跋部の誰ひとりとして、盛楽城を守ろうとしないことに驚きを覚える。恒久的な建物を住居と見做さないのは遊牧民の常であるが、首都はまた別の話であろうと思っていたのだ。

代王什翼犍自身が、かつては都作りに熱心であったとも聞く。

十年の人質期間を終えた什翼犍が、代に帰還して即位し、最初に望んだのは、鄴や洛陽にも劣らない都を建設することであった。だが、その当時、かれに賛同する大人はひとりもいなかった。そして代国に堅牢で壮麗な都を、という若き王の夢に、もっとも強く反対したのが、他の誰でもないかれの母后王氏《おうし》であった。

遊牧の王国に首都は要らぬ、敵が攻めてきたら、何ひとつ後に残さず自在に移動してこそ、鮮卑族の伝統の生き方であり、代王の居るところが、鮮卑拓跋部の都である、と言葉を尽くして、都の建設を二十歳の新王にあきらめさせたのだ。

あれから三十余年。王氏の忠告は正しかったのだろう。大秦二十万の軍勢が盛楽に来ても、そこにはわずかな人間と、食料のほとんどない空っぽな城市、そして城壁の四方には果てしない空白の草原が広がっているだけだ。二十万の兵士は、自らの兵糧を食べ尽くしてしまえば、飢えと渇きに苛まれ、燃料もなく凍えて撤退するしかない。

避難先である陰山の麓へ追いかけてきたとしても、地の利に勝る代軍の騎兵によって、南麓の急峻な渓谷に誘い込まれて矢の雨を浴び、瓦礫《がれき》ばかりの谷間に迷い込めば投石の嵐に見舞われる。そしてついには満身創痍《まんしんそうい》で逃げ帰り、長安の苻堅に遠征の失敗を報告することになる。

盛楽の都に行政の官庁は置いていたが、主に通商の便宜と、租税の管理を漢人の官吏にさせていた場所であった。代の政治は、壮大な代王の穹廬において朝見が催される。各種の裁判と氏族間の結婚や部族間における抗争の調停、外交上の決定が下される。

飾り立てた宮殿や、高い城壁を具えたひとつの場所に留まらずとも、政治は行われ、口上による判決や誓約はほぼ守られる。もしも破る者がいれば、力による鉄の制裁が、王命を受けた複数の部族によって下されるのだ。

始祖の時代から、鮮卑族は何百年もそのようにして生きてきた。いや、鮮卑という名を名乗るよりも以前から、かれら北の草原に羊を追って生きる人々は、様々な名で呼ばれていた。中原に踏み込み、自らの王朝を打ち立てたものの、漢の風俗に染まった匈奴の劉趙《りゅうちょう》と羯族《けつぞく》の石趙《せきちょう》の、王朝の命のいかに短かったことか。そして鮮卑慕容氏が中原に建てた大燕の、儚《はかな》い末路を見るがいい。

五百年の昔、かつては大陸の東の涯てから西の彼方まで広大な遊牧帝国を打ち立て、漢帝国を圧迫し朝貢せしめた匈奴。それが、いつからか中原に定住し、漢族に臣従するようになった。漢族が衰えたのち、かつては諸胡として物の数ですらなかった氐族《ていぞく》の大秦などに臣従する、今日のかれらのありさまを見よ。

北族にとって、漢化とは堕落を意味する。城壁の内側に定住することは、国と民族の命を縮めることそのものなのだ。

それが名氏族を率いる大人たちや、什翼犍の実母を含む古老らの意見であり、信念であった。

代王の撤退令は速やかに拓跋部に行き渡り、平原に広がっていた穹廬の都はたちまち撤収された。最後の部隊が北へ去った草原は、布の一切れ、柱の一本も残らぬ空《うつ》ろな地平と化していた。そこここに残された、大小の円形に押しつぶされた草の跡だけが、つい数日前までその地に人々の営みが存在した確かな証拠であった。

戦力が及ばなければ、敵軍の補給が伸びきるまで草原の奥へ、沙漠のさらに奥へと逃げ込み、敵軍の水と糧食が尽きて疲弊し、撤退するのを待つ。敵軍が兵を返し背中を見せたところへ追撃をかけて、長期の行軍と空腹のため疲労の極にある敵兵を蹴散らすのが、遊牧民の伝統ある戦い方であった。

病床の代王と拓跋部が野を越え、砂礫《されき》の漠野へと進みゆく長蛇の列のなかに、身重の賀蘭氏と幼い子どもたちを乗せた馬車があった。

一行の前後左右には、無数の車輪と馬蹄《ばてい》の立てる土埃がもうもうと舞い上がり、日没も迫りつつあって、ほとんど視界が利かない。砂よけの覆面を外せるのは、馬車の中か、にわかごしらえの天幕の中だけだ。身分の低い者、貧しい者は、朝には霜の降りる地べたに、できるだけ風を避けられる場所を探し、羊たちに囲まれ身を横たえて休む。

四方にただ茫々《ぼうぼう》とした砂礫と岩沙漠の続く平原を見渡すと、干からびたわずかな草が、岩と岩の間で風に揺れている。人間たちの歩みが止まると、羊の群れは待ちかねたように大小の岩の間に伸びた細い草を食み始める。

天幕の中では、賀蘭氏とユフ氏、三人の幼い子どもたちが、身を寄せ合って体を休めていた。ユフ氏は顔色のよくない賀蘭氏の足を揉《も》んでいる。産み月はまだ先であるが、乾燥した風の吹きすさぶ初冬、荒れ地の強行軍は妊婦には苛酷すぎた。

「父さまは、ご無事かな」

リエが不安げにつぶやく。子どもたちは、第三王子のイーハンは最後尾にいて、部族の撤退を監督しているとだけ聞かされていた。だがおとなたちは、二十万の大軍に追われて三方から包囲されている緊張感を隠すこともできずに、そこここでひそひそと話し合っていた。

「大丈夫だ。父さまは強い」

イィが硬い声で奥歯を食いしばりながら答えた。父が不在のいま、一家の最年長の男子であるという自覚に、いまこの家族を守るのは自分だと自らに言い聞かせているのだろう。イィが手にした武器は、兎《うさぎ》や鳥を狩るための小弓と、獲物をさばくための小刀だけであったが。

イーグィは黙って、鷹のシーランに餌を与えている。

生まれてくる前に実父を失ったイーグィは、イーハンの他に父を知らない。継父はイーグィを馬に乗せたり、弓の扱い方を教えたり、肩車をしたり、義兄たちと分け隔てすることはなかった。

継父のイーハンは十五の歳《とし》から二千の騎兵を率いて戦場に立ち、なんども敵を打ち負かしてきたという。

代王の長男シェジンは庶子であったから、王位につく可能性はほとんどなかった。正妃腹の弟たちがよほどの無能であるとか、若年にすぎるなどの要因と、本人に桁外れの能力と実績、そして人望がなくては無理であっただろう。だが、それも欠落していることが、大秦との戦いで露呈してしまった。

一方、イーハンは母方慕容氏の高貴な血筋と、身に具わった用兵の才能、指揮官としての統率力において、拓跋の王族男子のなかでも抜きん出ていた。

病床の代王が太子に立てるとしたら、三男のイーハンであろうと誰もが考えていた。故太子の寡婦となった賀蘭氏をイーハンに娶《めあわ》せたのも、そういう心づもりが代王にあったからであろうと。

初手の防衛線で二度も敗北してしまった庶長子と入れ替わり、そして病床にある父の代わりに代国防衛の指揮を執るため、イーハンは出陣していった。

——見てきましょうか——

紫鸞は心話でイーグィに話しかけた。五歳の子どもが、ふたたび父を失うのではという不安に、歯を食いしばって堪えていたからだ。イーグィは、唐突に話しかけられたことに驚き、相手を探して一瞬周囲を見回した。知性のこもった瞳で見つめてくる鷹と目を合わせる。

ああ、頭の中にささやきかけるこの響きには、聞き覚えがある、とイーグィは思った。人の口から発せられる声音《こわね》ではない、心に直接語りかけてくる声。

鷹が夢の中で自分に話しかけるときの、若い女の呼びかけだ。

目が覚めているときに心で会話したのは、このときが初めてであったが、イーグィは一毫《いちごう》の疑問も抱かずに、鷹を見つめて首を横に振った。無意識に前屈《まえかが》みになって、鷹の頭に自分の額を押し当てた。思うことを心の中で言葉にする。

――おまえに矢が当たったら嫌だ――

――当たりません。前線のようすも、気になりますし。夜のうちに行って帰ってくれば、誰にもわかりません――

より明瞭な言葉と鷹の意識が、イーグィの脳に流れ込んできた。

イーグィは皆が寝静まってから、そっと寝床を抜けだして、夜の空に鷹のシーランを放した。

空に舞い上がった紫鸞の視界には、縦に長く延びた野営の天幕や馬車の周囲を、その数倍の数の羊たちが囲んでいる光景が広がる。

空の高みから見下ろす行列は、季節毎の遊牧地への移動や、恒例の行幸と同じように見える。だが、地上の銀河の如《ごと》く煌めく、無数の焚き火や篝火の周囲には、夜になっても武装を解かずに歩哨《ほしょう》らが立ち、いまが戦時下にあることを語っていた。

最後尾からさらに少し飛ぶと、数千の騎兵らが野営しているのが見えた。イーハンの率いる殿《しんがり》部隊であろう。大秦の攻撃前に部衆の避難を終えることができたようで、兵士らは落ち着いており、戦闘による損耗《そんもう》は見られなかった。

イーハンもおそらく無事であろうと、紫鸞はさらに南へ飛び、盛楽まで引き返した。ここはすでに、城市も平原も大秦の兵馬に埋め尽くされていた。かれらの笑い声や怒号、武器や盾の触れ合う耳障りな音や馬の嘶《いなな》きなどの騒音が、紫鸞のいる高みまで聞こえてくる。代兵の去った盛楽の城壁には等間隔に火が灯《とも》され、城内も辻《つじ》ごとに篝火が焚《た》かれて真昼のような明るさであった。紫鸞は姿を見られぬよう、高度を落とさずにもと来た方角へと飛び去った。

侵略軍との交戦もなく、継父の無事を知って安堵したイーグィであったが、紫鸞が帰ってくるまでは眠れなかったらしい。翌朝は移動中の馬車の揺れをものともせず、終始うつらうつらしていた。賀蘭氏は息子が風邪でもひいたかとひどく心配したが、目を覚ましたイーグィがいつにもまして旺盛な食欲を見せ、硬い干し肉も麵麭《パン》も平らげたことに安心したようだ。

陰山に潜んで大秦の撤退を待つこと数日、さらに北麓へ逃れるために漠北を監視させていた斥候が戻ってきて、高車《こうしゃ》の軍が襲ってくると報告した。

「高車人めが！　虎狼《ころう》のごとき連中よ！」

病床にあってなお、代王は激しく仇敵《きゅうてき》を非難した。

代よりもさらに苛酷な北の高原に住む高車は、つねより南下の機会を窺い、代の領内に侵攻しては掠奪を繰り返し、何度も剣戟《けんげき》を交わしてきた。そのたびに大破して北の沙漠へと追いやってきた高車が、このたびの代国の窮地を好機と見て、ふたたび牙を剝いてきたのだ。

もともと忠心の薄かった諸胡の部族が、高車や大秦に同調すべく、次々と反旗を翻し南下しているという。

いまや四方を敵に囲まれた拓跋部は、文字通り袋の鼠であった。

「雲中《うんちゅう》へ戻る」

高車と戦うよりは、苻堅に膝を折った方がましかもしれない。

代王はそう決断した。

そうして、拓跋部の宗家は南へ引き返し、大秦の軍が退いた雲中で軍容を整えた。すでに国として機能しておらず、王の病も回復しそうにない。什翼犍は後継者を指名し、統治権を委譲すべきときと考えていた。今後について指示を出すべく、まだ十にもならない末子を除き、拓跋部の大人らと息子たちを招集した。

この夜、代王は拓跋部の統帥権を三男に委譲するであろうと、誰もが予期していた。

賀蘭氏は、緊張の面持ちで夫を送り出す。ようやく二十歳を過ぎたばかりの、イーハンのいまだ若く引き締まった武人の顔もまた、頰に力が入っているのか、どこか恐ろしげであった。イーグィはもちろんイィもリエも、両親の間に漂う緊迫した空気を感じ取り、黙って父の上衣の裾を握った。

代はいま、滅亡の淵にある。

代王の代理として拓跋部と代国全軍の指揮権を相続することは、四方を敵から攻められ、諸部族を本拠地へ送り返した現在、必ずしも喜ぶべき栄誉ではない。だが、拓跋部のすべてを背負う覚悟の、継父の背中が夜の闇に消えていくのを、イーグィは立ち尽くしたままじっと見送った。

賀蘭氏はユフ氏と子どもたちに、身支度を急がせた。

拓跋部の命運を決める氏族会議が行われるこの夜、賀蘭氏は子どもたちを連れて密《ひそ》かに実家の賀蘭部《がらんぶ》へ避難する手はずになっていた。

「どうして？　父さまが大人になって帰るのを、お迎えしないの？」

リエが不思議そうに訊ねる。

「イーハンさまが拓跋部を率いるということは、これから大秦と国の存亡を懸けた戦いが始まるということなのです。たとえ降伏を受け容れられたとしても、慕容部《ぼようぶ》のときのように、宗家のあなた方が奴隷のように連れ去られるわけにはいきません。代王の血を引く幼き者たちは、速やかに戦場から避難しなくてはならないのです」

道理を言い含めて、子どもたちを急がせる。

闇に紛れて、最小限の荷物だけを持ち、小さな馬車で離脱していくのは、賀蘭氏の一行だけではなかった。かつては地平から地平へと長蛇の列をなした代王の行幸は、いまやあちこちで寸断され、痩せ細った一本の紐《ひも》切《き》れと化していた。

星明かりだけを頼りに、賀蘭部の方角へと急ぎながら、イーグィは馬車の幌《ほろ》を上げて継父の去った方角を見つめた。拓跋部を率い、次の代王となるべき継父と二度と会えないという予感が、五歳半ばのイーグィの胸に迫ってきたのだ。

イーグィは鷹のシーランを空に放った。

「父さまを、助けて」

それは難しい相談であった。しかし、紫鸞は王位の継承にかかわる会合の行方が気になったこともあり、もと来た方角へと飛んだ。


幸い夜明けは遠く、紫鸞は目立たぬよう、鷹から梟へと姿を変えて、代王の天幕に舞い降りた。

什翼犍の六人の息子と、わずかに本陣に残った各部の大人が天幕の中へ入ると、闇の中から武装した兵士らがわらわらと現れ、王の天幕の出入り口を塞ぐように囲んだ。

王の天幕を守っていた代王直属の近侍兵が誰何《すいか》の声を上げ、矛を構える。闇から現れた兵士らは、目配せを合図に無言で矛を突き出した。近侍兵らは本陣の真ん中で味方に攻撃される事態を理解する前に、串刺しにされた。

紫鸞は驚き、ほぼ同時に足下の天幕越しに響いた怒号と剣戟の音、そして立て続けの悲鳴に、さらに魂まで飛ばされそうになった。両足の鉤爪をしっかりと天幕の屋根に食い込ませ、頭と首だけを鸞の長い形に戻して幕内をのぞき見る。

豪勢な毛皮を積み重ねた王座の上で、仰向いたまま事切れた拓跋什翼犍の、黄色く濁った双眸と紫鸞は目を合わせてしまった。

その胸から、どくどくと血が流れ続けている。

――イーハン！――

紫鸞は急いで視線を動かし、凄惨な殺戮の続く天幕の内部を見渡した。

床は文字通り血の海で、父親を守ろうとするかのように、その足下に崩れて絶命していたのが、イーハンであった。紫鸞がイーハンの弟たちも血の海に沈んでいるのを確認したころには、天幕のうちにいた近侍兵士もみなすでに床に倒れ伏していた。

殺戮の場に、返り血にまみれて立ち尽くす男たちは七人。そのうちのひとり、袖で顔の返り血を拭き取った男の顔に、紫鸞は見覚えがあった。

庶長子のシェジンであった。敗戦と撤退を叱責された恨みで、父親に矛を向けたのか。

興奮が覚めやらぬ風で呆然《ぼうぜん》とするシェジンに、話しかけている男がいた。年齢はシエジンと同じくらいで、名はすぐに思い出せないが、拓跋王族のひとりだ。

「シェジン、これでおまえが王になるのを止める者はいない」

歯を食いしばってうなずくシェジン。

「父の首を手土産に降伏すれば、苻堅はおれを代王か代公に任じてくれるだろう」

唇にこびりついた肉親の返り血を舐《な》めて、シェジンはそう嘯《うそぶ》いた。

紫鸞は床に倒れているのが、代王の近侍兵士だけでなく、みなイーハンの同母弟であることに愕然《がくぜん》とした。

シェジンは自らが王になるために、父と弟たちを皆殺しにしたのだ。

外ではまだ、代王直属の兵士とシェジンの側近たちが戦う音が続いている。囲まれて一方的に殺戮されていくのは、代王の近侍たちだ。

紫鸞は震える体を叱咤《しった》し、頭と首を梟のそれに戻して音もなく空へ舞い上がった。

たったいま目の前で繰り広げられた惨劇を、紫鸞はイーグィにどう伝えればいいのだろう。わずか五歳の子どもに、どう説明できるというのだろう。

悩み、惑いながらも、紫鸞は急ぎイーグィのもとへと飛び去った。

第四章　一角《いっかく》の悔悟

代国の滅亡を、一角は戦勝の喜びに沸く長安の街角で聞いた。

そして、脈絡もなく紫鸞《しらん》のことを思い出した。紫鸞が彼女の聖王候補と巡り会えたのか、時折り思い出しては気に懸けていたが、当時は大燕《だいえん》の領内であった襄国《じょうこく》で別れて以来、何年が経過していたのか、いささか覚束ない。大燕が滅ぶ少し前であったことは確かだ。

そのころは翠鱗《すいりん》に会って、やはり西王母《せいおうぼ》のいる玉山へ天命を拝しに行くべきではと説得を試みて、ふたたび拒否された。そこで五百年も前に天命を果たして、いまは角《かく》龍《りゅう》へと霊格を上げた赤龍《せきりゅう》に会うことを勧めた。翠鱗は自分と同じ龍種に会えることに心を動かされ、すぐに長安に帰ってこられるという安心感も手伝い、いったん都を離れて見聞を広めさせることには成功した。

一角はこのとき、長安には苻堅《ふけん》の他に、三人の聖王候補がいることを知った。つまり、人間の目には映らない光量を持つ者が、苻堅を含めて四人もいるということだ。

いずれも大秦《だいしん》に敗北し、降伏して苻堅の臣となった人物であるという。そのうちのひとり、慕容垂《ぼようすい》には碧鸞《へきらん》という名の守護鳥がついている。

一角は聖王候補の徴である光暈を持つ人間が、一ヵ所に集まっている現象に驚かされた。かれらが一堂に会したらどうなるのかと気になり、しばらくのあいだ長安に留まってみた。

もしも紫鸞がすでに彼女の聖王候補を見いだしていたら、聖王となるべくして生まれてきた人間が、いまこのとき、地上に五人はいることになる。

だが、いま他に聖王候補が現れたところで、東の果ては遼東《りょうとう》から、西は河西《かせい》回廊のその先まで、北は蒙古《もうこ》高原を領有することとなった大秦の苻堅と、取って代わることが可能とは思われない。

聖王をして中原を統一させ、中華のただひとりの天子とするのが西王母の、ひいては天界の意思であるとしたら、諸胡と漢族の融和と共存を理想として領土を広げてゆく苻堅より相応しい君主はいない。一角の聖王であった羯族《けつぞく》の石勒《せきろく》も胡漢の融和を志していたが、苻堅の四海兄弟《しかいけいてい》のような壮大な理想を掲げてはいなかった。石勒は漢族と胡人《こじん》が憎みあったり、蔑《さげす》みあったりすることを法で禁じはしたが、胡人にも言語や風習を異にする民族が数多おり、そのなかで道徳観や価値観が合わずいがみ合ったり、潰し合ったりすることは止められなかった。

大秦が華北《かほく》の統一を成し遂げたこのとき、新たな聖王候補が立てば、ふたたび中原が戦乱の世に戻ってしまう。それだけは望ましくない。

そうしたことを考えつつも、長安に集まっているという、聖王の資質を持った、あるいは聖王となるべき宿命を背負った人間たちに対する興味は抑えがたかった。

守護獣のついていない羌族《きょうぞく》出身の将軍姚萇《ようちょう》と、燕の皇族の慕容沖《ぼようちゅう》は、容易に観察ができた。翠鱗の言ったとおり、ふたりとも淡い光量に包まれていた。どちらの面構えも人並みではなく、慕容沖にいたっては稀代《きたい》の美少年ぶりも加わって、凡夫とは比べものにならない魅力を発揮していた。ただ、光量の強さ、あるいはまぶしさについては、天を突く光輝を額から放っていた石勒や、何百里もの彼方から観測できる赤光を放っていた劉淵《りゅうえん》と比べると、いささか弱い気がする。

次に、鷹に変化した鸞に護られているという、慕容垂なる人物を観察した。

慕容垂の邸を偵察したところ、一角の予想どおり霊気で織られた結界が張ってあった。流行り病は完璧に防げるが、闖入者などは、蜘蛛の巣がそうであるように、獲物が触れたときに感知できる程度だ。盗人や暗殺者、間者などの侵入は拒めずとも、存在がわかれば対処できる。

霊気の細かい網の目を見ることのできる一角は、裏門近くの人通りが途絶えるのを待って、その網をつんつんと指先で突っついた。いくばくも待つことなく、高い塀の屋根瓦に大きな鷹が舞い降りて、丸く鋭い目で一角を見下ろした。通常の鷹と異なり、翼や尾羽の端が、孔雀《くじやく》のように青緑がかっている。

鷹の羽が震え、警戒と懼《おそ》れの波動が伝わってくる。人の姿はしていても、一角のまとう霊気の格と己のそれとの差は、一目瞭然であったからだろう。敵か味方かという緊張に加えて、力量に圧倒的な差を見て取った鷹――若き鸞――の、ここから逃げたいという衝動と、持ち場を離れてはならないという使命感、そして、唐突に現れた霊力の高い存在への好奇心。内心に湧き上がる様々な感情が葛藤し合い、固まって動けずにいる鷹に、一角はにこりと笑いかけ、小さく手を振った。

鷹はくりっ、くりっ、と首を捻《ひね》り、ピーと鳴き声を上げる。同時に、一角の頭蓋に心話で話しかけてきた。

――蹄の眷属？　山神？　が、どうして、街中に？――

碧鸞はおずおずと不思議そうに訊ねた。一角のまとう霊気から神獣の格を悟り、神獣はふだん山奥に棲んでいるはずであると推測したのであろう。

――山神も時には人里に降りたり、都の見聞に歩いたりするよ。ここのところの長安はとても栄えていて、殷賑《いんしん》の極みとは、まさにこのことだね。ぼくは赤麒麟の一角。君は？――

――碧鸞。麒麟なんて、本当にいたのか――

碧鸞は驚きに頭を上下させて、翼を小さく羽ばたいた。それから周囲を見回し、人通りが絶えていることを確かめてから、ひらりと飛び降りる。地面に降り立ったときには、十八、九の青い衣をまとった青年の姿に変化していた。

第一印象は、人間らしさが欠落しているということだった。変化が十分ではなく、顔立ちは平凡だが大きな目は鳥そのままに丸く、瞬きをするときに下のまぶたが動く。常に鷹の姿で過ごしているため、人間の表情や仕草が身につかないのであろうと思われた。

「ぼくを知らないということは、青鸞《せいらん》とも知り合いではないということだね」

碧鸞は鳥の仕草そのままに、くいっと首をかしげた。

「青鸞？　知ってる。でも、雛のときに、会ったきり。百年くらいか、もっと昔」

声に出す人語の話し方もぎこちない。共通の知己がいることに、一角は会話の糸口を見つけてほっとした。

「青鸞とは、数年前に会った。苻堅が天王に即位して、少し後だったと思う。ぼくの山まで訪ねてきてくれた」

碧鸞は口角を上げた。青鸞の消息を知って微笑んだようだが、目つきが変わらないので、威嚇されているようにも見える。

「元気だった？　いまも、きれいだった？」

声には親しみが込められていた。やはり口の端を上げたのは笑みだったらしい。

「七十年前に初めて出逢ったときと変わらず、美しかったよ。鸞鳥の姿も、人間の姿もね」

「一角が麒麟に戻ったところも、見たい」

「城内では、無理だね」

一角が苦笑いで答えると、碧鸞は残念そうにうなずいた。

碧鸞は一角が石勒の守護獣を務めていたのと同時期に、劉淵の守護をしていた青鸞と知り合ったことを聞き、警戒を解いた。落ち着いて話せるように、邸の塀に背を預ける。

邸に仕える若者が、勤めを抜けだして話し込んでいる風情《ふぜい》だ。

「同じ時代に、聖王候補がふたりいても、一角も青鸞も、神獣になれた？」

「時代はともかく、世代は違うんじゃないかな。劉淵は華北をほぼ統一して皇帝に即位したけど、石勒は劉淵の死後二十年は皇帝位にはつかなかった。そういえば、劉淵が即位後に最初に定めた元号は『永鳳《えいほう》』だったね。劉淵が崩御したのちに再会したときの青鸞は、霊格が上がっていたから、そういうことだと思う」

一角はこのとき初めて、天命の達成と神獣への昇格について、誰が、いかにして評価するのか疑問に思った。劉淵と石勒の共通点は、華北を統一して自ら皇帝位についたことだ。苻堅はすでに華北を統一しているが、劉淵や石勒の成し得た以上の領土を有しながら、守護獣の翠鱗は神獣とならず、いまだ蛟のままである。苻堅が自ら帝位につかず、天王を称しているせいなのだろうか。それとも、翠鱗が正式な天命を授かっていないために、苻堅の偉業は翠鱗の霊格に反映されないのだろうか。

「道明《どうめい》は、聖王になるかな」

碧鸞はつぶやくように、慕容垂の字《あざな》を口にした。

現状では大秦は栄え、盤石の帝国と言って差し支えない。慕容垂が苻堅に取って代わるということは、ようやく実現された太平を覆し、新たな戦乱の世を創り出すということであった。それは聖王の取るべき道ではない。

一角の石勒が宗主国であった劉趙《りゅうちょう》を倒し、自ら皇帝に立ったのは、劉淵の後継者たちが内部争いに明け暮れて、劉淵の思想を受け継がなかったからだ。

劉淵と石勒ののちに、聖王の器とその守護獣が出現した例は、一角の知る限りではない。苻堅が五十年ぶりに聖王として中原に立つのが、現在までの流れであった。

「慕容垂は優れた指揮官で、徳のある人間だと聞いている」

「うん」

碧鸞は口の両端を一層引き揚げて、自慢げに深くうなずいた。

碧鸞もまた、翠鱗に劣らず己の聖王に心酔しているようだ。一角が常に、虐殺を伴う石勒の覇道が聖王として相応しいものであるかと疑問を抱え、葛藤を重ねていたのとはずいぶんと異なる。

「碧鸞は、慕容垂と言い争ったりしないの？」

将軍である以上、慕容垂もまた、かれの行く手を阻《はば》む幾万という敵を殺すことを躊躇しないであろう。国を治めていく上で、避けて通れない戦と殺戮は少なくはない。ただ、無用な掠奪や虐殺を重ねていけば、やがて正道から外れて聖王の資格を失ってしまうかもしれないという不安が、石勒とともにあった当時の一角には常にあった。

「え、どうして？」

碧鸞は、一角の質問の意味がまったくわからないようであった。覇道について、あるいは聖王たるべき者の王道や正道、そして人道といったものの解釈について、意見が食い違うことはないのか、と一角は問い直した。

「うん。そういえば、道明が燕を出奔したとき、道明の考えがわからなかった。道明を邪魔にする皇太后と、慕容評《ぼようひょう》をやっつけて、道明が太宰とか、大司馬《だいしば》になって、燕の実権を取って、それから、ついでに慕容暐《ぼようい》をやめさせて、道明が皇帝になれば、みんな喜ぶだろうに、そうしなかった」

考え方が違っても、碧鸞はそのことで慕容垂と論争したりはしないらしい。意見すらしようと思わないという。

「道明には道明の考えがあって、それは、人外の私には、理解できないことと、思う。人間には、人間の理由が、あるんだと。私の使命は、道明ができるだけ長く生きられるよう、見守ること」

碧鸞は言葉を探しながら、とつとつと言い終えた。そもそも自分の意見や考えを言葉にすることに慣れていないのだろう。慕容垂との対話も、心話ですませているのかもしれない。

「一角の聖王は、どんな人間だった？　言い争うって、何を？」

石勒が没してから、何十年が過ぎたのだろう。一角は指を折って過ぎた年月を数えた。最初に洛陽で出逢ったときは、十四、五の少年であった。あれから、まだ百年も経っていないはずだ。当時は石勒というたいそうな姓名は持たず、字の世龍《せりゅう》も名乗ってはいなかった。匈奴《きょうど》の分派に過ぎない羯族の少年は、ベイラという呼び名ひとつしかなく、血統主義の北族が重要視する、氏族の名すらなかったのだ。

ベイラとはすぐに別れて、のちに太原《たいげん》で再会したときにはおよそ十年が経っていた。精悍《せいかん》な青年に成長していたベイラは、あのころは何歳になっていたのか。本人曰《いわ》く、四捨五入したら三十になるのに、嫁を娶ることもできないほど貧乏だと愚痴っていた。

そのときの落胆したベイラの声と、情けない表情が記憶の淵から浮かび上がり、一角は我知らず口の端に笑みを浮かべた。

没したときの齢は五十九ということであったから、そこから逆算すると、幷州《へいしゅう》を襲った飢饉《ききん》のために、羯胡部《けつこぶ》の民を連れて逃亡したときは、まだ二十代の後半であったということになる。逃げた先で晋《しん》の皇族に捕まり、奴隷に落とされた。売り飛ばされた先で、地方の土豪であった汲桑《きゅうそう》に見込まれて盗賊に転身した。八王の乱に便乗し挙兵して、汲桑に与えられた石勒という名が世に知られるまで、五年とかからなかった。

そして、その二十五年後には帝位につき、華北のあるじとなった。

碧鸞はとても興味深そうに、一角と石勒の波瀾《はらん》に満ちた年月に耳を傾けた。話すほどに当時の記憶が鮮やかに蘇る。泉の水が湧き出し溢れるように、当時のやりとりの細かいところまで、まぶたの裏に再生される。羯族特有の彫りの深い顔立ち、意志の強さを示す濃く太い眉毛、若いときの放牧と農耕で荒れた手指は大きく、世に出てからは揮《ふる》い続けた武器による胼胝《たこ》で巌《いわお》のように固かった。

さらに話を催促された一角は、ふいにあることに気がついた。

一角自身が神獣の霊格を得たのは、石勒が趙《ちょう》の皇帝位についたときではない。対立していた劉趙の皇帝、劉曜《りゅうよう》を倒したそのときであった。当時の石勒は趙王と称し、劉趙を完全に滅ぼした翌年まで、皇帝位にはつかなかった。つまり、聖王が帝位につくことは、守護獣が神獣に昇格するための必須条件ではないのだ。

では、翠鱗が神獣になれずにいるのは――

「苻堅の守護獣には会った？」

一角の思念を汲み取ったかのように、碧鸞が訊ねた。一角は我に返って、曖昧に
「ああ」と応じた。

一角は自分が翠鱗の養い親であることは、まだ話していなかった。

大燕から亡命し、長安入りした慕容垂が未央宮《びおうきゅう》に参内《さんだい》したときに、大鷹の碧鸞は太極前殿の屋根にいた翠鱗に襲いかかった。翠鱗を苻堅の守護獣と知って襲撃したのか、あるいは単に獲物を追う猛禽の心境であったのかはわからない。一角は聖王を護る鳥獣同士として、碧鸞が翠鱗に対して敵愾心《てきがいしん》や対抗心を抱えているかもしれないと考え、翠鱗との関係は伏せて碧鸞に接触したのだ。

「蛟の翠鱗だね。ぼくが龍の眷属に会ったのは彼で二頭目だ。鸞は三羽。だけど、ぼく以外の麒麟には、まだ一度も巡り会えていない」

落胆気味な一角の口調に、碧鸞は首をくいと傾けた。同情の仕草であろうか。

「神獣になるまで生きても、同族に会えない？」

「そもそも、ぼくらは平安な世にしか生きられない獣らしいからね。特に麒麟は戦、病、死を避け損ねると、動くのもつらくなるほど、気分がすぐれなくなる」

「それは、つらいね」

殺生を好まぬだけでなく、血や死臭、さらに傷病の瘴気《しょうき》に触れると、肉体の健やかさまで削られてしまうという麒麟の属性は知っていたのか、碧鸞は首を二度、小さく振った。

一角は、碧鸞が翠鱗を襲った意図について訊ねた。

「おいしそうだったから。あとで、苛堅の守護獣と知って、ちょっと焦った。守護獣同士では、争ってはいけないから」

翠鱗を苛堅の守護獣と知って、危害を加えようとしたわけではなかった。そのときはまだ苛堅に会う前であったので、苛堅もまた光暈を持つ聖王候補であることを知らなかったし、霊気を放つ小さな蛟とみて、食指が動いただけであったと。

「そうか。食べなくてよかったね」

一角は碧鸞のために、安堵の相槌を返した。

守護獣を目指す者は、玉山で天命を受けるときに、他の守護鳥獣に対しては不干渉を貫き、戦わぬよう念を押される。

とはいえ鸞も蛟も、狩りをして捕食する生き物である。碧鸞が大きな蜥蜴《とかげ》を見て、狩りの衝動に駆られたとしても、責めることはできない。あるいは、妖獣が霊獣の仔を捕食するのと同じ理由で、鸞鳥も霊気を帯びた妖獣を捕食することで、霊力が高まるのかもしれない。

「碧鸞は、翠鱗の龍気には、気がつかなかった？　青鸞は翠鱗の龍気は何十里も先から見えたと言っていた。ぼくも、長安に入ったらすぐに感じたよ」

「妖獣の放つ霊気と、区別できなかった。妖獣だったら、こっちが襲われるかもしれない。だから、先に斃《たお》しておく」

霊気を放つ者の正体を遠くから知るには、碧鸞はまだ未熟なのかもしれない。

それからさらに他愛のない話を交わしていると、碧鸞ははっと顔を上げて塀の中を透かし見るように目を細めた。

「道明が呼んでる。ではまた」

「では」

碧鸞は塀を飛び越えるかと思われたが、門を叩いて開かせ、歩いて邸内に戻った。

城下で噂されるほどに、慕容垂が野心的ではないことと、翠鱗が警戒していたほどには碧鸞が危険な鳥ではないことに、一角は安堵した。

「まあでも、無理に知り合う必要はないかな」

同じ時代、同じ国の中で、覇道を進む人間を護るという天命を抱えて、互いに無関心でいることは難しいであろう。知り合ったとき、友とするか敵と感じるかによるが、どちらにしても、私情が先走りがちとなり、持ち得る霊力の使い道を誤って、守護以上の干渉を人界に及ぼしてしまうかもしれない。

西王母が、歳を重ねた霊力の高い神獣や仙獣を、聖王候補の守護に遣わさない理由が、うっすらとだが理解できそうであった。聖王となる可能性を持った人間を護る霊力しか持たないからこそ、未熟な霊獣の仔が守護の役目を担うのだろう。

人界の流れは人間のもの。

ただ、人間は簡単に死んでしまう。ゆえに、人界と重なる地上で幼体期を過ごす霊獣は、世を平らかにする力を持つと思われる人間の運命に、少しだけ手を添える役目が与えられるのだ。

おそらく、一角が養い仔の翠鱗を気に懸けて、こうして長安にいるのも、本当は正しくないことなのであろう。碧鸞と邂逅し、言葉を交わしたことも、もしかしたら過度な干渉であったかもしれない。

「ただ見守る、というのは難しいものだなぁ」

そして、紫鸞がどこでどうしているのかというのも、とても気になる。

友人として、息災で過ごしているか気にすることは、悪いことではないはずだ。

中原に苻堅がいて、慕容垂がいる以上、新しい聖王の器が生まれてきても、出番はないように思われる。だが、胡族の建てる王朝はとても寿命が短いのも事実だ。遊牧が生活の基盤であった北族は、河北に移住したのちも部族連合国家の仕組みを変えることを強く拒んできた。そのため、母系の氏族を後ろ盾とする異母兄弟間の確執や、指導力を問う実力主義によって、後継争いには内紛がつきものとなり自壊していくのだ。直系、傍系にかかわらず、皇統が三代と続くことは稀であった。

その最初の例といってもよい劉淵のあとに石勒が立った史実を思えば、碧鸞や紫鸞の護る聖王に、まったく希望がないわけではない。

一角は紫鸞と別れた裏国へ向かうことにした。

思い立ったのが昼間だったこともあって、一角はゆるゆると徒歩で東へと向かった。夜になってから変化を解いて、空を翔るつもりであった。

最後に会ってから何年も経っている。紫鸞がずっと同じ場所にいるとは考えていなかったが、一角は他者の霊気を視《み》るだけではなく、時間が経った後もそこに残された霊気の痕跡を辿る力を、いつの間にか身につけていた。

これも、百歳を過ぎたころから使えるようになった気配を消す力や、神獣になってから得た他者の記憶を消す力のように、歳を経るうちに霊力が高まり、知らず知らずのうちに具わっていく能力のひとつであろうか。

この力に気づいたのは、長安の街をぶらついていたときのことだ。翠鱗のものと思われる霊力の残り香をそこここで感じた。翠鱗は宮殿に閉じこもらず、城下を探索しているのだなと思いつつ、近づいて観察してみた。あるじの去った蜘蛛の巣のように、頼りなく揺れる霊気の糸に触れ、においを嗅いでみる。

翠鱗がここにいたのだ、と直感が教えてくれる。山で養育していた間に馴染んだ翠鱗の体臭もあったが、最近のものには雷にも似た酸っぱい電気臭も漂っていた。翠鱗の中でも、日々霊気は高まっていて、このピリッと酸っぱいような臭いは、龍気というものだろうと推察できる。

そうでない霊気の残り香は、慕容垂の守護鳥のものであると判断できた。碧鸞と実際に会い、直接その霊気に触れ、においを嗅いでから確信に変わった。彼の残り香は、青鸞のそれとよく似ているが、どこか生身臭い。神獣の青鸞とは霊格が比べものにならないのだから、碧鸞の霊気により生身の鳥獣の臭いがするのは、当然であろう。

紫鸞と旅をしていたときは、彼女の霊気ににおいがあると感じたことはなかったが、青鸞と碧鸞を知った後では、『鸞』の霊気と体臭には共通点があると気づいた。

翠鱗の電気臭を帯びた龍気のように、鸞のそれを表現できる言葉がないかと、一角は脳内をさらってみたが、うまく思いつかない。

「空のにおい、風のにおい。うーん、月並みだ。風にも、沙漠や海辺、北風に南風と、いろんなにおいがあるからなぁ。空の高いところの、ピーンと冷たい空気のにおい、かな。いや、どこか湿っぽい。そうか、雲のにおいだ」

雲の高さを飛翔していたときの、薄い空気と雲の正体である水蒸気や氷霧のにおいを思い出す。

それでは自分は、麒麟の霊気にはどんなにおいがするのだろうと思った。てくてくと急がぬ歩調で歩きつつ、手の甲を鼻の先に近づけて嗅いでみたが、自分の体臭はわからないものだ。霊気の色やにおいもしかり。むしろ自分自身の霊気は目に映らない。これは、視界そのものが自身の放つ霊気の膜に包まれているから、その存在に気がつかないのだ。

そういえば、自分の霊気は何色なのだろう。赤麒麟の名を炎駒《えんく》ということから、炎の色をしているのだろうか。翠麟の透き通った翡翠《ひすい》の色や、青鸞の澄み切った空のような青、紫鸞と碧鸞も、その名が示すとおりの色調を帯びた霊気をまとっている。

一角は故郷の山々に棲む山神たちの姿と霊気を思い浮かべた。自身の霊力が高まってからは会っていない山神にいま会えば、違った姿を目にすることになるのだろうか。

そのようなことをつらつらと考えながら歩いて行くと、いつの間にか日が暮れていた。一角はあたりを見回し、人目につかない疎林に隠れて変化を解き、空へと飛翔した。

一角は、この昼と夜のあわいの空を飛ぶのが一番好きであった。黎明《れいめい》のあわいも美しいのだが、刻一刻と闇を増していく黄昏《たそがれ》の冥《くら》さには、なにか吸い込まれるような魅力がある。晴れていればやがて星がまたたき、昼には中空に浮かぶ白い染みでしかなかった月が、輝きを増して天空を支配する。

裏国に着いたのは明け方に近かった。何年が過ぎたのか数えようとしたが、ひどく曖昧だ。当時借りていた家に寄ってみたところ、うっすらと微《かす》かな霊気の痕跡があった。間違いなく紫鸞のものだ。こんなに長いあいだ残るものなのかと感心し、そのあとを辿ったが、城下の数ヵ所で微かな痕跡を見つけただけで、新しい跡は見つからなかった。大燕が滅ぶ前から近所に住んでいた人間を見つけて、紫鸞のその後を訊ねたところ、もうずいぶんと前に裏国を出て、鄴《ぎょう》へ行くつもりであると聞いた、ということであった。

鄴城方面の城門に行ってみたが、紫鸞の霊気はどこにも残っていなかった。城壁の上を歩いてみると、蜘蛛の糸のように揺れる霊気の残り香を感じた。

ここから飛び立ったのだろう。

「鳥なんだからな。空を移動したら、地上に痕跡なんか残るはずがない」

一角は空を見上げて、そんな当たり前のことに気づかなかった自分に苦笑する。

とりあえず、鄴へ向かってみたが、そこにもいくばくかの紫鸞の痕跡が残っているだけで、すでにどこかへ去ってしまったらしい。人間とのかかわりもなかったらしく、紫鸞の行く先を知る者はいなかった。

　そういえば、碧鸞に紫鸞を知っているか訊ねるのを忘れていた。慕容垂が出奔する前に紫鸞が鄴にいたとしたら、互いを知る機会があったかもしれない。だが、いまさら長安に戻り、碧鸞に紫鸞の消息を訊いてもどうにもなるまい。

　一角は三台ある宮殿のうちでも、もっとも高い建物、十二丈（三十六メートル）の高さを誇る銅雀台《どうじゃくだい》の屋根にうずくまって夜を明かした。

　碧鸞に石勒の守護獣時代のことを語ったせいか、この都で起きたことがまざまざと脳裏に蘇る。一角はあの日に嗅いだ血の臭いや、積み重なる死骸、そして眉間《みけん》や額に労苦の皺の刻み込まれた石勒の横顔まで、鮮明に思い出すことができた。

　石勒の築いた趙の都は襄国で、鄴ではない。一角も石勒も、この威容を誇る鄴の壮観な要塞皇宮に住んだことはなかった。銅雀台が十二丈の高さまで改築されたのは、甥《おい》の石虎《せきこ》が石勒の息子から皇位を簒奪《さんだつ》したのちのことで、石勒はすでに世を去っていた。当然ながら、一角は石虎の宮殿であった建物に、足を踏み入れたことはない。

　それでも、鄴にまつわる思い出は、石勒とその家族とともに暮らした襄国でのそれよりも、強烈に一角の記憶に刻まれている。七十年も経ったいまとなっては、汲桑《きゅうそう》と石勒の創り出した血の海と、累々と横たわる屍《しかばね》の地獄がそこにあった痕跡はない。数年前までは、ここを都としていた大燕が滅亡したことすら、誰も覚えていないかのように、平穏で賑やかな日常の風景が広がっている。

鄴は一角が初めて人間たちの戦争を目の当たりにし、そのために石勒と対立した場所であった。

そして鄴は、間違った人間を聖王候補と見込んでしまったと、一角が石勒を見放して立ち去った場所であった。

記憶の水瓶《みずがめ》は、蓋をとってしまうと、たちまち泉へと姿を変えて、過去のあらゆる思い出があふれてくる。

結局は石勒が譲歩し、掠奪は軍規として禁止することと、殺戮は可能な限り控えることを誓い、一角は石勒のもとに戻った。だが石勒が覇道を突き進む以上、無用な殺戮は控えるという誓いは度々破られた。とはいえ戦の渦中で、どこまでが必要な殺戮で、どこからがそうでない殺戮であったと、誰に決められるだろう。一角もまた、正しい答をもたなかった。

皆殺しにしなければ、根絶やしにしてしまわなければ、いつまで経っても諍《いさか》いを終わらせることのできない敵がいる。ただ、互いの在り方が相容《あいい》れないというだけの理由で、憎み合うことをやめようとしない。

終わらない葛藤に苦しんでいたのは、石勒もまた同じであったのかもしれない。

一角は夜空を見上げた。

星宿が天球を回転していくその下で、昔の何もかもが、まるで昨日のことのように思い出せる。

「世龍」

石勒の字《あざな》を呼んでも、振り向く者も、答える者もいない。

「ナラン、ジュチ、シン、弘《こう》」

石勒の伴侶であった劉《りゅう》皇后ナランと、数少なかった家族の名を口にする。

泡沫《うたかた》のように一瞬で過ぎ去っていった日々。

かれらと過ごした年月は二十年か、それくらい。

改めて記憶を遡って詳細な年月を数える。正確には、洛陽を落とし、劉曜を殺して劉趙を滅ぼした石勒のもとを去ったのが、四十七年前であった。忘れ去るほど遠い昔のことではない。昨日のことのように思い出しても、不思議ではなかった。

それに、そのあとも一度か二度、石勒を訪れた。崩御前には、石虎や息子たちが遺言どおりに羯族の葬送を行うのを見守るよう、頼まれもした。

誰も知らぬ山の奥に葬られ、ひとり人知れず風化してゆく墓所は、中華の皇帝となった者にはあまりにも純朴過ぎる陵《みささぎ》だ。風葬にこだわった石勒の本心の願いは、中華を支配する皇帝ではなく、羊とともに風を追い草原と森に生きる、太古の祖先の生き方であったのかもしれない。

不思議なもので、石勒が死んで何十年も経ったいまになって、一角は自分が聖王と信じて護った人間の本質に向き合っていた。石勒が生きていたときは、聖王の在り方にかれを嵌め込み、導こうとしていた。だが、時間が過ぎたいま、記憶を辿ってゆくほどに、聖王の器として生まれた人物の、ひとりの人間としての夢や苦悩、葛藤を、服の皺を伸ばすように丁寧になぞっていくのをやめられない。

石勒の死後、たちまち簒奪の意思をあらわにした石虎を止めようとしたナランであったが、計画が露見して幽閉されてしまった。このままでは処刑されると考えた一角は、ナランを救おうとして駆けつけた。だが、ナランは一角の申し出を断った。

『生《な》さぬ仲《なか》の嫡母を、皇太后に立てた弘を置いて、わたくしだけが逃げるわけにはまいりません』

凛《りん》として言い切ったナランの美しい面影も、鮮明に思い出せる。

『それより――』

諦観の笑みを浮かべたナランは、自分の髪を一房切って一角に手渡し、どこかの山に風葬されたという石勒の柩《ひつぎ》に納めてくれるよう、頼んだ。

『一角、あなたはその場所を知っているのでしょう？』

皇帝の陵に納められた空っぽの柩の横に、ひとりで横たわるのは寂しすぎるから、とナランは儚い笑みを浮かべたのだ。

『できれば、わたくしの屍が骨だけになったころに戻ってきて、その骨の一部でもいいから、世龍さまの眠る山か、同じ柩にもう一度葬って欲しいの。石虎がこの世を去ってからの方が、いいかもね。血肉の落ちた骨の塊であれば、あなたが触れても体調を崩したりはしないでしょう？』

麒麟の体質として、他者の骨を弔《とむら》う行為が心身を病みつかせるかどうかはともかく、一角はその約束を果たした。山の奥で朽ちかけた柩を開くたびに、風化の進んでゆく石勒の遺骸と対面する行為は、人間という存在の脆《もろ》さと儚さを一角に教える。最後にナランの骨を石勒の横に並べてから、一度も墓所を訪れてはいない。だが、骨となって寄り添うふたりの光景は、どういうわけか穏やかで、思い出すたびに不思議と一角の心を和《なご》ませる。

ナランは石勒の息子たちを助けてくれとは、一角に頼まなかった。石虎の権勢があまりに強大となっていたこと、皇太子の石弘は、命永らえたところで、石虎に打ち勝つ心の強さを持たないことを知っていたからだろう。

人の世は、どうしていつもこうなのだろう。

歯ぎしりしたくなるほど、どうしようもなく、どうにもならない。

翠鱗と碧鸞、そして紫鸞も、五十年が過ぎるころには、自分と同じ後悔を抱えるのだろうか。とりかえせない年月と、消し去れない記憶を抱えて、永い時を生きる神獣となるのだろうか。

そう考えると、一角はいても立ってもいられなくなった。まだ聖王を見つけていないかもしれない紫鸞に、人の世にかかわることの理不尽さを、警告しておくべきと考えたのだ。

だが、紫鸞の行く先の見当はつかない。華南《かなん》は気候と人語が合わないと言っていたから、華北のどこかであろう。

ともに旅をしていたときの会話を呼び起こし、乾燥した気候を好むことを思い出す。また、一角の守護獣時代の話を熱心に聞いていたせいか、石勒の先祖であった遊牧民にも興味を抱いていた。そうしたことを考え合わせ、一角はとりあえず長城のあたりまで飛んでみることにした。

第五章　流浪の貴種

紫鸞《しらん》が、代王とイーハンを襲った凶報を抱えて夜空を全力で飛び続けていた、そのほぼ同じころ。実家のある賀蘭部《がらんぶ》へと馬車を急がせていた賀蘭氏は、唐突に一行の足を止めさせた。

陰山の北麓にある賀蘭部の本拠地には、高車軍が迫っているとの情報を思い出したからだ。大秦《だいしん》との戦に備えて、代の南部へ大半の騎兵を送り出した賀蘭部に、北からの脅威を防ぎきる力があるとは思えない。

女ふたりと子ども三人が、一握りの侍者と護衛のみで移動できる距離に、保護を頼むことができる部族としては、代の南部に本拠を持つ独孤部《どっこぶ》が頭に浮かぶ。

「劉《りゅう》大人のところ？」

八歳にしては体が大きく、すでに十代にも見える庶長子のイィが、不安げに訊ねる。

賀蘭氏は何も恐ろしいことは起こっていないといった、落ち着いた態度と声で、子どもたちに言い聞かせた。

「独孤部は、わたくしの母の里ですし、劉庫仁《りゅうこじん》大人は先の代王の娘を母とし、あなた方のお祖父《じい》さまの娘、あなた方から見ると伯母さまにあたる方を妻に娶っておいでです」

三人の子どもは眉を寄せて、賀蘭氏の語る劉庫仁の系譜と、自分たちとの親戚関係を理解しようとした。

「つまり、劉大人は血筋によってイーハンさまの従兄であり、姻戚によって義理のご兄弟になるのですよ」

イィは無意識に指を立てて考え込む。口頭で説明された相関図を頭の中に描くのは簡単なことではなかった。リエとイーグィにいたっては、口を小さく開けて、瞬きを繰り返すのみだ。

「ぼくとイーグィみたいな？」

六歳のリエは、血筋では父方の従弟、父と賀蘭氏との結婚によって義弟となったイーグィを指して訊ねた。賀蘭氏は子どもたちにもわかりやすく説明するには、どうしたらいいのかと頭を悩ませる。

「イーハンさまと劉大人は部族が違い、義兄弟となったのは、おとなになってからの形式的なご縁です。同じ拓跋部《たくばつぶ》でともに育つイーグィとあなたたちとは異なります。

劉大人とイーハンさまは親子ほど年が違いますし」

拓跋王族は、四大姻族のなかでも特に有力な賀蘭氏と独孤氏とは、何世代にも及ぶ政略結婚を重ねてきた。

鮮卑《せんぴ》族は同姓婚、あるいは同部族内から配偶者を娶ることを忌避する慣習があった。そのため、拓跋内部を構成する十氏族との婚姻を避ける一方で、異姓部族との血縁の近さには無頓着であった。その結果、特にこの二氏族とは近親であろうと繰り返し婚姻を結んできたため、整然と説明するには難しいほどに、親戚関係が複雑に絡み合っている。

「あなたたち三人はみな拓跋氏ですが、劉大人は独孤氏。イーグィやイィたちにとっては母方の親族で、姑父《おじ》さまにあたります。劉大人は人柄にすぐれた方です。きっとわたくしたちの味方になってくださるでしょう」

「でも、劉大人はいま、大秦の軍と戦っているのではありませんか」

イーグィが訊ねる。賀蘭氏は憂いの滲んだ瞳で息子を見つめた。

「ええ。ですが、独孤部は大部族ですから、わたくしたちを匿《かくま》える部落には事欠きますまい。イーグィも曽祖父《ひいおじい》さまと曽祖母《ひいおばあ》さまに会いたいでしょう？」

幾季節か前に、曽孫に会うために、盛楽を訪ねてくれた母方の曽祖父母の顔を思い浮かべ、イーグィの表情が明るくなった。

「はい」

イィとリエは、不安そうな目つきを実母に向けた。ユフ氏はかすかにうなずいて、賀蘭氏に賛同の意を示す。出身部族の格が低く、独孤部に有力な親戚のいないユフ氏とその子どもたちにとって、避難先が賀蘭部であろうと、独孤部であろうと、安全面でも待遇面でも、大差はなかったのであろう。

この賀蘭氏の決断は幸運に働いた。

同じ時に、父親の死骸を片付けさせ、血塗られた代王の座についたシェジンは、身柄を押さえた拓跋王族に末弟と直系の王孫がいないことを知った。ただちに、配下の騎兵に異母弟と甥を見つけ出し、殺すように命令を下す。

イーグィについては、身重の賀蘭氏が実家を頼ることを推察して、賀蘭部へと追跡させた。

陰山の北へと飛んでいた紫鸞は、夜明けに見下ろした大地に、賀蘭氏一行の痕跡が消えていることを知って焦った。少し引き返すと、馬蹄や車輪の跡が、西へと方角を変え、やがて南へと引き返していることに気がついた。

——どこへ向かっているのかしら。雲中へ戻っているのならば、シェジンの手勢に捕らえられて、イーグィが殺されてしまう——

速度を上げて後を追った紫鸞だが、ほどなく二台の馬車と十数騎の騎兵らの一団が、朝食のための炊煙《すいえん》を上げているところへ追いついた。

紫鸞の帰還に最初に気づいたのは、一行から少し離れて空を見上げていたイーグィであった。

「シーラン」

大声で呼ばわり、厚い革の手袋をはめた左手を高く差し上げる。

その小さな拳に舞い降りた紫鸞ではあったが、数時間前に起きた惨劇を思うと、心話を交わすことをためらった。

「なに？　父さまになにかあった？」

昨夜の不吉な予感を思い出したのか、イーグィは顔色を変えて紫鸞を問い詰める。

紫鸞がためらっていると、イーグィは紫鸞の額に自分の額を当てて、その思考を読み取ろうとした。紫鸞は思わず身を引こうとしたが、ふいに思い出してしまったイーハンと代王の最期の姿を、とっさに消すことができなかった。

「父さまが！」

紫鸞の思念を読み取ったイーグィの顔から血の気が引き、朝日に白く浮き上がる。

「ちゃんと話して！」

イーグィはすでに血に染まった紫鸞の記憶を見てしまった。紫鸞は為《な》す術《すべ》もなく、起きたことのすべてを話した。

――シェジンさまが、王族の男子を皆殺しに――

イーグィは絶句し、蒼白《そうはく》の面は怒りの赤に染まり始める。

祖父と継父が死んだ哀しみよりも、かれらを手にかけた伯父への怒りの方が強かった。イーグィは雲中の方角へと走り出した。放り出された形となった紫鸞が翼をばたつかせ、あとを追おうとしたところへ、イィが駆けつける。

「どうしたイーグィ」

イーグィの肩を摑んで、落ち着かせようとする。

「父さまが、お祖父さまが」

それ以上を言葉にすることができず、イーグィは体を震わせた。

これまで、紫鸞と共有した記憶や知識を家族に話しても、誰にも信じてもらえなかった。のちに証明できたことはいくつかあったが、今回はどう話せばいいのかわからない。特にいまのこの状況は、味方の伝令にすら追跡されないように、目的地を変えて独孤部を目指しているのだ。現場にいなかった人間が知り得るはずのない王庭の惨劇を、どう説明したらよいのか。

イィはちらりと紫鸞を見て、口元をぐっと引き締めた。イーグィの肘を引き、近侍らとともに野営の撤収を急ぐふたりの母のもとへと連れて行った。

「母さま方、王庭でなにか異変が起きたようです。シーランが夜明けに帰ってきてから、イーグィのようすがおかしい」

日の出とともに天幕を撤収し、移動を開始せねばならないときに、子どもたちの戯れ言など相手にしている暇はない。だが、イーグィのただならぬ表情に、賀蘭氏は膝をついて我が子の顔をのぞき込んだ。

「シーランが、イーハンさまからの知らせをもたらしたの？」

中原や西方では、鳩や犬を使う伝書なる通信手段があることは知られていた。しかし文字を持たぬ鮮卑族には、鷹を伝令に使う発想はない。

ただ、イーグィが鷹のシーランがらみで、時に妙なことを口にすることには気づいていた。鷹狩りに出かけるには幼すぎるイーグィは、シーランを空に放しては好きに飛ばし、帰ってくると餌と水をやって世話をしていた。そして、空の散歩からシーランが帰ってくると、イーグィは幕営の周辺から何十里、何百里と離れた場所の天気について話したり、逃げた羊の群れの居場所を言い当てたり、かれらの幕営地を目指して進む人々について予言してみせたりした。

この日までは、賀蘭氏も周囲の者たちも、イーグィの言葉を半信半疑で聞いていた。天気の変化や、迷い羊に野生馬の居場所などは、事実とわかればすごいことだと褒めそやした。だが、遠くの出来事などは確認できないことの方が多かったので、あまり真剣に耳を傾けることもなかったのだ。

ただ、イーグィと鷹の間には、他者には感じ取れない絆《きずな》があるのだろう、と周囲は薄々感じ取ってはいた。

とはいえ、遠く離れた王庭のできごとを、鷹に報告できるとは信じがたい。イーグィはこのときも適当にあしらわれるのではと思いつつ、紫鸞を通して知った事実を、見なかったことにはできなかった。

「シーランに、父さまを守って、って頼んで、空に放したんだ。だけど、シーランが王庭に着いたときは、遅かった。シェジン伯父さまが、お祖父さまも父さまも、叔父さまたちもみんな殺してしまった。左右の近侍たちも、いっぱい殺された」

賀蘭氏だけでなく、みなが撤収の手を止めて、イーグィの小さな姿を凝視した。それから畏怖《いふ》をもって、おもむろにさらに小さな鷹へと視線を移す。鷹は居心地悪そうに、ぴょんぴょんと草の間を跳んで人間たちの注目から逃れようとする。

「シェジンさまが――」

賀蘭氏は両手で口を押さえてつぶやいた。

子どもの妄想と片付けるには、あまりにも凄惨で、重大な発言だった。賀蘭氏は気を取り直して、姿勢を正した。

「それが真実であれば大変なことです。イーグィがその鷹と会話をしているように見えることは、たびたびありましたけど、本当に、鳥と話ができるのですか」

イーグィは顔を上げて、母の目をまっすぐに見つめた。そしてうなずく。

「シーランとだけ、だけど。シーランの見たものが見えることも、ある」

賀蘭氏は物言いたげな目で草間の鷹を眺め、そして息子へと視線を戻した。

「太子さまに輿入《こしい》れして、しばらく経ってから、穹廬が光に満たされた夢を見たことがあります。暖かな雲の中を歩き疲れて眠りに落ちて、目が覚めたら、日の光が穹廬の天井を透過してきたような光に包まれていました」

賀蘭氏は嘆息し、イーグィをぎゅっと抱きしめた。

「匈奴《きょうど》を追いやり、北は蒙古高原のその彼方にあるという丁零《ていれい》の湖から、南は漢との境界、東は扶余《ふよ》、西は天山《てんざん》までを領した鮮卑の初代王タンスークは、その母が雹《ひょう》を口に含んで身籠もったとか。そして、拓跋氏の祖リウェイは天女の母から生まれてきたと伝えられています」

その先をためらうように、賀蘭氏は言葉を切った。それから、深く息を吸い込み、重大な秘密を打ち明けるように息子にささやく。

「あの夢は、朝の光は、いまにして思えば、あなたを身籠もることの前兆だったのでしょう。そして、イーグィが生まれたときも、穹廬が淡く暖かな光に満たされました。あれは出産の疲労と、健康な男の子を授かった喜びが見せた幻覚ではなく、代王もごらんになり、とても喜ばれたものでした。そうした不思議を思うと、イーグィはなんらかの天意を受けて生まれてきたのかもしれません。ならば鷹と話せるということも、あり得るのかもしれませんね」

息子の頭を撫でながら語る賀蘭氏の頬に、涙が伝い落ちる。

賀蘭氏はイーグィの話は現実に起きたことなのだと、直感によって確信した。そして、いま胎内で育つふたり目の我が子もまた、生まれてくる前に父親と死に別れることを知り、涙をこらえることができなかった。

両の袖で涙を拭き払った賀蘭氏は立ち上がり、近侍らに出立を急ぐよう命じた。

代国の滅亡と拓跋部の分裂が必至となったいま、一刻も早く独孤部へ逃げ込み、イーグィの庇護を求めなくてはならない。代王の孫であるイーグィはいま、高車と大秦の軍のみならず、血縁の敵からも追われる身となったのだ。

「イーグィ、シーランは空からシェジンの追っ手や高車の軍、大秦の軍を見分けることができるかしら」

いまや鷹の能力と息子との奇縁を疑うことをやめた賀蘭氏は、イーグィとシーランに大きな期待を寄せ始めた。

「できると、思う。でも、シーランに独孤部の騎兵とシェジン伯父さまの手兵を見分けられるか、わからない」

鮮卑の風俗には、正装時の女子の衣装と、男子の髡髪《こんぱつ》の剃《そ》り方と編み方に多少の違いがあるだけで、部族ごとの大きな違いはない。幟か旗でも掲げていない限りは、遠くから一見しただけでどこの部族であるかを判別することは、人間にとっても難しかった。

「それに、シーランは独孤部がどこにあるかも、知らないと思う」

賀蘭氏は拓跋王家に嫁いでから、独孤部の祖父母が属する部落を訪問したことがなかった。

「そうね。とりあえず、騎兵や大軍が来たら、教えてもらうことはできる？」

「うん」

イーグィは紫鸞を呼び寄せ、母の命令を伝えた。一部始終を見聞きしていた紫鸞は、もちろん賀蘭氏の意向を理解していたが、いかにもイーグィの指示に従うといった振りをして、大空に舞い上がる。

近侍のひとりが賀蘭氏とイーグィに近づき、朝食の乾酪《チーズ》と干し肉を差し出した。

「あ、まだ餌をやってなかった」

イーグィは慌てて呼び戻そうとしたが、紫鸞はすでに蒼穹《そうきゅう》に浮かぶ小さな黒点となっていた。

遥かな高みから四方を睥睨《へいげい》する紫鸞は、どこから偵察をすべきか考えた。直近の脅威は高車軍であろうが、父と弟たちに剣を振り下ろすのをためらわなかったシェジンが、代王の嫡孫であるイーグィを生かしておくはずがなかった。王位を継承する資格を持つ者は、すべて殺してしまわなければ、シェジンは代の支配者にはなれない。

少なくとも、賀蘭氏の一行が砂粒のように小さくなるほどの高みから見下ろしても、陰山の向こう側に高車の大軍が押し寄せてくる兆しは見えなかった。東の空は青く澄み、西は少しばかり霞がかかっていた。沙漠の横たわる黄土《こうど》高原《こうげん》の空は、空気の澄んだ冬でさえ、風が吹けば高く舞い上がる砂埃で、いつも少しばかりぼんやりとしている。注意深く霞を透かし見た紫鸞は、こちらも、大秦軍や反乱軍が移動する気配はないと判断した。

そして、シェジンによって制圧されているであろう雲中。一番に警戒すべきは、やはりシェジンの追っ手だ。その背後には大秦が雲中を囲むように軍を展開しているはずである。そのためであろう。人口の膨れ上がった盛楽の方角は、大勢の人間によって営まれる、暖房や炊事の煙で大気が濁っているのが、遥か遠くからでも見て取ることができる。

短い思考ののち、紫鸞はシェジンの追っ手を警戒することが、まずは急務と判断した。紫鸞は西側に斜行しつつ、南へと飛んだ。

自分の鷹には、独孤と拓跋の区別はつかないだろうとイーグィは考え、母親にもそう伝えた。ただ、イーグィは、百里先の人や獣を認識し、判別できる鷹の視力と、人間を超える紫鸞の記憶力を知らなかった。独孤部と拓跋部の兵装の違いは以前から知っていたし、何よりもシェジンだけではなく、昨夜初めて目にした近侍らの顔と装備も覚えていた。冷静になったいまならば、シェジンに『王になれ』と親族殺しを唆《そそのか》した王族が、ジンというイーハンの従兄であることも、思い出していた。

――あの男は、北部大人であった父親の地位を、自分に継がせなかったことで、代王を恨んでいたのだわ――

薄暗い天幕のなか、復讐《ふくしゅう》の美酒と栄達の野心から興奮しきった瞳で、シェジンを見つめていた青年の姿を思い出す。ジンの父拓跋孤《たくばつこ》は、兄の什翼犍《じゅうよくけん》が即位できるよう尽力した功績によって、代国の半分を与えられ、北部大人という地位についた。その息子ジンは、人よりすぐれた能力や人格もなく、王や国に誇るほどの功績を上げたこともない。それにもかかわらず、父の領地と王に次ぐ地位を継げると信じていたのだろうか。

漢族と異なり、鮮卑はよくも悪くも能力主義、あるいは実力主義だ。出自が低く、能力や人望が及ばないのであれば、力尽くで奪い取ればいいと考え王位に就いたのは、シェジンが初めてではない。

漠北の大地では、倫理よりも、強さが正義であった。

――代王がジンに北部大人を継がせず、シェジンを太子に立てなかったのには、理由がある。それは、かれらにその地位と領土を維持する能力がないと判断したから――

父に王の器ではないと判断されただけでなく、格の低い氏族の母から生まれたシェジンが王位を奪ったとして、どれだけのあいだ代を支配できるだろう。先の大秦の迎撃戦で、情けなく敗退した父殺しの王子を、拓跋部と諸部族が推戴するであろうか。

空を移動するあいだ、そうしたことをとりとめなく考えていた紫鸞は、行く手に高く舞い上がる砂埃を目にして、思索から引き戻された。高速で移動する騎馬の一群が上げる砂埃だ。まるで煙のように高く空に昇り、広がっていく。少し高度を下げて、革の帽子を縁取る毛皮の下に、ジン配下の兵士の顔を認めた。かれらはまっすぐに陰山の方角へと駆けている。シェジンとジンがイーグィに向けて放った追っ手は、陰山の北麓にある賀蘭部の本拠地を目指しているのだ。

紫鸞の胸に安堵の思いが広がった。

避難先を父方の実家から、独孤部に切り替えた賀蘭氏の判断は、正しく報《むく》われたのだ。もしも最初の計画通りに賀蘭部へ向かっていれば、陰山を越える前に追っ手に捕らえられていたことだろう。騎乗による移動のできない臨月間近の女性と、長時間の乗馬に耐えられない三人の子どもたちにとって、冬場の峠越えは苛酷すぎる。熟練の騎兵隊から逃げることは不可能であった。

それから、しばらく上空を旋回し、雲中と賀蘭氏の一行を往復して、シェジンや大秦の騎兵が、賀蘭氏の行方を塞いでいないことを確かめる。そして、両翼の幅が六尺を超える鸞の姿に戻り、広げた翼に気流を捉えた。雲を越え、地平が弧を描くほどの高みへと舞い上がる。もはや個々の人間を判別することはできないが、賀蘭氏が示していた西の地平に、大規模な穹廬の集落が見えてきた。

あれが独孤部であろう。

中原の都市のような城壁はなく、濠《ほり》もなければ柵もない。一見すればのどかな遊牧地であった。広々とした草原には、ひとかたまりの武装した騎兵らが、集落の周りを巡視していた。警戒しているのは、大秦の軍か、拓跋に反旗を翻した諸部族か。

馬車の縁《へり》から身を乗り出して、シーランの姿を空に求めていたイーグィは、短い歓声を上げた。

「シーラン！」

イィに作ってもらった革小手を巻いた左腕を高く差し上げ、紫鸞が舞い降り翼をたたむのを、頰を紅潮させて迎える。詰め物をした布団と毛皮に埋もれて、揺れる馬車の不快さに耐える母のそばまで、膝を使ってにじり寄った。

「鷹のお告げがありましたか」

腹が張るのか、あるいは痛むのか、初冬の寒さにもかかわらず額に汗を滲ませた賀蘭氏は、両手で腹を抱くようにして前のめりになり、イーグィに訊ねた。

イーグィは、革小手越しの前腕に鷹の鉤爪を感じたその瞬間から、かれの脳裏に流れ込んできた紫鸞の記憶を受け取っていた。だが、その抽象的な情景を人間の言葉にするのに、少しばかりの時間と苦労を要した。

「北の敵は、どこにも見えない。南は、秦兵《しんぺい》でいっぱい。シェジン伯父さんは、陰山に向けて五十騎くらいの追っ手を出した」

半日を費やし、遠見に使える鸞鳥の霊力を注《つ》ぎ込《こ》んで目にしてきた情報を、イーグィはこれ以上はないほど単純に表現した。

「独孤部みたいな大部落は、兵士が守っている。でも数は少なかった。途中に秦軍はいなかったから、劉大人はまだ盛楽の近くで秦と戦っているのかな」

賀蘭氏は逃亡先を変えたことが正解であったことに安心し、厚く積み上げたフェルトの布団と、毛皮の上に横たわった。

「シーランに水と餌をやって、休ませてあげなさい」

そう言うと、賀蘭氏は馬車の揺れに舌を噛む危険を避け、目を閉じた。

まぶたを赤く腫らした側妾《そくしょう》のユフ氏が、賀蘭氏の背を支えて腰を撫でる。

「お妃さまは、お疲れです。産み月間近の子をお腹に抱えて動くだけで、女には大変な労働ですからね」

イーグィは鷹に餌をやり籠に戻してから、馬車の後部で頭を並べているイィとリエのかたわらに座った。こちらも車輪が小石や岩を拾うたびに床が跳ね上がるため、会話はほとんどできない。幾重にも重ねたフェルトや毛皮があまり役に立っているようには感じられず、子どもたちは馬車の側板に摑まって、後方へ流れていく殺風景な景色を黙って見つめている。

ふたりとも硬い表情でイーグィの方を見もせず、リエは近づいてきた義弟から身を離すような仕草をした。そこはかとない敵意か、あるいは嫌悪を放つリエに、イーグィは戸惑う。

イーグィははじめ、馬車の揺れが従兄の義兄たちを沈黙させているのかと思ったのだが、違うようだ。イィが『こっちへ来い』と仕草でイーグィをかたわらに招いた。

リエはそっぽを向いたままである。

「なにか、リエの気に障ることしたかな」

小声でイィに訊ねたイーグィに、瞬時に身を返したリエが跳びかかった。

「おれたちの父さまが殺されたって、嘘を言っただろうが！　母さまを泣かせた！」

イィがリエの襟首を摑んで引き戻した。弟同様に硬い表情と口調ではあったが、長子の落ち着きを失うことなく、短い言葉でリエを諭す。

「イーグィの見た幻が、本当か嘘か、まだわからない」

リエはそっぽを向き、ふたたび馬車の側板に摑まって外をにらみつけた。

「嘘じゃない。シーランが見せた幻が本物かどうかは、確かめてないけど――」

救いを求めるようにイィの顔を見たイーグィだが、イィの固く引き結ばれた口を見て、義兄もまた行き場のない怒りを抱えていることを察した。誰も現場を見ておらず、悲報をもたらす伝令が告げたわけでもない。それなのに、鷹がイーグィに見せたというシェジンの裏切りと、代王の死、さらに拓跋宗家の混乱を、賀蘭氏もユフ氏も、まことのこととして信じているのだ。

「母さまたちは、移動中ずっと泣いていたんだ。まだ、なんの報せも届いてないっていうのに」

真っ赤に泣きはらした顔のユフ氏とは反対に、イィとリエの顔に涙の痕跡はない。信じることを拒否しているのだ。イィとリエにとっては、父の死はそんな不確かで、不吉な方法で突きつけられるべきものではなかった。

「なのに、イーグィはちっとも哀しそうじゃない」

リエは顔を逸らしたまま、イーグィを非難する。

「実感が湧かないから――もしかしたら、シーランはただ、悪い夢を見ただけじゃないか、とも思えるから」

イーグィは絞り出すようにして、繰り返した。

祖父と父の死に、少年たちは誰もまだ涙を流していなかった。泣いたら、それが現実だと認めることになるからだ。少年たちの胸にあふれる感情は、哀しみよりも怒りの方が勝っていた。義兄たちは、イーハンがすでに死んだものとして、母と賀蘭氏が避難後の相談を始めているのが許せなかったのだ。

「独孤部へ着けばわかる」

イィは弟たちの頭に手を伸ばし、髪をくしゃくしゃにして乱暴に撫でた。何日も櫛《くし》を通していない髪の、脂じみた埃がイィの手についた。イィは不快そうに手の脂を上衣の裾で拭く。そして、籠の中に落ち着いて、目を閉じる鷹を横目で盗み見た。

三人はその後、独孤部へ進む三日のあいだ黙りこくって、それぞれの思いを追った。

独孤部の曽祖父母に迎えられたイーグィたちは、鷹の見せた光景が真実であったことと、代国は大秦に降伏したことを知らされた。

イーグィの曽祖父は、孫娘と曽孫に会えた喜びはまことであるが、代王の孫を匿うことは、一存では決められないという。

「拓跋部があのようになってしまった以上、諸部族が大秦と戦う意味はない。劉庫仁大人の決断にすべてを委ねることになるが、よいか」

生きてきた草原の風雪が、そのまま頬と額に刻まれてきたかのような、無数の皺と染みに覆われた曽祖父の苦渋に満ちた眼差しを、イーグィは黙って受け止めた。賀蘭氏の面は、絶望の色で染まる。

「大秦に降伏することは、もはや決定事項なのですか。イーグィに、氏族《ていぞく》の奴隷になれと？」

「苻堅《ふけん》は降伏させた異民族の王族を、奴婢《ぬひ》に落としたり、処刑したりすることはないという。大秦に滅ぼされた大燕《だいえん》では、皇族であった慕容《ぼよう》一族はみな長安に邸を賜《たまわ》り、爵位と官職を授けられたそうだ。高車に捕らわれ、奴隷に落とされるよりはましであろう」

「ええ、大燕が滅亡したとき、当時は十二歳であった慕容沖《ぼようちゆう》が官爵と引き換えに何を差し出したか、知らない者はいません。中原の者たちがわたくしたちを索虜《さくりよ》だの、白虜だのと呼んで蔑んでいることも」

『索』は髪を結わずに編んで垂らす北族の風俗を意味し、『白』は鮮卑人の色白の肌を指す。漢族と漢化した中原の胡族は、鮮卑人を含む北族の捕虜をそのような蔑称で呼んでいた。

頭頂の髪を剃り、横や後ろの髪を伸ばして三つ編みに垂らす北方男子の『髡髪《こんぱつ》』を、漢族は文明を知らぬ蛮族の髪型として蔑むだけでなく、色白で顔立ちの整った鮮卑人の女や少年を奴隷に欲しがった。

「あの苻堅が、イーグィに何をするか、わかったものではない！　子どもたちを、絶対に長安へやらないでください」

賀蘭氏が身震いをして、祖父に訴える。

老人はイーグィとその従兄らをちらりと見て、嘆息した。

「慕容沖が後宮に入れられたのは、沖とその姉が稀代の美形だったからだ。慕容沖の他に苻堅が男寵《なんちょう》を持ったという噂もない。心配することはないだろう」

大燕が滅んだのち、長安に連行された慕容氏の皇族の末路がどうなったか、華北とも、漠北に住む北族にとっては、大きな関心事であった。長城のはるか北の国においても、美貌と評判の高かった慕容姉弟を苻堅が後宮に入れたことは、いつまでも口さがない人々の間で噂話として繰り返されていた。

「お祖父さまは、イーグィが慕容沖に器量で劣るとおっしゃるのですか！」

何が気に障ったのか、ますます感情を高ぶらせる賀蘭氏と、曽祖父の困り切った顔を、イーグィは事情もよく理解できないまま見比べる。

黙って成り行きを見ていた曽祖母が、そっと賀蘭氏の肩を抱き寄せた。

「高車が軍を退《ひ》けば、賀蘭部の保護を求めることもできます。草原であろうと、長安であろうと、生きていればふたたび拓跋部と代を再興する道も拓《ひら》けます。あまり悲観するものではありません」

「でもお祖母さま。この子たちに、風の吹かない城壁の内側に閉じ込められ、草原に帰ることを許されない虜囚として生きろと、おっしゃるのですか」

母と曽祖父母のやりとりを聞きながら、膝の上で震える両方の拳を握りしめ、まだ幼い胸に現状を呑み込もうとしていたのは、イーグィだけではなかった。イィもまた歯を食いしばって、父の訃報と最期の有り様を受け止めた。目は真っ赤であったが涙は見せず、それがゆえにいっそう、震える肩が痛々しい。リエは両方の袖がぐしゃぐしゃになるまで、止まらぬ涙と鼻水を拭き続けた。

イーグィは義兄たちを外へ連れ出した。

空を見上げると、籠から解放された紫鸞が悠然と翼を広げて飛んでいる。イーグィは右手を上げ、祖父と父の果てた雲中の方角を指差した。

「代は滅んだって、ひいじいさまは言ったけど、独孤部の集落はいつもどおりで、草原は何も変わらない。滅ぶって、どういうことだ」

イーグィが手を伸ばしたので、紫鸞はその腕に舞い降りようとした。しかし、それが自分に向けられたものではないことに気づき、わずかに離れた地面に降りる。ゆっくりと近づきながら、悲愴《ひそう》な目で南東の方角をにらみつける三人の少年たちを見守った。

「父さまが、帰ってこないってことだ」

リエが不機嫌と怒りに満ちた言葉で吐き捨てた。

イィがもう少し具体的な答をイーグィに示す。

「祖父さまも戻ってこない。国が滅ぶってことは、祖父さまの次に、代王となる人間がいないってことだ。鮮卑人も羊もまだこの草原にいるけど、代という国はなくなったんだ」

「シェジン伯父は王にならないのか」

イーグィは義兄に疑問をぶつけた。

シェジンは自分が王となるために、邪魔になる自分の父と弟たちを殺害したのだ。シェジンが王になれないのならば、どうして継父と祖父と叔父たちは死ななくてはならなかったのか。

紫鸞に謀殺の現場を見せられたにもかかわらず、その光景も日数が過ぎれば幻のように思えてくる。伯父は仇《かたき》であり、憎むべき対象であるという実感も、あやふやになりつつあった。どうして、シェジンがそんなことをしたのか、しなくてはならなかったのか。いろいろな事件や状況が頭に詰め込まれて、五歳半の子どもには理解できないことばかりだ。

「シェジン伯父は、大秦の軍とは一戦も交えずに降伏して、長安に連れて行かれたらしい。王になって帰ってきたとしても、それは大秦の臣下としてで、この代という国の君主としてじゃない」

これは、イィがおとなたちの噂話から聞き知ったことだ。イィは続けた。

「独孤部にしても、いつもと同じじゃない。男たちはみな劉大人について戦場に行って、いまここに残って集落を守っているのは、まだ戦える老人と、戦ったことのない少年ばかりだ」

義兄の話はとてもわかりやすかった。背の高い兄は、頭もいい。

「シェジン伯父が降伏したから、劉大人は戦うのをやめて、独孤部に帰ってくる」

「劉大人は、ぼくらを長安に送るだろうか」

イーグィの脳裏に、かつて紫鸞が夢で見せた壮大な長安の光景が蘇る。代国の何倍もの国土を擁する大秦、その大秦が支配する華北の要であるとされる長安の都。

昨日までは味方で、祖父の臣下であった独孤部が、いまは大秦の一部となり、拓跋王族を人質か生贄《いけにえ》のように新しい支配者に差し出す。そんな光景が少年たちの脳裏に映し出された。

不安げに不確定な未来について義兄たちと話し合うイーグィに、紫鸞はどこへ行かされることになろうと、自分がついているから心配することはない、と話しかけようとした。だが、イーグィの頭の中は、独孤部に来てから知り得た現実を呑み込むことで精一杯で、紫鸞の呼びかけが入り込む隙はなかった。

そのとき、紫鸞の心話が届かぬほどに、イーグィの思考を満たしていた不安、そして疑問。それは——会ったこともない大秦の支配者、苻堅とはどんな人間であろうか——ということであった。

直接の戦闘をいまだ目にしたことのない少年たちであった。

戦禍を避けて北へ、南へ、西へと流浪し、己《おの》が氏族ではない人々の情けで生きながらえる。明日の自分たちの居場所さえ、どこへ行けば見つかるのか、わからない。ただ、かれらを漠北の苛酷な自然と、異民族の脅威から無条件に守ってくれる存在は、永遠に失われたのだ。

まだ世界と国家というものを知るには幼いイィ、リエ、イーグィの三兄弟にとって、戦争と故国の滅亡、そして敗北とは、そのようなものであった。

第六章　分割された祖国

長安に連行されたシェジンは、皇帝に対する反逆に等しいとする尊属殺人の罪を犯したとして苻堅《ふけん》の怒りを買い、車裂きというもっとも残酷な手段で処刑されたという。

その報せが独孤部《どっこぶ》に届いたのは、季節がひとつ過ぎたころであった。

「五馬分屍といってな。こう、四肢と首を括《くく》った縄の端をだな、五頭の馬か馬車に繋いで、鞭《むち》で叩いて一度に別々の方向に走らせるんだ。そうすると――」

子どもたちの世話を命じられた独孤部の少年牧夫が、身振り手振りを入れて見てきたように話して聞かせるのを、イーグィたちは目を丸くして聞く。

リエは青ざめて自分の首を両手で握った。そうすれば馬に引っ張られても、頭がちぎれ飛んでいかないとでも思ったのだろうか。

イイが思案げに応じる。

「ずいぶんと酷《ひど》い罰《ばつ》だな。漢人の法では、親殺しは天に背くほどの重い罪なのか」

「代の法では親を殺しても処刑されないの？」

イーグィは、弟たちよりも早く鮮卑《せんぴ》と拓跋部《たくばつぶ》の歴史と掟を学び始めていたイィに訊ねた。

「殺人を裁く法というのが、そもそもない。殺された側の親族が報復を求め、これを返り討ちにすれば、殺人を犯した者が裁かれることはない。匈奴《きょうど》のモードゥンは単于《ぜんう》の父を殺して自ら単于となり、次期単于とされていた異母弟を殺した。だけど父殺しとしてモードゥンの罪を問う者はいなかったし、匈奴の諸族はかれを単于として推戴することに、誰も異論を唱えなかった。代国でも、初代王イールーが末子を溺愛して、長子のリュシュを軽んじたために殺された。こっちはすぐに従兄のフージェンがリュシュを殺して代の二代目の王になった。つまり、兄弟や親族からの報復で殺されなければ、家督は奪い取った者の勝ちではないかな」

殺人そのものが、重い罪とは捉えられていない社会であった。支配階級にある者が、親兄弟を殺して家督と権力を手にすることに躊躇がない。

幼い者が、子どもでいられる時期など、ほとんどなかった。

イーグィたちはそのような世界に生まれ、生き延びなくてはならないのだ。

父イーハンの死を知ってから、イィは年齢にそぐわない重々しい話し方をするようになった。文字を持たず、それゆえに明文化された法律を持たない北族は、子どものころから歌を覚えるように一族の系譜と先祖の行い、草原の歴史を口頭によって覚えさせられる。イーハンが生きていれば、イーグィも年明けには鮮卑族の伝承を暗記させられていたはずだった。

戦後交渉のために長安へ行った劉庫仁《りゅうこじん》が帰還するまで、イーグィとイーハンの遺児らの処遇は宙に浮いた形になっている。

漠北の長い冬が終わり、草原に白や黄色の小さな花が星のようにちりばめられるころ、砂埃で真っ白になった伝令の騎手が、独孤部へ駆け込んできた。

「劉大人のお帰りだ！」

大部落は騒然とし、戦場から帰還する数百、あるいは数千という騎兵らを労《ねぎら》うための準備にとりかかった。女たちは馬乳酒作りに忙しく、無数の羊が男たちの手によって屠《ほふ》られ、たちまちの内に解体されていく。大気に充満する羊の血と内臓の臭気が、風によって吹き散らされる間もなく、焼き石や急ごしらえの囲い炉の上で羊肉が炙られ、あるいは大鍋で煮込まれる香ばしいにおいが、少年たちの胃袋を刺激する。

「よだれが止まらない。こんなにたくさんの家畜を料理するところ、初めて見た」

リエが感嘆の声を上げ、手の甲で顎《あご》を拭いた。

「拓跋部でも、祝い事があればよくやっていた。おれたちの穹廬は料理場からは遠かったから、見ることがなかっただけだ」

イィの応答には、弟の無知を揶揄する響きがあった。

こうした祝宴や儀式では、王族や首長に近い血縁の者は、客の出迎えや儀式の準備に忙しく、料理の場を見に行く暇がない。幼い子どもも、母の穹廬から勝手に出て行って、混雑する広場を歩き回ることは許されなかった。

まだ代国の繁栄を誰もが信じていたころ、祭や祝宴のある日は、幼いイーグィとリエは母親たちの目の届く範囲から抜け出せなかった。だが、年嵩《としかさ》のイィはおとなの監視をすり抜け、階層の異なる穹廬の集落や広場を、好奇心の赴くままに歩き回る知恵を身につけ始めていた。庶子のイィは、イーグィや叔父たちほどには、形式の束縛を受けなかったというのもあるのだが。

口数が少なく、年齢に似合わぬ落ち着きと思慮を持った父親に、もっとも似ているのは庶長子のイィであると、拓跋部の人々は常々口にしていた。そのせいであろうか、独孤部に着いてからはいっそう無口になったイィは、イーハン家の男子として、そして拓跋什翼犍《たくばつじゅうよくけん》の孫世代の生き残りとしても、最年長であるという自覚が強まったのだろう。年が明けてから、自分のことを「おれ」と称し、仕草から言葉遣いまでおとなのように振る舞うようになった。

毎日のように弟たちに弓馬の手ほどきをし、折に触れて部族のしきたりを教え、狩りの知恵について語った。といっても、十歳に満たないイィができることと、弟たちに教えられることは、とても限られていたのだが。

それでも、拓跋宗族のほぼ全員が、殺されたり長安に連れ去られたりしたいま、リエやイーグィにとって、長兄は人生で初めての師であった。

イーグィも腹をさすってリエに同意した。

「腹が鳴ってたまらない。ぼくらがここにいても邪魔になるし、少しでかけよう。劉大人の迎えに何人か馬を駆っていった。ぼくたちもそっちへ行こう」

三人の少年は、自分たちの小馬に手綱《たづな》をつけて草原へ駆け出す。小さな三騎とその影を見守るように、上空では一羽の鷹がゆったりと旋回を続けていた。

遊牧民の子どもたちは、生まれる前から母の胎内で乗馬を学ぶという。立ち歩きを覚える前に馬や羊の革を張った木馬で遊び、騎乗した母の背や父の股の間で草原を移動して、幼いうちからひとりでも馬に乗れるように手ほどきを受ける。それぞれの体格に合った小馬さえ手に入れば、七つになるころにはいっぱしの騎手に育っている。イィのように。

自在に手綱を操り、小馬を走らせるイィの後についていこうと、イーグィとリエは必死であったが、すぐに引き離されてしまう。騎手と馬の体格が違い過ぎるのだから、同じように乗れなくて当たり前なのだが、イーグィはひどく悔しい思いをした。

数十里もいかぬうちに、リエとイーグィは馬が勝手に歩くのに任せて、兄のあとをついていく。

その兄が、くるりと方向を変えてこちらへ戻ってきた。

「劉大人だ！」

イィの指差す方向へと顔を向けたイーグィの目に、数百騎の一団が立てる砂煙が映った。先頭近くにはためく旗は、独孤部のものだ。

戦士たちの使い込まれた革冑《かわかぶと》には毛皮の縁取り。身にまとうのは年季の入った革《かわ》鎧《よろい》。幅広の帯には青銅の鉤留《かぎどめ》。帯に下げた佩刀《はいとう》の幅も広く、鞍壺《くらつぼ》には艶やかな複合弓と矢の束。外套は風をはらんで猛禽の翼のように宙を舞い、両耳の後ろから編まれた長い髠髪《こんぱつ》が、両肩や背中で上下に弾んでいる。

先頭を駆る武人の冑は、他の戦士よりも高さがあり、赤く染めた革と毛皮で縁取りがされている。頭頂の房飾りは黄色を帯びた馬の尾が背まで垂れ、陽光を浴びて白銅色に輝いていた。

誰に言われずとも、劉庫仁大人であると察せられる。

駆け戻ってきたイィがイーグィの馬に自分の馬首を寄せた。イーグィの小馬が戦士らの軍馬に驚いて、小さな騎手を振り落とさないように、手綱を押さえるためであった。イーグィはそんな心配は要らないとでも言いたげに、義兄へと不満そうな顔を向ける。

身長が足りないために、乗るときは手間取るものの、イーグィが落馬したことは一度もない。

馬蹄の響きと砂煙が近づき、視界の大半を埋めたとき、鷹がふわりと降りてきたので、イーグィは革小手を巻いた左腕を差し出してシーランを受け止めた。

——気持ちを落ち着けて。何を聞いても、言われても、泣いたり、怒ったりしないように——

頭の中に流れ込んでくるシーランの言葉。

もともと、イーグィは感情の表出が激しい方ではない。むしろ乏しい方である。そしてこのとき、いまや旧代国ではもっとも強勢な部族となった独孤部の首長に会うのだと、ひどく緊張していた。

イィは劉大人の一行を遮らない位置に、弟たちの馬首を並べさせた。

劉庫仁は幼い兄弟の前で馬を止めた。太い眉毛の下の窪んだ眼窩《がんか》の奥から、強い意志を秘めた黒い瞳が、拓跋氏直系の血を引く男児を正面から見つめた。

イーグィは劉庫仁の目を見つめ返して、どう挨拶すべきかを考えた。

祖父の代王が健在であったときは、何度か顔を合わせ、言葉も交わしている。劉庫仁は王孫に対する礼を尽くし、イーグィには恭《うやうや》しく接していた。劉庫仁と継父のイーハンは姻戚による義兄弟であり、血縁では従兄弟《いとこ》同士であったことから、ふたりが肩を並べて家庭のことから国事、そして体験してきた戦術について話し合っている場も目にしていた。

拓跋氏が壊滅状態のこのとき、代国の遺民でもっとも強勢なのは、独孤部だ。そして、いまのイーグィは権威ある庇護者を持たぬ、ただの子どもにすぎない。

劉庫仁は年齢も遥か上の大人であり、幼少の自分は礼を示すために下馬するべきであろうか。

イーグィが口を開く前に、劉庫仁は自ら馬を下りた。膝こそつかなかったものの、恭しい態度でイーグィに話しかける。

「イーグィ殿下。息災でなにより」

劉大人の率いる騎兵たちも、首長に倣《なら》って馬を下りた。

自分も馬を下りようとしたイーグィを身振りで止めた劉大人は、自らイーグィの手綱を取り、自分の馬の隣まで引いた。堂々とした風情で上から見下ろしてくる劉庫仁の軍馬に、イーグィの馬は怯えたようすで「ブルル」と鼻を控えめに鳴らして、蹄で土を掻いた。庫仁が大きな掌で首筋を撫でてやると、イーグィの馬はおとなしくなった。

後ろの方で、見覚えのあるふたりの青年が言葉を交わしているのがイーグィの視界に入った。片方はまだ少年というべきであったが、すでに戦闘を経験してきたのか、甲冑《かっちゅう》に傷みが見られた。

劉庫仁の息子たちだ。諸部族が川辺に集まり、天を祀《まつ》る大集会のときに会ったことがある。イーグィがこの従兄たちの名前を思い出す前に、劉庫仁はひらりと馬にまたがって、話を始めた。

「空気の淀《よど》んだ長安に長く留まったあとでは、草原の真ん中で立ち話も悪くはないが、みなが待っている。話しながら先を急ぎましょう」

劉庫仁とイーグィが馬首を並べて歩き出すと、数百の騎兵は子どもたちを守るように囲んで、一斉に進み始めた。

イーグィは、劉庫仁の恭しい態度に戸惑った。

独孤部に匿われていたあいだ、必ずしも歓迎されていたわけではないことは、感じ取っていた。母方が賀蘭《がらんぶ》部であることも関係があったのかもしれない。だが、同氏族内での結婚が忌まれる鮮卑人の習俗により、諸部族はそれぞれ密接に絡み合った姻族関係にある。母方の祖母が独孤部の出身であったように、独孤部の男たちのほとんどは、拓跋部や他の部族から妻を娶っている。

それなのに、イーグィは部落に入り込めない居心地の悪さを終始感じていた。

「どこから報告すべきか」

劉庫仁は顎の鬚《ひげ》を片手で思案げに撫でていたが、やがて話し始めた。

代国崩壊と大秦《だいしん》への降伏、戦後処理と王族の処遇についての交渉など、劉庫仁の報告は曽祖父の伝聞よりも詳細で、そして正確であった。

庶出とはいえ、代王の最年長の王子であり、南部大人という国王に次ぐ地位にありながら、王位に目が眩《くら》み、父親殺しを犯したシェジンの末路は、噂に聞いたとおりであった。

劉庫仁はシェジンの処刑方法については語ろうとしなかった。しかし、好奇心を抑えかねたリエが馬を進め、「劉大人は伯父さまの処刑に、立ち会ったんですか。手足を一度に引きちぎられる刑だった、って本当ですか」と勢い込んで訊ねた。

イーグィはリエに控えるように目配せをしたが、気がついたようすはない。代わりにイィがリエの背を弓で叩いて黙らせようとした。

劉庫仁は落ち着いて答える。

「四肢と頭を、だな。一見、苛酷な刑ではあるが、執行されれば即死。国家存亡の危機に、私欲に目を眩まされ、親兄弟の皆殺しを図った者の末路にしては、十分な苦しみを与える刑とは思わぬ」

淡々とした語り口調にむしろ、必死に国を守って戦っていた劉庫仁の背後で、王位の簒奪を図り、国を滅ぼしたシェジンへの怒りが滲み出ている。

ではイーグィの祖父と継父を謀殺した伯父には、どんな死が相応しかったのだろう。イーグィの考えが逸れるのを引き留めるように、劉庫仁は長安に連行された王族の消息について語る。

代王の末息子クゥドは、虐殺の現場にいなかったことからシェジンによる殺害を免れ、ただひとり生き残った。しかし、敗戦時に大秦に囚《とら》われ、長安に連行された。年齢はイィより二、三歳上であったはずだ。

少年たちは顔を見合わせる。十かそこらで戦争捕虜となり、たったひとり異国へ移住させられる叔父の不安を思った。

「慕容沖《ぼようちゆう》の預かりとなって、書学を学ぶよう、苻堅に命じられた。敗戦国の王族にとっては、礼遇というべきでしょうな」

戦に敗北すれば、王族であろうと妻子もろとも奴隷に落とされる。それが北族の掟であった。だから、戦争では死に物狂いで戦い、負けると判断すれば即座に、どこまでも逃げる。

「慕容氏は奴隷にされなかったのですか」

イィも好奇心が抑えられず質問を挟む。

「苻堅は、降伏した者はすべて臣下として受け容れる。敗北した者の子弟らは、長安の小学や太学に通って、書学を修めることを求められる。かつての地位を失い、苻堅の命に服従せねばならないのは、奴隷と変わらないのかもしれませんが――」

劉庫仁はいったん言葉を切った。温情を以て旧敵を厚遇する敵国の君主を、どう表現したものか、言葉を選びかねているようであった。

「クゥド王子には、耐え難い日々となるかもしれませんが、将来、書学に通じた王族が代に戻ってくると思えば、悪いことではない」

大秦に忠実な臣下となるべく教育を受けた代王を、草原の民は果たして歓迎するであろうか。趙《ちょう》より帰国した拓跋什翼犍は王位に就いたが、かれの祖父は魏晋《ぎしん》のころに人質時代を耐えた挙げ句、帰国後間もなく暗殺されてしまったことも事実であった。

劉庫仁は、それまで正面を向いていたが、イーグィへと顔を向けた。

「イーグィ殿下は、学問に興味はおありか」

突然の問いに、イーグィは戸惑って手綱を摑んだ。

「あの、漢人のやる、文字の読み書きのことですか」

「文字の読み書きは、基礎に過ぎない。文字によって残された過去の記録、先祖の知恵と記憶。文字と図に表された物事の仕組み。絵や線だけでは表しきれない、細かな情報の書き込まれた地図。そういった知識の塊を書物といい、それぞれ書かれている内容を理解することを、学問といいます」

「先祖の知恵や歴史なら、義兄のイィは拓跋宗家の名前を、初代のリウェイからお祖父さままで、全部言えます。ぼくとリエも、そろそろ始めるころだと、母さまが言っていました」

　劉庫仁はさらに後方へと振り返り、イーグィの一馬身あとから黙ってついてくるイィへと視線を当てた。

「それは頼もしい」

　イィは頬を赤くして、軽く頭を下げた。

　劉庫仁はイーグィに視線を戻して、話を続ける。

「私とともに戦後交渉に当たった燕《えん》左長史は、イーグィ殿下も長安で学問に励まれてはどうかと提案しています」

「燕左長史？」

　イーグィは劉庫仁がいきなり口にした、知らない名前を訊き返す。

「燕鳳《えんほう》左長史を覚えてはおられぬか。国事においては代王の右腕として仕えていた漢人の学者です。漢族の学問に広く通じているだけでなく、行政にも外交にも有能で、代王の治世を長きにわたって支え続けてきた人物です。戦後交渉の使者として私とともに長安に行き、もろもろの事案を、ほぼひとりでことごとくかたづけてしまった。そうそう、故太子の経学の師でもあった。早世していなければ、故太子は書学のために鄴《ぎょう》へ遊学をされたかもしれない」

　イーグィは自分が生まれる前に世を去った父親の話に、ふいに呼吸を止めた。何かが胸の内側に触れ、ふうっと息を吐く。

燕左長史の交渉によって、代国は二分され、西側を匈奴鉄弗部《てつふつぶ》の劉衛辰《りゅうえいしん》が、東側を劉庫仁が治めることとなったと、劉庫仁は続けた。

「劉衛辰が代国の半分を？」

後ろからイィが怒りのこもった声を上げた。

劉衛辰の名は、父である代王を殺したシェジンと並んで、代と拓跋の民にとって唾棄《だき》すべきものとなっていた。

大秦の代侵攻は、代の統治権を求める劉衛辰の要請によるものであったからだ。だが、それ以前から、劉衛辰の存在は、先の代王にとって頭痛の種でもあった。

南匈奴の末裔《まつえい》である鉄弗部の劉衛辰は、北岸と東西の三方を黄河に囲まれた、オルドス高原を支配する独立勢力の長であった。代国に朝貢し、什翼犍の娘を妻に娶っておきながら、内心では北へ領土を拡張し、代の統治権を奪う野心を抱えていた。そのため、大秦に内通し、官爵を得ては代に攻め込むということを繰り返してきた。拓跋一族が先の戦の仇として報復を求めるとしたら、大秦の苻堅よりも、この劉衛辰であったろう。

その劉衛辰が、代の半分を我が物としたのだ。イィがいきなり不満げな声を上げたのも無理はない。

鉄弗部と独孤部は、民族系統としては鮮卑ではない。劉衛辰と劉庫仁は、どちらも姓を劉とし、七十年前に劉漢という王朝を開いた攣鞮部《れんていぶ》の劉淵《りゅうえん》と同様に、南匈奴の裔《すえ》であった。さらに、庫仁と衛辰はふたりとも代王の娘を娶っているので、姻戚によって義兄弟になる。とはいえ、匈奴と鮮卑の通婚も十数世代を経ており、婚姻関係も複雑にからみあっているため、もはやどちらが鮮卑でどちらが匈奴かなどと、明確に区別することは難しい。

劉庫仁の話を聞いているうちに、イーグィは頭痛がしてきた。

六歳にも満たない子どもにとって、おとなの話をすべて理解することは難しい。最後まで話を聞くことも、覚えることも、おそろしく心身を消耗させる。義兄のイィは劉庫仁の話を全部理解しているのだろうか。自分の頭がついていけず、ぼんやりしてしまうのは、三つも年が下だからなのか。

どうしてもっと早く生まれてこなかったのだろう。

そうすれば、父と会えたかもしれない。代が滅ぶ前に、もっといろんなことを知り、経験して、難しい話も頭痛を起こすことなく聞けたかもしれないのに。

イーグィは手綱から手を離して額を押さえた。劉庫仁はイィに顎を向けたまま、軽くうなずき返して、話を続ける。

「代は王国ではなく、大秦の領有するところとなった。代の旧領は東西に二分され、東代郡と西代郡となる。私と劉衛辰は、それぞれの代郡の太守に任命された。衛辰に代の半分を奪われたと悔しがるか、代の半分は守り通したと解釈するか、それは諸君に任せよう」

幼い三兄弟は顔を見合わせた。その表情から、三人とも前者の『代の半分を奪われた』という思いを共有していることが互いに察せられた。

劉庫仁は自身の処遇については、大秦の臣下となり、苻堅から官爵を受けたことを沈鬱な面持ちで告白した。

「代を守りきることができず、我が身ばかりの保身に走ったと思われても、申し開きはできない。だが、劉衛辰に代を奪われるのを、黙って見ていられなかった」

父親よりもはるかに年上の、大人という高い地位にあるおとなが、謝罪するかのようにイーグィたちへと頭《こうべ》を垂れた。とっさに返す言葉を知らないイーグィの頭の中で、紫鸞《しらん》の声が響いた。

――代が滅んだのは、シェジン伯父さまのせいです。前線で戦っていた劉大人には、なんの落ち度もありません。むしろ降伏後も交渉という名の戦いを続け、代の王族と領土を可能な限り守りぬいたのです。拓跋宗家としては、これ以上の感謝はないと伝えなさい――

イーグィはびっくりして、自分の膝の間で翼を休めていた鷹を見下ろした。紫鸞が心話で語りかけたことを咀嚼《そしやく》し、理解できたところを自分の知っている言葉に置き換える。それから意を決して、口を開いた。

「シェジン伯父が謀反を起こさなければ、祖父と継父《ちち》は庫仁姑父さんといっしょに戦っていたはず。拓跋部がばらばらになって、ぼくたちは逃げることしかできなかったけど、劉大人のおかげで、代の半分は守られました。あの、拓跋宗家のひとりとして、礼を言います。お祖父さまも、きっと同じ気持ちです。ぼくたちがもっと早く生まれていて、たくさん鍛錬した強い戦士であったならと、そしたら——そしたら、劉大人といっしょに戦えていたのにと、それが悔しいです」

劉庫仁は驚きに目を見開いた。小さな馬にまたがり、下唇を噛む幼い少年をじっと見つめた。

代王の嫡孫はこの幼さで、すでに代の敗北の原因と帰結するところを理解している。そして逃亡先においてなお、ふたたび立ち上がり戦う気力を失ってはいない。

劉庫仁は内心で舌を巻きながら、背後へ振り返ってふたりの息子に笑いかけた。

「チョーファ、カンニー、拓跋部は健在であるぞ」

二十歳をいくらか過ぎた兄のチョーファは、ふんと唇を歪めて鼻を鳴らしただけであったが、十代半ばのカンニーは父と同じ、屈託のない笑みを浮かべてイーグィにうなずきかけた。

「カンニー。拓跋宗家の世話をおまえに任せる。燕左長史が代に戻ってくるまでに、それなりの教養を身につけていただかねばならん」

拓跋の三兄弟は、ふたたび顔を見合わせた。劉庫仁が何を言っているのかよくわからなかったからだ。戦士になるための訓練や、弓馬の鍛錬なら曽祖父のところで毎日欠かさずやっている。

——学問のことですよ——

笑いを含んだ女の声で、紫鸞が心話で話しかけてくる。

——読み書きというやつ？　どうして？——

——匈奴や鮮卑は文字を持ちませんが、国を興し君主となった北族の長はみな、漢語に堪能《たんのう》でした。什翼犍お祖父さまは、人質として十年を石趙《せきちょう》で過ごされ、学問にも造詣が深くておいでだったそうです。その石趙を建てた石勒《せきろく》は読み書きこそできませんでしたが、漢語と羯語《けつご》はもとより、匈奴や鮮卑の言葉を話すことができたそうです。なかでも史書や論語などは人に読ませたのを耳で覚え、ほぼ暗記していたそうです。そして、劉大人は、イーグィさまに学問をさせたいとお考えです。これがどういうことかわかりますか——

——劉姑父さんは、ぼくが代王になれると思ってる？——

——そのようですね——

紫鸞との心話で乱される気持ちが顔に出ないように、イーグィは奥歯に力を入れた。イーグィが感情の表出に乏しいという周囲の印象は、誰にも聞こえない鷹との会話中、思わず声を出したり、無言で表情がころころ変わったりすることを怪しまれないために、自然と身についた習癖のせいであった。

――母さまが『代を再興するのです』とか、『劉衛辰と苻堅を討ち取り、代王と父さまの仇をとるのです』って、ぼくの顔を見ると呪文みたいに言うけど、劉大人もそう思っているってこと？――

――おそらく、すべての拓跋部衆が、そして、多くの代の遺民たちが、そう考えています――

イーグィは無意識にため息をついた。弟が生まれてからは、そちらの方に気をとられているせいか、賀蘭氏はあまりイーグィをかまわなくなった。それでも、顔を見ると訊ねてくるのは、鍛錬が進んでいるか、父と継父に恥じない戦士として弓馬の訓練を怠っていないか、ということだった。

鍛錬そのものは苦痛ではない。立ち歩きよりも先に乗馬を覚えるという北族の少年にとって、自分の馬を乗りこなすことは至極当然のことであって、むしろできなければ恥である。同年代の少年たちのあいだでは、誰が最初に手綱から両手を離して弓を引けるようになるか、誰もが真剣に張り合っている。

イィは同年の少年たちよりも体が大きいせいか、すでに騎射を体得している。まだ的を射たり、長い距離を飛ばしたりすることはできないが、弓が小さいのだから誰も問題にはしない。

馬上で弓を射られるということが、肝要なのだ。狩りとは違い、騎射の実戦において命中力はさほど重要ではないと、独孤部でイィたちの騎射を指導してきた老騎兵は言う。

『戦ではな、軽騎兵はかならず集団で行動する。数十人が一度に敵集団に矢を放てば、何本かは当たる。当たらなくても、敵を攪乱《かくらん》したり、矢を避けようとする敵兵の足を遅くしたりすることはできる。戦は数であるからな』

背筋と腹筋で己の上体を支え、下半身の脚力だけで馬を操るイィより年長の少年たちに憧れつつ、イーグィとリエは鍛錬に励んできた。

一日も早く、強く、大きくなりたい。

賀蘭氏の期待がどうであろうと、鮮卑の男子に生まれた以上、一人前の戦士になるための訓練は、両方の足で大地に立ち上がったときから始まっていた。

ただ、イーグィたちはひと世代前の鮮卑男子よりも早く、急いで成長しなくてはならない。分割された代の脆《もろ》さにつけこみ、部族間の紛争や異民族の侵略がいつ起きてもおかしくない時代なのだ。そして、いまこの瞬間でさえ、大秦の為政者の気が変わって、拓跋直系を根絶すべしと決断するかもしれなかった。明日をも知れない己と家族の命を守るために、より強く、より賢く、より早く成熟を急がねばならない。

それは単なる願いではなかった。

生き延びるために、必ず乗り越えねばならない試練であった。

あるとき突然、国が滅亡し、一族が崩壊する。

イーグィたちが生まれてきたのは、物心がつくと同時に戦うことを学び始めなくては、今日を生きることすら難しい世界であった。

燕鳳左長史が長安より代に戻り、イーグィの処遇について劉庫仁と検討したのは、漠北の短い夏が過ぎようという季節であった。

イーグィはいまだ幼く、親元から引き離して学問を始めるには早すぎると、燕鳳は苻堅に上奏した。苻堅は同意し、劉庫仁の監督下で養育し、数年してから長安に送るようにと命じたという。

年齢を生まれた年から一歳と数える漢族の燕鳳にとって、イーグィはこの夏には七歳となる。身分ある子弟らは、七つで学問を始めるのが常道であると、燕鳳は馬車いっぱいに詰めこんで運んできた書物を、イーグィの前に積み上げた。

「劉大人によれば、イーグィ殿下は、すでに君主に必要な聡明《そうめい》さを具えているとのことですが」

どれほどの老齢なのか、燕鳳の顔には細かく皺が刻まれていた。漢人らしい平坦《へいたん》な顔立ちではあったが、歳月によるものか、まぶたの脂肪は抜け落ち、眼窩は深く窪んでいる。皺深い眼窩の奥から見つめてくる、老いてなお黒々とした瞳に、イーグィは射すくめられた。

――聡明、って賢いってこと？――

難しい言葉を使う燕鳳とのやりとりを助けてくれる紫鸞に、心話を飛ばす。部屋の隅の止まり木に休む紫鸞は、含み笑いとともに心話を返した。

――そうです。燕先生はイーグィさまに、お祖父さまの代王や、太子であったお父上のような頭のよさと、配慮の深さを具えていることを、期待されているのです――

――燕左長史は、父さまのことを、よく知っているのかな。ぼくは何も知らないのに――

燕鳳の口調からは、祖父や父に対する好意が感じられる。イーグィも燕鳳に好かれたいと思った。賢く聞こえるように、言葉を探す。

「母さ――母上はわたしに代を再興せよと言い聞かせ、劉大人は君主として教養を蓄えろと言われました。そうできるよう、がんばります」

　教え子となる少年の期待通りの返答に、燕鳳は満足げにうなずいた。合格であったらしく、イーグィは内心でほっと息をつく。

「燕左長史は、父を知っているのですか」

「子章《ししょう》、あるいは燕先生とお呼びください。漢人には、公私で名を呼び分ける風習があります。イーグィ殿下とは、しばらくは私事におけるかかわり、学問の師ということにしていただきましょう。はい。殿下のお父上はとても聡明で勇敢なお方でした。いまも存命であれば、代が滅ぶようなことはなかったでしょう」

　祖父の片腕であったという老人から、見も知らぬ実父のことを賞賛され、イーグィの胸は誇らしさでいっぱいになった。

「わたしも、父のようになれますか」

「すでにその兆しはあるようです。ですが――」

　燕鳳は寂しそうに微笑んだ。

「殿下には、お父上より長く生きていただきたいですね。代のため、拓跋部のため」

　イーグィは無意識に奥歯を食いしばった。

　長く生きる――祖父の享年は五十八であったという。

　三十八年という治世の終わりに、自らの生涯をかけて保ち続けた国が滅亡してしまった拓跋什翼犍。祖父はもっと長く生きるべきであったのか。代という国体そのものであった祖父を思うと、痛みや哀しみよりも、重苦しく、どうしようもないやるせなさが勝る。イーグィの持ち合わせる語彙と知識では、表現することも、整理することもできない思いの塊であった。

一日も早くおとなになって母と弟を守り、拓跋部を取り戻したい。代を再建したい。

だが、世界を知るために生きる時間の長さと、積み上げねばならない経験を想像するには、イーグィの心身はあまりにも幼かった。

第七章　鳳雛《ほうすう》の目覚め

独孤部《どっこぶ》の保護下で暮らす二度目の夏が近づくころ、イーグィと賀蘭氏《がらんし》の身柄は賀蘭部へ移されることとなった。

高車軍が撤退し、北部の安全が回復され、賀蘭氏とその子どもたちを実家に引き取る準備ができたというのが、移送の理由であった。

だが、イーグィ自身は、独孤部の少年たちと親しくなり、ようやく劉庫仁《りゅうこじん》と曽祖父母の庇護下における生活に慣れてきたところであった。数人の親族を除けば、知らない人間ばかりの賀蘭部で、また一から始めなくてはならないことに、憂鬱な気持ちになってしまう。

中原とは長城で隔てられた東南部の独孤部では、漢人も多く教師の調達には困らない。読み書きのできる独孤氏の子弟も珍しくなかった。通常よりも大きな穹廬のひとつが、劉家子息たちのための学問所として使用されており、イーグィとふたりの義兄も、独孤部の従兄弟らと学問をさせられてきた。

独孤氏は匈奴《きょうど》の末裔であり、現在は鮮卑《せんぴ》拓跋《たくばつ》に従属しているとはいえ、中原に漢帝国があった時代の、胡漢二大帝国を祖先とする血脈を誇っている。劉姓でそれなりの地位にある者は、漢族のように本名の諱《いみな》と通称の字《あざな》を使い分けていた。漢の始祖である劉氏《りゅうし》を名乗る以上、漢語を使いこなせることは、独孤部で高い地位を得るために必須の教養のひとつだったのだ。

しかし、漢化を堕落と捉え、鮮卑の伝統を重んじる北部では、事情が異なる。代が滅亡する前に母方の祖父母を訪れ、滞在した賀蘭部のイーグィの記憶は曖昧だが、一枚の紙切れはおろか、文書のようなものはなかった。当然ながら、漢語を話せる人間もいなかった。

「こっちもあっちも、たいして変わらないさ。すぐに慣れる」

従兄のカンニーは、イーグィの不安を軽くいなして笑い飛ばした。十代の後半にさしかかっているものの、言動からはまだ少年らしさが抜けていない、面倒見のよい従兄だ。イーグィたちの鍛錬にも付き合い、燕鳳《えんほう》のもたらす難し過ぎる『学問』の授業も、幼い従弟たちが理解できるよう、手ほどきをしてくれる。

「盛楽城にも平城にも、大秦《だいしん》の役人が大勢派遣されて、いまや漢語を使いこなせなければ、どれだけ出自が高くても、まともな地位には就けない」

リエが顔を輝かせて身を乗り出した。

「おれも、学問ができれば、将軍になれるのかな」

「なれるさ」カンニーが気安く請け合う。

「手を墨で汚さなくても、文字が書けるようになるのが先だがな」

リエは真っ黒な指と掌を見て、上着の裾で擦った。乾いていた墨は落ちず、リエは掌を舐めて墨を溶かし、ふたたび服に擦《なす》りつける。手を舐めたときに唇と頬、舌についた墨で、顔が黒くなった。

イィが水で湿らせた布きれで、弟の顔を拭いてやる。

「燕先生は、賀蘭部まで来て学問を教えてくれるかな」

義兄たちの仕草を横目に、イーグィは不安げに従兄に訊ねた。ようやく五百を超える漢字の読み方を覚え、その半分を手本を見ずに書けるようになったところだ。まとまった文章で読めるのは、単純な詩文くらいなものであった。そもそも外国の言葉なので、漢語の話者がついていないと、一文字、一文字の発音を知ることすら覚束ない。

「代が半分になっても、政《まつりごと》が半分になるわけじゃない。むしろ、いちいち長安に上奏して指示を仰がないといけないから、燕先生も親父様も忙しくなる。だけど、心配しなくても、燕先生は優秀な教師を見繕って、賀蘭部に送ってくれるさ」

「本音を言うと、学問しなくてすむなら、そっちがいいけどな」

三人の中で一番学問の遅れているリエは、口を尖《とが》らせて言った。

イーグィはかぶりを振った。

「ぼくも学問はあまり好きじゃない。だけど、拓跋の男子として、いつ戦場に出ることになっても、役に立てるようになりたい。体が小さいうちは、戦力にはならないから、兵法書とか読めたらいいと思う。ただ、北部の部衆は漢の学問を嫌っているというから、教師を追い返したりしないかな」

独孤部に留まりたいという本音を、イーグィは呑み込んだ。

イーグィとその家族の庇護を引き受けてくれた劉庫仁から、さらに遠く離れてしまうことを、とても残念に感じてもいた。独孤部と南部の大人である劉庫仁は、長安と平城を行き来するのに忙しく、イーグィを訪れるのは年に数回であった。だが、その片手の指で数えられるほどの会談でも、イーグィは劉庫仁に好意を抱かずにはいられなかった。

劉庫仁は祖父に信頼されて王に次ぐ地位の南部大人となり、敗戦国の将軍でありながら苻堅《ふけん》には代の戦後統治を任され、燕鳳が代郡経営の片腕とする人物だ。本人に野心があれば、拓跋部に取って代わって代の支配者になることもできた。

だが、劉庫仁は拓跋什翼犍《たくばつじゅうよくけん》への忠節を守り、イーグィを拓跋氏の嫡流として敬意を払い、母と弟にも相応の待遇を守ってくれている。そして、イーグィが劉庫仁の保護下にあることは、苻堅が承認したことだ。それがどうしていまになって変更されるのだろうか。

もともと、イーグィの母親は賀蘭部の人間だ。ふたりの夫が他界し、次に嫁すべき拓跋氏の男がいない以上、実家に戻るのは当然のことかもしれない。まして、イーグィと二歳になる弟は、賀蘭部大人にとっては孫にあたる。宗家が消滅した状態のいま、ふたりの拓跋の遺児は、母方の里で育てられるのが道理ではあった。

そうした政治的な理由から、賀蘭部大人が母子を引き取ることを要望したのか、あるいは独孤部が大秦を牽制《けんせい》するために、イーグィをさらに草原の奥へ遠ざけようとしたのかは不明であった。

「劉大人は、どう考えているのかな」

イーグィは従兄に訊ねた。劉庫仁が独孤部の本拠にいることは少なく、異民族の侵攻や、反旗を翻す部族の鎮圧に奔走しているのでなければ、代郡東部の行政首都である平城に出仕している。イーグィを保護養育する義務のある劉庫仁ではあったが、その実態はほとんど燕鳳と次男に任せていた。

「親父様は、学問も大事だが、代の国土と諸部族の首長を知り、見聞を広めるのも大事だと言っていた。賀蘭部ならイーグィの護衛に隙もないであろうし、安心して任せられると」

劉庫仁がそう考えているのなら、何も問題はないのだろう。イーグィの不安はおさまった。それに、陰山を越えて祖父母に会えるのは、それはそれで楽しみでもあった。故郷に帰ることになる母は、もっと嬉しいだろう。

陰山の北麓、代の北部に地盤を持つ賀蘭部の草原は、南部のそれよりも冷涼で、夏といえども暑さをあまり感じない。とはいえ陽射しは強烈で、遮るもののない草原にいて長いあいだ素肌をさらしていると、皮膚がじりじりと焦がされガサガサしてくる。

だが、少年たちはそのようなことにはお構いなく、独孤部にいたときと同じように、弓矢と乗馬の訓練に励み、体のできてきたイィは戦斧《せんぷ》の使い方も学び始めた。日中のほとんどを乗馬と狩猟、そして戦闘の訓練に明け暮れる。

独孤部では客人であったので、手伝うことのなかった家畜の世話も面白かった。何千頭という羊を所有する賀蘭部では、広大な草原で行われる家畜の囲い込みも、騎乗する十数人の牧童らとの滑らかな連携が必要となる。これも将来は一隊が一丸となって戦う軽騎兵となるための、基礎固めといえた。

その一方で、イーグィが危惧したとおり、学問をしていると周囲から奇異の目で見られる。

遊牧の民に異国語の読み書きなど必要ない、というのが代の北部に住む鮮卑人の共通意識であった。漢人の教師は何かと差別され、嫌がらせにうんざりして、早々に逃げ帰ってしまった。その後も、淡々と平城の燕鳳から送られてくる貴重な書籍を読んでいると、母の弟ランガンに「文字なんぞ読んでいると、目を悪くして獲物を仕留められなくなる」と叱られ、穹廬から引っ張り出されてしまう。

日中はほぼ戸外の作業や訓練に連れ回されるために、燕鳳が催促する書き取りの課題は、溜まる一方だ。おとなたちの目を盗み、ひとりで遠乗りに出て、岩場や丈の高い草に隠れてでないと、落ち着いて書も読めない。しかも、少しでも難しくなると、自力で読み進めることは不可能になってきた。

その日、イーグィは平城から送られてきた薄い書を草原に持ち出したが、開くなり読めない漢字の羅列に降参して、草の上に仰向けになった。

「こんな調子で、母さまの言う通りに、代の君主になれるんだろうか」

そうぼやくと、頭上を旋回していた鷹がすぐ側に舞い降りてきた。嘴で書籍の頁《ページ》をつまんでめくり、じっとのぞき込む。イーグィは寝返りを打って腹這いになり、紫鸞《しらん》ににじり寄った。

「シーランは文字も読めるのか。だが、それは漢語だぞ」

――私はもともと、鮮卑語よりも漢語の方が得意でしたから――

意外な愛鷹《あいよう》の返答に、イーグィは驚いて目を瞠った。

「そうなのか。だったら、もっと前から教えてくれたらよかったのに」

——言葉の発音は、鳥の嘴には難し過ぎます。でも、ここに書かれている文章の意味は、心話でイーグィさまに教えることはできますよ——

「でも、どうやって鷹が漢語を覚えることができたんだ？」

——私は、人間として人の世に暮らしたときもありましたから。いまでも人間になろうと思えば、なれますよ。ただ、草原では漢語訛《なま》りの見慣れぬ女がいると、怪しまれます。鳥でいる方が安全なのです。変化するところを見られでもしたら、人間に仇《あだ》なす妖物か精怪と思われて、殺されてしまうかもしれませんし——

「ということは、シーランは鷹でなくて、人間だったのか」

——いえ、もともとは鸞という鳥です。百年を生きた鸞は、人間や他の鳥に変化できるようになるので、生まれ育った深山を出て、目立たない姿で過ごすのですよ——

イーグィは身を起こして胡座《あぐら》をかき、首を伸ばして鷹の丸い目をのぞき込んだ。

「じゃあ、いまここで、人間か鸞の姿になれる？」

——ええ。そろそろ、イーグィさまに私の真実をお教えするときだと、考えていたところですから。少し、お待ちください——

紫鸞はあたりを見回し、翼を広げて空へと舞い上がった。半径数十里に人が近づく気配がないのを確かめ、イーグィの周囲の一里四方に、薄く人避けの結界を張って舞い降りる。

イーグィの前で翼を広げ、鷹の姿を解いて鸞の正体を現した。自分の身長と変わらぬ、青金石《せいきんせき》と菫石《きんせき》を刻んだかのような大きな鳥に、イーグィは感嘆の叫びを上げた。

「うわぁ。きれいな鳥だ。ずっとその姿でいればいいのに」

興奮で声をかすれさせながら、イーグィはそう言ったが、すぐに言葉を切って、言い直した。

「あ、でもそうすると、みんなに珍しがられてしまうのか」

イーグィが目を丸くしている前で、紫鸞はさらに人間の女性の姿に変じた。変化した瞬間は、漢服をまとい髪を結い上げた姿であったが、次の瞬間には、遊牧民風の衣服と鮮卑女人のお下げ髪に変わった。頰まで鮮卑風に紅殻《べんがら》の化粧を施したように赤い。

年のころは十五、六。いや、あるいはもっと上であろうか。

イーグィはただただ呆然と、突然目の前に現れた天女のようにたおやかな女子に、目を奪われる。

「ああ、やっと人の言葉で話せるときが来ました。イーグィさま。私はあなたがこの世に生を受けたときから、ずっと見守ってきたのです」

玉を転がすような涼やかな響きが、少年の鼓膜を震わせた。それは確かに、イーグィがずっと頭の中で聞いていた、柔らかなシーランの声であった。

イーグィは身震いをして、それでも足りずに頭を左右に振った。

「ぼくが、生まれたときから？」

「はい」

紫鸞は八年前に鄴《ぎょう》の都が陥落し、大燕《だいえん》が滅んだところから話し始めた。それまで住んでいた河北から、聖王の徴を持つ人間を探して長城を越え、盛楽に辿り着き、イーグィの誕生に立ち会ったいきさつを語った。

「聖王？　単于とか、皇帝とかと違うの？」

漢語の聖王にあたる言葉は、鮮卑語にはない。紫鸞は説明に困りつつも、戦や暴力によらず、徳によって国を治める者が天命を授かり、中原の天子となるという思想について語った。聖王とは、そのような君主となる資質を持つ者であると。

「でも、戦争しないで王や天子になった人間って、いるの？」

イーグィはこれまでの体験と、学んだことを思い浮かべつつ、紫鸞に訊ねる。痛いところを突かれたが、紫鸞は正直に答えた。

「そのような聖天子は、ここ二千年は現れていないようです。徳だけで民を治めたのは、太古の尭舜《ぎょうしゅん》くらいなものではないでしょうか。その当時は人間の数も少なく、異民族も戦争で土地を奪い合うほどの数はいなかったそうですが――」

紫鸞は言葉を濁らせたものの、息を継いで話を続けた。

「仁徳によって世を治めることのできた王道の時代は遠く、人界はもう長いこと、武力によって他国を征服し支配する、覇道の時代が続いています。聖王、という概念が、もはや人界においては朽ち果てた希望なのかもしれません」

紫鸞は一角《いっかく》と旅をした日々に交わした、様々な議論をいくつか思い浮かべて、イーグィにそう諭した。

二千年という時の長さを、理解も想像もできないイーグィではあったが、自分がやがて、中原の君主となる資質を具えていると言われて胸が高鳴る。

「ぼくは皇帝になるの？　代王じゃなくて？」

「それは、わかりません。聖王の資質を具えて生まれたからといって、必ずしも中原に王朝を開く皇帝になるわけではないようです。現在はすでに中原の華北は苻堅が、華南は晋《しん》の司馬曜《しばよう》が支配しています。司馬曜については知りませんが、苻堅もまた聖王の徴を持つ者。そして、長安には聖王の徴を持つ者が他にもいるそうです。かれらは現在、苻堅に臣として仕えています」

イーグィは両手で額を押さえた。唐突に与えられた自身の可能性は、壮大過ぎて信じ難い。また長城の彼方に広がる世界のありようについても、急に視界が開けたようで頭がついていかない。

「イーグィさまはまだ幼齢、草原しかご存じないのですから、遠い世界のことや、中華の歴史、政に必要な知識などは、おいおい理解されてゆけばいいのです」

とりあえず――と、紫鸞はイーグィが放り出した書を開いて、読み方と意味を教え始めた。

起伏の稀な平原ではあるが、ところどころに丈の高い草に隠れた断層や岩場がある。紫鸞はそうした穴場をいくつか選んで結界を張り、イーグィのための秘密の学びの場とした。

紫鸞に漢語を教えられるようになって、イーグィの漢語力は飛躍的に伸びた。それにつれて、難易度の高い史書や兵法書も読みたがる。

そうした日々を過ごしていたある日、鷹のシーランがいつもとようすの違う振る舞いをするようになった。心ここにあらず、という風情で遠くを見ていることが多くなり、空に放すとイーグィが呼んでもすぐには帰ってこない。

――南が気になる？　鷹もどこかへ行きたくなるものかな。鷹匠がシーランに番《つがい》を探すときかも、って言っていたけど――

夕刻になってようやく賀蘭部に戻り、止まり木で休む鷹に水を差し出しながら、イーグィが訊ねる。

――番は、まだ必要ありません。でも、眷属の気配がするので、草原のどこにいるのか気になるのです――

――鷹の？　それとも鸞の眷属？　鳥ならその辺にいくらでも飛んでいるじゃないか。シーランが飛ぶと、すぐに逃げてしまうけど――

――翼を持つ眷属ではなく、蹄ある鱗の眷属です――

――鱗と蹄のある生き物が、シーランの眷属？――

――鳥も、鱗がありますでしょう？――

紫鸞はそう言って、鉤爪を開いて差し出し、片方の脚を見せた。

――言われてみれば、そうだね。でも蹄と鱗を持つ獣なんて、見たこともないーー

好奇心を抑えきれず、自分も探しにいきたいとねだる。

――明日、ぼくもいっしょに行っていい？――

――私に追いつけるものならば――

紫鸞の挑戦的な微笑を含んだ物言いに、イーグィは絶対についていくと主張した。

翌朝、東の地平が曙光《しょこう》でほんのりと白さを帯びたころ、水と食料を担いだイーグィは、こっそりと外に出た。自分の小馬に手綱をつけて引き出す。しかし、その動きと

物音は、同じ穹廬で寝起きしていたリエに察知されていたようだ。リエはイーグィの名を呼ばわりつつ、駆け寄ってきた。

拓跋氏の宗族を狙う誘拐や暗殺の可能性があるため、集落の外ではイーグィをひとりにしておかないよう、イィに命じられていたからだ。

「待てよ。遠乗りなら、おれたちもいっしょに行く」

リエはこのごろ、兄や集落の少年たちの真似をして、荒っぽい口調で話すようになってきた。身長から弓馬の技まで競い合う年下のイーグィに、兄貴風を吹かすためかもしれない。

「いつも通り、集落の外れで読書をするだけだ。ちょっと分厚い書籍だから、昼も食べながら読もうと思ってる。母上には、適当に言い訳しておいてくれよ」

「そうはいっても、いつも捜しに出た者が見つけられずに帰ってくるから、賀蘭大人やおまえの親戚がうるさいんだよ」

「でも、イィとリエには見つけられるだろ？」

イーグィは笑いながら言った。イーグィの勉強中に、紫鸞が人避けの結界を解くのは、イィとリエが近づいてきたときだけであった。

「そのたびに草原を走り回らされる、おれたちの身にもなってくれよ」

リエがぼやきながら、自分の馬を準備するのも待たず、イーグィは空を舞う鷹のあとを追って馬を走らせた。

賀蘭部が見えなくなるほどの遠駆けは、イーグィには許されていない。

紫鸞が人の目からイーグィを隠してしまう霊力を持ち、敵からも身内からも見つかる心配がないということは、ふたりだけの秘密であった。

イーグィは紫鸞がくれた二本の尾羽根を、自分の馬と帽子に結びつける。そうすることで、互いの視界から遠ざかることがあっても、紫鸞はイーグィがどこにいるか感知できるという。さらに、尾羽根そのものに紫鸞の霊力が込められていて、イーグィの身を守るのだそうだ。

紫鸞によって目の前で展開していくこの世の不思議を、イーグィは疑うことを知らなかった。自分が聖王の徴を持って生まれた人間であると告げられて、舞い上がらぬ少年がいるだろうか。

祖父や父を失ってしまった自分ではあるが、一国の王となる資質があり、もしかしたら中原に立つ天子となる運命であるかもしれない。それは一日も早く一人前の戦士となり、そして一軍を率いる将になりたいと願う少年の自尊心を、心地よく刺激した。

紫鸞は聖王の資質が天子となることを約束するものではないこと、それは魂の核にある君主に必要な徳の芽にすぎないことを、繰り返し告げた。体を鍛えて健康を保つこと、学問によって知恵と知識を蓄えること、そして君主にとって何より重要である、臣民を慈しみ人望《いつく》を培う努力なしに、国王にも皇帝にもなれないのだ、と。

天下を目指す途上において、慢心して破滅する人間のいかに多かったことか。

紫鸞は、彼女がイーグィの側にいて見守ってきた理由については、その命を護るためであると告げていた。人間は病や事故で簡単に死んでしまう。聖王の資質を具えていようと、その命や幸運には限りがある。まして覇道を避けられぬ聖王候補の人間は、やがて必ず戦場に立つことになる。そのとき、流れ矢や落馬、戦闘における負傷といった危険を避けることは難しい。

そうした不慮の死から聖王を守り、正道を外さぬよう天下の統一を見守り、寿命を全うさせることができれば、その仁徳によって、人界の平和は少しでも長く守られるのではないか。紫鸞のような鳥獣はそのように考え、己の霊力が平和な世をもたらすことを願って、己が聖王と見込んだ人間の守護にあたるのだと。

もっとも、これは紫鸞がイーグィの成長を見守っているあいだに辿り着いた結論である。一角や碧鸞《へきらん》の考えは異なるかもしれない。紫鸞はいつか西王母《せいおうぼ》に再会できたら、この聖王守護の任務の本当の目的について、問い質したいと思うようになっていた。

太陽がその全貌を東の空に現し、少しずつ上昇してゆく。昇りくる太陽を左の頬に受けて、馬を駆り続けたイーグィの額と首から、汗の滴《しずく》が陽光に煌めきつつ飛散した。

時おり空を見上げて、南を目指す鷹のあとをまっすぐについてゆく。その鷹が急に引き返し、ゆるやかに旋回しながら降下してきた。イーグィもまた、手綱を引いて馬の速度を落とす。軽い歩行を続け、自分と馬の呼吸を整える。

視線を空から正面に落としたイーグィは、その先に徒歩の人間がひとりでこちらに向かってくるのを目にした。

――近くに小部落も水場も何もない、こんな草原のまっただ中を、馬も駱駝《らくだ》もなしに、たったひとりで？――

目を細めてよく見れば、その人物は手ぶらで、旅人にも見えなかった。赤い頭巾に赤い胡服。足下は草に隠れて見えないが、おそらく長靴を履いているのだろう。そうでなければ、このような荒れた草原をあのように軽やかに歩くことは難しい。

その人物は立ち止まり、空を見上げた。年のころは不明だが、青年といってよいだろう。鷹の存在に気づいたらしく、手を振っている。イーグィは、この人物が紫鸞の言う『蹄ある鱗の眷属』であろうかと訝《いぶか》しんだ。一見して、ふつうの人間にしか見えなかったからだ。

紫鸞は赤い服の青年へと急降下した。空中でひらりと人の姿に変化し、両腕を開いた青年の胸に飛び込んだ。青年は紫鸞を受け止めきれずに、もろともに仰向けに倒れる。

紫鸞が青年を攻撃したのかと焦ったイーグィは、急いで紫鸞の着地点まで馬を走らせた。

草の間から、男女の笑い声が聞こえる。

「相変わらずだな、紫鸞。十年ぶりかな。もっとしとやかになってるんじゃないかと思ったんだけど」

「十年も経ったかしら？」

漢語の会話であった。イーグィには、ところどころの単語を聞き取るのが、精一杯だ。

紫鸞が立ち上がり、続いて赤い胡服の青年が草を払いながら体を起こした。馬上から見下ろす少年へと、笑顔を向ける。

「ああ、紫鸞は自分の聖王を見つけたんだね。コンニチハ、ハジメマシテ」

最後の二言は鮮卑の言葉で、イーグィに向けられた挨拶であった。

イーグィは紫鸞と見知らぬ青年の親しげなようすや、青年のかけてきた言葉にもやもやとした思いを抱いたが、それ以上に、何かに負けたくない気持ちの昂《たか》ぶりを感じていた。

「こんにちは。あなたは誰ですか」

自分では、完璧な漢語だと自負しつつ、しかしぶっきらぼうな口調で挨拶と誰何を同時に放った。青年は少し驚いた顔をしたが、にこやかに漢語で答える。

「一角といいます。紫鸞とは古い友人です」

「そんなに古くもないでしょう？　私が古い友人なら、青鸞《せいらん》さんはどうなってしまうの？」

紫鸞が冷やかすように言う。

「青鸞と会ったのかい」

「まだ会えてないけど、そのうち巡り会えるかと思って、いつも空を見ているのよ。そしたら、この数日、一角の霊気が近づいてくるのが見えたから、迎えに来たの。ずいぶんとゆっくりだったけど、ずっと徒歩で移動していたの？」

「なんというか、ここは気持ちのよい広さだなと思って。地平の端から端まで同じ景色なんて、実に新鮮だ。ふだんは山奥暮らしで、たまに人界を渡り歩くくらいだから、人の足で何日歩けば誰かに出逢えるのか、違う風景にたどり着けるのか、試したくなった」

城市周辺の田舎道を散歩でもしているかのような気楽さで、一角が応じる。その身軽さと気軽さに、イーグィは思わず口を挟む。

「水も持たずに？」

一角はイーグィに微笑みかけた。

「ぼくは、草があれば水がなくても大丈夫。沙漠地帯に迷い込んだとしても、水を見つけるのは得意だから、渇《かっ》え死ぬことはない。まあ、そうなる前に飛んで山に帰ればいいことだし」

「一角、さん、も、空を飛べるの？　鳥か何かになって？」

イーグィは言葉を詰まらせながら、問い続ける。

「まあ、そんなところだ。でも、この子は休息と水が必要だな」

一角はイーグィの小馬に手を伸ばして、その眉間と首を撫でた。イーグィの小馬は、目を閉じて気持ちよさそうにしている。朝から駆け続けたために、汗でぐっしょりと濡れた毛並みが、暖かな風に早くも乾き始めている。

イーグィは、愛馬の調子に無関心であったことが急に恥ずかしくなり、馬を下りた。手綱からも手を離し、小馬が夢中で水気を含んだ草を食むにまかせる。

「一角は、私に会いにきてくれたの？」

「うん。それに、こちらにはたまに上を通り過ぎるくらいで、じっくり見聞して歩いたことはなかったから、興味を引かれたんだ。漠北の人々は、言葉も習俗も、ぼくの知っている北族とはずいぶんと違うんだな、とか。新鮮な発見だらけだ」

イーグィは、一角の言い方に少し気分を害して、口を挟む。

「北族っていっても、長城の北に住む人々を、漢族が漠然とそう呼んでいるだけなんだよ。鮮卑とか烏桓《うがん》とか匈奴や、あと高車とか、みんな違うんだ。一角はどの北族を知っているっていうんだ？」

急に語気の強くなった少年に、一角はすまなそうに目を細めた。

「ぼくが一番よく知っているのは、羯族《けつぞく》だ。南匈奴の服属民だったと聞いている。三十年ほど前に、漢族の冉閔《ぜんびん》によって、ほとんど殺されてしまったけどね」

一角は哀しげに南の空を見晴《みは》るかす。

「あと、いろんな北族や西方の胡族とも付き合いがあった。鮮卑なら、段部《だんぶ》の……モーホウといったかな。そんな名前だった。烏桓の首長とも……名前はちょっと思い出せない。最近は、あまり人界にかかわらないようにしているから、新しい人間の知り合いはできないいな」

イーグィは一角の瞳の色が、漢族には見られない明るい色であることに気づいた。そして、頭巾からはみ出した一筋の後《おく》れ毛《げ》が、見事な赤髪《せきはつ》であることにも。

「一角は漢族ではなくて、西胡人だろ？　どこの国から来たの？」

一角と紫鸞は顔を見合わせた。

「これは炯眼《けいがん》だな。紫鸞の聖王だけはある」

一角は微笑み返して応じる。

「紅毛碧眼《こうもうへきがん》の西方人なら、たまに胡人の隊商に交ざって盛楽にやってくるから、代の民は髪や目の色が異なる人間がいることは知っているのよ。代王が健在だったころは、イーグィさまは盛楽の市場で西方商人の話を聞くのがお好きだったの。いまでは、盛楽のある代郡の西部は、拓跋部を憎む劉衛辰《りゅうえいしん》が西単于になって支配しているから、胡人の隊商との行き来はないのだけど」

紫鸞が言い添えた。

「その劉衛辰は、また苻堅に背いたそうだから、代の状況も変わるだろう」

一角が口にした情報に、イーグィは飛びついた。

「どういうこと？　劉衛辰がまた代に攻めてくる？」

イーグィはいてもたってもいられない、と小馬に飛び乗ろうとした。一角は少年の肩を押さえて引き留める。

「いま急いだからと言って、ぼくたちに何かができるというものでもないよ。それより、紫鸞とイーグィの話を聞かせてくれないか。代がどうして滅びたのか、教えて欲しい」

「どうして？」

イーグィはまっすぐに一角の顔を見上げて問うた。

「記憶に刻んで、帰ったら書き残すためだよ。ぼくはあまり物覚えがよくない。だから、見聞きしたことは、すべて記録することにしているんだ。人間がそうするようにね」

「誰が読むの？」

イーグィの質問攻めに、一角は根気よく答える。

「ぼくが読むんだ。百年後、五百年後、千年経っても、知り合った人たちがみんな逝ってしまって、墓や遺骨が風化してなくなってしまっても、昔会った人々や鳥獣たちとのことを、はっきりと思い出せるようにね」

イーグィは紫鸞に振り向いて、丸く見開いた目で問い詰める。

「シーランも？　百年先、千年先も、ぼくのことを覚えてる？」

十年という時の長さですら、実感できないイーグィだ。いきなり百年、千年と言われても、具体的に理解することは難しかった。ただ、一角や紫鸞が自分とはまったく異なる時を生きていることに、漠然とした恐怖を感じてしまった。

紫鸞は優しい笑みを絶やさずに応える。

「私は、千年も生きられるかはわかりませんが。命ある限りは、イーグィさまのことは覚えていますよ。でも、イーグィさまは、これから何十年も生きるのですから、百年や千年先のことは、心配なさる必要はありません」

イーグィは紫鸞の柔らかな言葉に、少し安心した。

「一角はシーランに会いに来たっていうけど、どこに泊まるつもりでいるの？　賀蘭部のみんなはシーランが鷹だと思っているんだ。なのに、急に知らない男女がぼくの友人だと言って、手ぶらでやってきたら、母上も賀蘭大人もびっくりしてしまう」

紫鸞は何の問題もないと言いたげに、少年に微笑みかける。

「私たちがいつも書を学んでいる場所の近くに、岩場がありますね。あそこなら風が防げますから、一角をそこに連れて行きましょう。そして、学問の時間になったら、一角を訪ねてまいりましょう」

一角も満面の笑みでうなずく。

「ああ、ぼくは雨風さえ凌げれば、どこでも眠れる。それに、賀蘭部が西方商人との交易を望むのなら、別の日に商人の風体で出直すこともできるよ。とりあえずは、その紫鸞とイーグィの秘密の学問所で寝泊まりをさせてもらえれば、とても助かる。十年は短いけど、人界ではいろいろあったから、話すことはたくさんある」

はじめのうち、紫鸞と一角のやりとりは昔話と近況報告、大秦の情報が中心で、イーグィは退屈であった。ただ、人間の姿をした紫鸞を眺めていられることは、イーグイを幸福な気持ちにしたので、三人でいることに不満はなかった。

「でも、どうして十年も訪ねてくれなかったの？」

「それなりに忙しかったし、大秦が代を併呑《へいどん》したと聞いて、そういえば紫鸞はどこでどうしているんだろうと、思い出したんだよ」

紫鸞は自分の膝を叩いて、声を上げた。

「それだって、代が滅んでから三年と半年は経っているんだけど！」

「紫鸞がどこにいるか、わからなかったからね。河南《かなん》、河北を回っても見つからないから、あとは漠北に行ってしまったかと考えて長城の上を歩いていたら、青鸞と再会して、しばらく一緒に過ごした」

「青鸞さん？　どうして私は会えないのかしら。というか、どうして青鸞さんを、ここに連れてきてくれなかったの？」

紫鸞は不満げに文句を言う。

「青鸞は困ったことに巻き込まれていたんだ。仙界から盗まれた鳳凰の卵を捜索するよう、西王母に命じられて、あちこち飛び回っていた。ぼくも、少し人界に降りて情報を集めていたけど、結局見つからなかった」

「鳳凰の卵？」

紫鸞は高い声で問い返す。

「ごく稀に、仙界に紛れ込んだか、忍び込んだ人や獣が、不老長寿の仙薬になる鳳凰の卵を盗み出すことがある。山神のぼくでさえ入り込めない仙界に、人間や妖獣がどうやって忍び込むのかわからないけど」

一角は漠北へ行く用事もあることから、盗まれた鳳凰の卵の噂を求めて代の故地へ行くことを、青鸞に約束したのだという。

「じゃあ、私に会いに来たのは、卵探しのついでということ？」

「どちらがついでで、どちらがついでではないかは、ぼくにとっては問題ではないかな。こんなだだっぴろい草原を歩いていると、何が目的だったのかも、そのうち忘れてしまいそうだ。ときどき、馬や鹿の群れに交ざって、何も考えずに数百里も走り続けてしまうこともある」

一角は紫鸞の不満を軽くいなした。

イーグィは、かれらの話の半分も理解できなかった。一角はイーグィに気を遣って、鮮卑の言葉で話してくれたが、一角の鮮卑語は東方の方言と漢語訛りが強い上に、鮮卑語にはない物の名称や表現は漢語を使う。

一角と紫鸞の四方《よも》山話《やまばなし》が終わったと察したイーグィは、漢語を学びたいのだが、賀蘭部では難しいこと、紫鸞が教えてくれるのだが、十分な教材が手に入らないことを相談した。

「商人として出直すこともできる、って一角は言ってたけど、漢籍を持ってくることはできる？」

「お安いご用だ。イーグィの学問はどのくらい進んでいるのかな」

一角はこともなげに請け合った。イーグィはその日に持ち出した書籍を出して、一角に見せる。言われるままに音読し、意味と解釈を述べると、一角は丁寧に間違いを指摘してくれた。それだけではなく、どれだけ理解が進んだのかを試すように、イーグィにいろいろな質問をした。

紫鸞の教え方は、漢語の発音と漢字の読み方、そして文章の意味を伝授するだけの一方通行のものであったが、一角のやり方は違った。

学んだことをどう思ったか、そこに書かれている内容は果たして正しいのか。もっと合理的な考えはなかったのか。その言葉と思想を残した人間は、どうしてそのような考えに至ったのか。その思想を否定する意見をどう思うか。このように先人が後世の人間に遺《のこ》した知恵の集積を、イーグィはどう感じて、どう役に立てたいと思うのか。それを母語にしろ漢語にしろ、自分の言葉で文章にして、他人にも理解できるよう説明できるのか。

イーグィは唐突に、これが学問なのだと悟った。

いままでになく熱心に、書見に励むイーグィを見て、紫鸞は悔しげに口を尖らせる。

「颶娘《ぐじょう》の教え方が、そうだったのだもの。他のやり方なんて、知らなかった」

「紫鸞の繰り返し読んで覚えるやり方は、決して間違ってはいない。一冊の本に書いてあることのすべてを、はじめから理解する必要はないんだ。ただ、紫鸞が漢語を学んだのは、人界での暮らしに馴染むためで、イーグィが学問をするのは、やがて代を統べる君主になるためだ。学ぶことの先に、求めるものが違うんだよ」

一角は穏やかに諭す。

「人の上に立つ者は、自分の考えを、自分の言葉で話さないと、人望を得られない。張賓《ちょうひん》や王猛《おうもう》のような、天下政治をともに語れる王佐が必要だけど、まだ子どもだし、焦る必要はまったくない。イーグィの上に天意があれば、必ず王佐となる人間と巡り会えるはずだ」

一角はその夏、十日ほど賀蘭部の外れの岩場に滞在した。

次に一角が賀蘭部を訪れたのは秋で、商人らの一行を連れてきた。長安から洛陽、鄴を回る商人は香辛料と生薬、絹織物《きぬおりもの》や陶磁器、銅器や玉と金銀の装飾品だけでなく、珍しい文物をも揃えていた。

代が東西に分割されてから、長く途絶えていた西方や大秦からの物流が再開したと、賀蘭部の人々は喜び、草原にたちまち活気のある市場が立つ。

一角は約束していた数々の書籍をイーグィに見せた。

イーグィはずっと喉から手が出るほど欲しかった、孫子《そんし》や六韜《りくとう》などの兵法書を手にし、母に代価を払うように求めた。

「ああ、漢書《かんじょ》ですか。燕左長史が送ってくる手習いの書や詩篇集《しへんしゅう》よりも難しそうですが、イーグィに読めるのですか」

賀蘭氏は代が滅んで以来、まともに目にしたことのなかった重厚な書籍を眺めて、感慨深げに言った。

「太子さまが昔、このような書籍を積み上げて、読んでくださったものです。私には、まったく理解ができませんでしたけど」

燕鳳が送ってくる手習いや詩集などの漢語の書物を、イーグィはとうに卒業していた。賀蘭氏は漢字が読めなかったので、燕鳳がイーグィのために、大きな文字で単元毎に綴《つづ》らせて、薄い冊子に分けた史書や思想書の内容を知らなかっただけであった。

「これは兵法書です。紙を節約するために、字を小さくして詰め込んだために難しそうに見えるだけで、そんなに難しくないと商人は言っていました」

イーグィが必死で書籍の有用性を説いていると、背後から響いた野太い声が、母と息子の会話を遮った。

「兵法書？　漢族の兵法書が、この草原でなんの役に立つんだ」

賀蘭氏の弟ランガンが、イーグィの手から書籍を取り上げた。

「こんなもの、我々に必要ない。鮮卑には鮮卑の戦い方がある」

中原に王朝を建てた鮮卑慕容《ぼよう》氏が大秦に敗北し、国を滅ぼした理由を、三代にわたる漢化のためだと信じる鮮卑のおとなは少なくない。ランガンもまた、中原の風習をひどく嫌っていた。漢語の書物など、憎むべき異国の文化の、最たるものであった。

「もちろん、鮮卑には鮮卑の戦い方がある！　ぼくたちはそのために鍛錬をしている！　だけど、漢族にも漢族の戦い方があるでしょう！　それを知ることが役に立たないとは思わないっ」

絶えず学問の邪魔をしてくる叔父に対する不満が、爆発した一瞬であった。

飛び上がって奪われた書籍を取り戻そうとするが、身長が足りず、手が届かない。

ランガンはさらに書籍を高く上げて、奪い返そうとするイーグィの手を避ける。その大きな手から、ふいと書籍が消えた。

ランガンの背後に、赤い服と赤い頭巾の青年が立ち、兵法書を両手で抱えていた。

「貴様っ、何をする」

歯を剝き出してにらみつけるランガンを、一角は静かな瞳で見つめ返す。

「燕雀《えんじゃく》安《いずく》んぞ鴻鵠《こうこく》の志《こころざし》を知らんや——燕《つばめ》や雀のような小さな鳥は、鴻《おおとり》や鵠《くぐい》のように大きな鳥の心を知らない、つまり器量の小さな人間は、壮大な志を持つ人間の気持ちや目的を理解できない、という漢語の喩《たと》えですが、同じようなことわざは鮮卑にはありますか」

ランガンは一瞬呆気にとられた。そして東部鮮卑の訛りの強い一角の言ったことを理解するのに、少し時間がかかった。だが、十にもならぬ甥よりも器量の劣る小物だと言われたことを悟ったとたん、激高に顔を赤く染め、帯に挟んだ短剣に手をやる。あたりの空気が震えるほどの大声で、一角を威嚇した。

「おれを愚弄するか！」

いまにも鞘《さや》から短剣を抜き放ちそうなランガンの殺気に、周囲の商人や賀蘭部の人々が凍り付いた。

「愚弄される心当たりでも？」

武器を持たない商人のなりで、一角は鮮卑の戦士であるランガンを平然と受け流す。

自分が原因で揉め事が起きそうになっているのに、どうしていいのかわからず、イーグィは狼狽《ろうばい》して母へと振り返った。

だが、どういうわけか、ランガンは片手を短剣の柄《つか》に置いたまま、一角とにらみ合いを続けた。

「この書籍は、私の商品です。客のイーグィさんではなく、関係のないあなたが私の売り物を損なうのを、黙って見ているわけにはいかない」

どちらかというと細身で、戦う技など身につけていないように見える丸腰の青年を前に、ランガンは柄に置いたままの手を震わせて一歩下がった。そのせいで、イーグィからは死角にあった一角の顔がはっきり見えた。

一角の薄い琥珀色《こはくいろ》の瞳が、深い金色の輝きを放っていた。

「さあ、自分より小さな者を脅すのをやめて、自分の妻に贈る絹織物でも、探しにいくといい」

一角がそう言うと、ランガンは短剣の柄から手を離し、捨て台詞《すぜりふ》も吐かずに立ち去った。間に入ろうとしていた賀蘭氏が、せわしなく瞬きをして、安堵の息を吐いた。

不思議そうに弟の背を見送る。それからおもむろに一角に向き直った。

「ランガンがおとなしく引き下がるなんて。いったい何をどうしたの？」

一角はいつもと変わらぬ温和な笑みを浮かべ、淡い琥珀色の瞳で賀蘭氏とイーグィに応える。

「商人の意地と矜持《きょうじ》を見せたのですよ。戦士だけが、命をかけて大陸を行き来しているわけじゃありません。かの御仁が他の職業にも敬意を払う人間で、助かりました」

ランガン叔父が商人の矜持に敬意を払うはずがないとイーグィは思った。一角は紫鸞と同じように、人の姿を借りたとても長寿な生き物だ。人に変化できるだけではなく、なにか人智を超えた力を秘めているらしい。例えば、叔父のように乱暴で傲慢な人間でさえ、言いなりに動かすことができるような——。

隊商らの市はふたたび活気を取り戻し、東西と南北の物流は再開された。

イーグィは一角がもたらした兵法書の翻訳を、紫鸞の助けを借りて自ら試みた。翻訳は何ヵ月もかかった。

平城の燕鳳との書簡による質疑応答も、やりとりに時間がかかる。一角は数ヵ月おきに隊商とともに訪れて、新しい書籍をもたらし、イーグィの学問の進捗も見てくれた。

鮮卑には文字がないため、翻訳した内容はそれこそ丸暗記しなくてはならなかったが、それこそ漢語と鮮卑語の両方を完全に覚えてしまうほど、何度も繰り返し読んだ。一角に言われたとおり、難しくて意味のわからないところも、そのままの文章を暗記した。

「いつか、必ず理解できる。その知識が本当に必要な事態になったときにね。ああ、そうだったんだと思い出して腑《ふ》に落ちるんだ。知っておいて、学んでおいてよかった、と思えるんだよ」

一角はそう諭して、ふたたび旅立ってしまう。

部落内では鷹の姿を保たねばならない紫鸞は、一角に感謝した。

──ありがとう。こんな北の辺境では、帝王教育なんて、どうしたらいいのかと思っていたの。独孤部から賀蘭部に移されてからは、教師もつけられずに、独学で読み方をなぞるのが精一杯。先代の代王は人質として趙に行き、十年をかけて漢書を学んだというのに、イーグィがこのままランガンや他の戦士たちみたいに、戦いばかり好む人間に育ってしまったら、とずっと不安だった。私たちの天命は、聖王となるべき人間を守護することだけだと思っていたのに、教育のことで頭を悩ませるなんて、想像もしていなかったわ──

ずっとひとりで悩んでいたのだろう。紫鸞の心配が波動となって一角の心に寄せてくる。

「いや、むしろ、余計なことをしてしまったかもしれない。君が守護すべき聖王の教育に、関係のない山神がうかつに手を出してしまったことを、西王母はどう思《おぼ》し召《め》すかな」

一角は眉根を寄せて、かすかな後悔を口にした。

紫鸞を捜し始めたときは、人界と関わることは遠い未来で忘れがたい記憶を背負い込むことになると、警告しようと考えていた。だが、それこそ余計なお世話だと、時間が過ぎたいまでは思う。人間の成長を見守ることで、紫鸞もまた成長していくのだ。一角自身はその自覚はなかったが、自分もまた成長し変化しているのだろう。

人であれ、鳥獣であれ、自分自身が他者とかかわらずには生きていけないことを、一角は自覚せずにはいられなかった。

第八章　天と地の狭間

久しぶりに自分の山に帰った一角麒《いっかくき》の気配を察して、朱厭《しゅえん》が窟屋から顔を出した。開口一番に小言が始まる。

「小さな山だからって、ほったらかしにして出歩いていいってもんじゃないぞ」

しゃがれ声で、ときどき咳《せ》き込《こ》みながらの説教だ。

朱厭の体を覆っていた赤い体毛は、いまや白い毛の方が勝っている。人間に変化したら、どのくらいの老爺《ろうや》になるのだろう。顔の皺も増え、すっかり窪んでしまった眼窩の奥で、小さな瞳が砂金の粒のように光っている。年をとってきたなと一角が感じてから、老化が加速しているような気がするのだが、種が異なり、個体差の激しい妖獣の成長と老化の速さは、一般化できるものではない。

人間より長寿ではあるが、老いに抗《あらが》えないのは山神の使いも同じなのであろう。

「うん。だから結界は三重に張ってるし、年に一度は帰ってくるじゃないか」

一角麒は温和な口調で言い返し、首にかけていた荷袋を床に下ろした。人の姿に変じて袋の口を開き、人界で蒐集《しゅうしゅう》した文物を床に並べる。

「またやくたいもない人間の戯言《たわごと》を集めた紙の束か。焚きつけの役にしか立たん。樹脂の多い木の皮を削《そ》いで、乾かした方がよほどよく燃える」

一角の書籍蒐集の趣味を、朱厭は快く思っていない。山の獣が人界に憧れるなんて、あってはならないことだと考えているのだろう。

それ自体は正しいことだと一角も思う。

「この山は英招君《えいしょうくん》の領域に含まれているんだから、私の不在中に何かあっても慌てることはないよ」

蒐集物に対する朱厭の批判は受け流して、一角ははじめの話題に戻った。それに、一角が集めた書籍を、朱厭が本当に焚きつけ代わりに燃やしたことはない。

「英招君だって、いつまでも生きているわけじゃないんだろ？　神獣にも寿命はあるんだ」

朱厭が腕を組んで説教を再開する。

一角麒の養い親である人面獣身の英招君は、出逢った当時からすでに老人の顔をしていた。一角麒が英招君を知ってから二百年近くが経つのだが、見た目にほとんど変化はなかった。

人界を避けて生きる知恵を持ち、通常の獣が持たぬ霊力を具えた長寿の鳥獣を、妖獣あるいは瑞獣や神獣と呼ぶ。その境目は曖昧である。より高い知性と霊力を持ち、空を飛び、人語を理解して操るものが神獣とされる。だが、神獣とされる山神たちには、空を飛ばない者も少なくない。山神の招集がかかったときに、近隣の山から山へと飛び移るくらいだ。

一角麒のように、長江の南岸から、海沿いの東岸、漠北の草原と沙漠、西方の高山地帯と沙漠まで、四方を飛び回って空の旅を楽しむ山神はまずいない。そして自らの治める山にこもって、人界とのかかわりを最小限に留めるという山神の在り方からも、一角は外れていた。

「英招君は神獣というより、仙獣じゃないかと思うときがある。本人に確かめたことはないけど、獣身に翼をもっているし、周囲の山神たちからは格上として敬われている。それに、いつでも好きなときに西王母《せいおうぼ》に会えるみたいだから。つまり仙界にも出入りできるということだよ。だったら長寿の桃の実を分けてもらえるだろうから、英招君はまだまだ生きると思う」

一角は書籍を時代と分野別に整理しながら、自分の考えを話す。

「だからといって、一角が自分の仕事を放って、人界を遊び回っていい理由にはならん」

「遊び回っているわけじゃないよ」

一角は閉口して苦笑を浮かべた。

「はい、おみやげ」

毛足の長い絨毯と、柔らかな毛織物《けおりもの》の上掛けを差し出すと、朱厭は「おっ」と嬉しそうな声を上げて受け取った。

「前に持ち帰ったのは、だいぶくたびれていただろ？」

「寝床に敷くと、暖かさで膝や腰の痛みが和らぐもんだから、ついつい使い込んじまうんだ。近ごろは春秋でさえ朝夕の寒さを我慢できない。鼠やら鳥やらが、自分の巣に使うために、毛を毟《むし》って逃げたりもするから、へたるのも早いのが欠点だ」

「そうだったのか！　なら、これからは毎年新しい絨毯と布団を持ち帰るよ」

「おい、おれの体調を人界歩きの口実にするんじゃない」

朱厭は歯茎まで剝き出して、一角を叱りつける。

「じゃあ、この関節痛に効く生薬の煎じ茶も、いらないのかな」

いつの間にか焜炉《こんろ》と鍋を出して、湯を沸かす準備をしていた一角は、小さな荷袋の中から、油紙に包まれた品を取りだした。

「おっ、ありがたい」

朱厭は相好《そうごう》を崩して、指の長い両の手を擦り合わせた。

一角は茶を煎じて朱厭に飲ませ、さらに鍋に湯を足して、乾燥して固くなったふたつの饅頭《マントウ》を蒸し器で温める。皺に埋もれて小さくなった朱厭の金色の目が、期待と喜びできらきらと輝く。人界を出歩くことに文句を言う朱厭だが、人間の食べ物は嫌いではないのだ。

蒸気の上がった蒸し器の蓋をとり、ひとつを朱厭に手渡してやる。ふかふかに温められた饅頭を頬張ったとたん、朱厭は「あっ」と声を上げた。

「何？　小石でも入っていた？」

一角が心配して訊ねる。

「いや、一角麒の留守に、青鸞《せいらん》が来たんだよ。例の鳳凰の卵の件で」

「見つかったのか」

「見つかってない。だが、いまのところ、三つの有力な噂があるんだそうだ。そのひとつ目が、胡人の隊商が瑞鳥を買い取って西方へ去ったというもの。二つ目が、長安で龍の卵と称する石を売ろうとした者がいるということ。三つ目が、これは卵ではないんだが、華南の晋《しん》で、方術士が不老不死の薬を売りさばいて、大もうけしているというものだ」

一角は饅頭を千切り取った手を眺めて、少し考える。

「三つ目のが本物の不老不死の薬だったとしたら、それがなんの卵であろうと、とっくに卵は割られて、中身も殻も跡形もなく処方されてしまっているから、調べに行っても無駄だな。それで、青鸞はどうするって？」

朱厭は饅頭の残りを頬張り、急いで飲み下してから応える。

「西方に飛んで、該当の商人を探して真相を調べてくるそうだ。だから、一角には長安の噂を調べてもらえないか、と伝えてくれと頼まれた」

たちまち姿を消してしまった饅頭に、朱厭は空になった両手をわびしげに眺めた。

「そうか。わかった。さっそく行ってくる。こっちも食べていいよ」

食べかけの饅頭を朱厭の手に押し込んで、一角は立ち上がった。

「あ、おい、山の仕事はどうするんだ」

「朱厭、膝や腰が痛いからって動かずにいると、ますます悪化して動くこともできなくなる。ちゃんと生薬を煎じて朝晩に飲んで、見回りを絶やさなければ、あと百年は元気で生きられるからね。じゃあ、あとはまかせる」

一角はたちまち麒麟体に変じて、そのまま窟屋の石舞台から空へと翔け上がった。

「あ、おい！　一角麒！」

窟屋の外に張り出した石舞台まで、慌てて追いかけた朱厭であったが、谷底から吹き上げる風に飛ばされそうになって、後ずさった。

「また一角麒に人界をうろつく口実をやっちまった。青鸞の伝言は、明後日《あさって》くらいに伝えればよかったな」

赤銅《しゃくどう》の煌めきを光跡に残して、一角麒の姿は瞬く間北西の空へと消えていった。

一角は長安の隊商宿に部屋を取り、都の薬商を渡り歩いた。龍卵の噂の出所から調べ始める。時おり未央宮《びおうきゅう》に忍び込んで、養い仔であった蛟の翠鱗《すいりん》が元気にやっているかと、ようすを見に行ったりもした。苻堅《ふけん》の南征に気を揉んでいることが感じられたが、西王母との面会を蒸し返しそうで、一角にはかける言葉がない。結局、姿を見せずに宮殿を出てきてしまう。

それが天命であろうとなかろうと、自らが聖王と信じた人間の王道を、ともに貫くことを決めた養い仔に、一角は余計な口出しをすべきではないと考えるからだ。

「翠鱗のことが気になりすぎて、その気を逸らすために、ついついあちこちに出歩いてしまうんだろうなぁ。紫鸞《しらん》を捜してみたり、イーグィのために書籍を見繕って学問の進捗につきあったり、青鸞の卵探しを手伝ったり」

雑踏を歩きながら、一角は独りごちた。

「自分に定められた山界の領域を、ひたすら守り続ける山神という役割が、自分に合っていないのかもしれない」

山神の多くは、神獣より上の霊格を得ることなく、その役割と命を終えていくという。仙獣に昇格して、仙界と地上を行き来するまで生きる例は稀だ。

――そういえば――

一角はこのとき初めて、ひとつの疑問を覚えた。

――山神となる神獣は、いつ、何を以て神獣となるのだろう――

神獣となった山神は、もともとはどういう生き物であったのか。

一角は、その存在を英招君に見いだされたそのときから、長じるにつれて破格の霊力を蓄え、千年を超える寿命を得て昇天するであろう、霊獣の仔であると判断された。英招君が何を規準にそう判断したのか、一角は知らない。

霊獣の仔や霊鳥の雛が三百年を生きれば、瑞獣あるいは瑞鳥と成る。生まれてから五百年が経てば、あるいは西王母より課される天命を成し遂げれば、霊力が飛躍的に上がって神獣になれる。だが、一角の知る山神たちは、霊獣の仔としてこの世に生を受けた鳥獣ではない。むしろ、知性や霊力に劣るために妖獣と呼ばれていた獣が、研《けん》鑽《さん》により霊力と知恵を蓄えて神獣の域に達したことで、西王母に認められ、神獣の霊格を得たのではと思われる節がある。

なぜなら、山神たちは鳥獣の体に人の顔を持つ。異種同体の姿をしているという共通点があるからだ。本体が純粋に麒麟体であったり、蛟体や鸞鳥であったりする霊獣の仔とは、まったく異質の存在だ。

それゆえ、妖獣が人の頭を得たかのようだといえば、そうとも思える。

山神が人面であるのは、あらゆる生き物に共通である人語を話すためだと、英招君には教わった。そして一角は、その理由を疑ったことはなかった。一角自身、麒麟体のままではうまく人語を発声することができなかったからだ。人の姿に変化できるようになって初めて、人間の口舌と喉を使って、言葉を音で操ることができるようになった。

だが、音声を伴う人語が話せなくても、あるいは人語を理解できずとも、妖獣から人間まで、霊力さえ持ち合わせる相手であれば、心話で意思の疎通はできる。

そのようなことを、つらつらと考えているうちに、いままでは深く考えもしなかった疑問や矛盾が次々に湧き上がってきた。鳳凰の卵探しという案件は、いつの間にか一角の心から押しやられていた。

「ああ、朱厭も連れてくればよかった。こういうことを議論できる相手がいないのは残念だ」

かといって、慕容垂《ぼようすい》の守護鳥である碧鸞《へきらん》を訪問するのも気が引ける。紫鸞とイーグィの帝王教育に、余計な手を出してしまったのではないかという反省もあり、現在進行形で天命の任についているかれらに、干渉すべきではないという理性が働いた。

一角は天命を受ける道を選んで神獣となった。自在に空を飛ぶ力を得るのに四百年を待つのがもどかしかったからだ。それに、生まれ育った山界の外に何があるのか、興味もあった。

あれから、いろいろな人間と出会い、天命を得た獣や鳥と出逢った。

天命を求めて人界へ降りた鳥獣の種類と、性格や目的は、見事なほどそれぞれが異なる。ただ、同種の麒麟とだけ出逢わない。

考察を続けているうちに、一角は宿に辿り着いた。商人たちが酒楼に集まって情報交換する時刻にはまだ早いらしく、宿と酒楼の続く街並みは閑散としていた。一角は部屋に上がって商人たちを待つことにした。粗末な寝台に腰かけて思索を続けているうちに、いつしか眠りに落ちていた。

知らないことを深く考え続けて、どこかで答や真理に辿り着くということは、天地を翔る霊力のある一角にとってさえ、難し過ぎる課題であった。

一角が目を覚ましたときにはすでに次の日の朝で、酒楼での聞き込みは今夕まで延ばすことになった。もともと長い時を生きる一角に、一日二日の遅れを気にする感覚はない。山の窟屋では、気がつけば三年も寝ていたということもあるのだ。このときも、あるいは三日目か十日目の朝だったとしても、一角は焦らない。

「疲れてたのかな。最近、飛び回り過ぎってのは、確かにそうだったのかも」

飛行による霊力の消耗を回復するのは、睡眠だけであったからだ。

一角は大あくびと伸びをして、赤髪の寝癖を手で梳き、埃の浮いた水盤で顔を洗った。赤い髪はひとまとめにして、くるくると頭に巻きつけているうちに、いつの間にか赤い布に変じて頭巾の形になっておさまった。人の姿のときにはお決まりの赤い胡服だが、城下では真っ赤な衣は異様に目立つ。胡服が退色した感じの薄い朱色になるよう、一角は精神を集中させた。そろそろ寒くなってきたので、古着商で外套を買うことを考える。冬は外套で隠すことで、衣服の色を維持するための霊力を節約できるのがありがたい。

街に出て古着を求め、隊商宿や酒楼を渡り歩き、ここ数ヵ月のあいだで龍の卵を売ろうとした商人がいたか、と訊ねて回る。

「龍の卵ぉ？　兄ちゃん酔っ払ってるのか」

「知らないなぁ。龍の卵って、どんな大きさだ？」

「龍の卵を食うのか？　どうやって調理するんだ？」

「いや、卵を孵して龍を飼うんだろ？」

いろいろ言われたが、それらしい収穫はなかった。だが、そこは長寿の特性であるのか、一角の根気は涸《か》れることなく、長安を出入りする商人らを捕まえては、龍の卵についての噂を集め続けた。

その一方で、紫鸞とイーグィが喜びそうな漢書を見つけては購入し、何冊か集まると北へ飛んで配達もした。

夜明け前の、丈の高い薄茶の色をした草が風に靡《なび》く平原で、一角は迎えにきた紫鸞と人の姿になって近況を話し合う。

「たまには人間の姿にならないと、忘れてしまうから」と紫鸞は笑ったが、人間に見られたときに、家事や野良仕事から逃れて戯《たわむ》れる若い男女と思われた方が、安全だからというのもあった。

紫鸞によれば、イーグィの学問はめざましい速さで進んでおり、平城の燕鳳《えんほう》が、課題の成果を受け取るたびに、代王の血統の優秀さに舌を巻くほどであると、感心しているという。

「一角のお蔭《かげ》よ。次に会えるまでに、たくさん学んで、質問するんだって、張り切っているのよ」

誇らしげにイーグィを褒めた紫鸞は、しかしふいに眉を曇らせる。

「ただ、賀蘭部《がらんぶ》の人たちは、イーグィが学問に夢中になって、そのうち自分から長安に行きたいと言い出すんじゃないかって、不安がっているわ」

一角はイーグィの才能に興味を惹かれた。

「聖王の資質を持つ者たちが一堂に会したら、何が起こるんだろう。といっても、すでに光暈の持ち主が四人も大秦《だいしん》の未央宮に集まっていて、何事も起きていないのだから、心配することはないのかもしれない。光暈があるからといって、必ずしも天下を取ることが約束されているわけではないのだから。むしろ優秀な人材が集まって、力を合わせ、百年ぶりに中華が統一されるのかもしれないな」

一角は大秦における鮮卑族《せんぴぞく》の慕容垂や、羌族《きょうぞく》の首長である姚萇《ようちょう》の活躍ぶりについて、かいつまんで話した。自分がかつて守護した石勒《せきろく》の配下に、多種多様な人種と民族が集まり、それぞれの能力を競いあって華北が統一され、短い間ではあったが平和な時期があったことを、一角は懐かしく思い出す。

だが紫鸞の表情は、いっこうに明るくならない。

「私は、中原の統一や皇帝位とかは、どうでもいいと思っているわ。でも、本来はかれの居場所であった拓跋部《たくばつぶ》を、イーグィが取り返すことは、実現させてあげたい」

一角は薄い微笑を浮かべた。

「それくらいなら、難しくはないだろう。匈奴《きょうど》鉄弗部の劉衛辰《りゅうえいしん》の消息は聞いた？　代の半分しか得られなかった上に、大秦の宮廷では劉庫仁《りゅうこじん》よりも格下に置かれたことに腹を立て、戦いを挑んで敗北した。衛辰は代を追い出されて、もともとの領地だった黄河の南オルドスに押し戻された。庫仁は代の故地を取り戻しても、衛辰みたいに勝手に単于を名乗ったりせず、拓跋部を代の王家として忠義を貫いている。イーグィが成人したら代の王爵を授かるよう、苻堅に頼むんじゃないかな」

「そうなったらいいわね。大秦が安泰なら、戦争も起きようがないでしょうし」

「鸞も戦は嫌だと思うんだね」

「そりゃ、そうよ。どうして人は人を殺そうとするのかしら。取って食べなければ生き延びられないわけでもないのに。肉を食べる獣でさえ、同種の獣を殺すことはしないのよ。だけど人間は自分が王になるために、親も兄弟も殺すの。理解できないわ」

紫鸞はうんざりした口調で、吐き捨てるように言った。

「いや、同種の獣同士で殺し合うことはある。食べるためではなくて、群れの中での地位や、雌の奪い合いで戦うんだ。鹿や馬でも容赦がない。肉を食べる食べないというのは関係ないんだな、と思ったよ」

「そうなの？」

一角の知見に、紫鸞は驚いて口に手を当てた。

「獣によっては、人間の怒りに似た衝動をそのまま解放してしまうんだろうな。ほとんどは優劣のかたがついたら、負けた方が逃げるんだけど、互いにあきらめずどちらかが死ぬまで戦い続けてしまう獣もいる。そういう獣たちは、理性や限界という箍《たが》を持たないのかもしれないね」

「いやだわぁ」

紫鸞はぞくりと肩を震わせた。大地にはそんな獣や人間があふれているのだと、いまさらながら思い知ったのだ。

「それで、青鸞さんが探しているという『鳳凰の卵』は見つかったの」

紫鸞は強引に話題を変えた。紫鸞は一角が訪れるたびに、いまだ会うことのない同種の先達である青鸞の噂話をねだる。しかも、鸞鳥にとってはその祖である鳳凰の卵が地上にあるというのだから、できることなら自分も卵の探索に参加したかったと思っているのだろう。

一角は瑞獣の卵という名目で取引をされている品物の噂を、青鸞と手分けして追いかけ、確認している状況を語った。

「噂を追ってやっと見つけたと思っても、だいたいは、珍しい色や大きさの、その辺の鳥の卵なんだ。胡人の商人は、ものすごく大きな鳥の卵を龍の卵だと偽って東方人に売りつけるんだけど、これは駝鳥《だちょう》という名の、とても大きな飛ばない鳥の卵なんだそうだよ。鳥の卵は温めないと中で雛が死んでしまう。割らない限りは卵のままだから、有り難がって部屋に飾るために買う人間もいるようだ」

「死んだ卵を？」

紫鸞はいまにも噴き出しそうに笑みを湛《たた》えた。

「龍の卵なら、放っておけばいつかは孵ると信じられているしね」

「本当はどうなのかしら」

「翠鱗は井戸の底の、蜥蜴の巣の中にあった卵のひとつから生まれたらしい。だから、龍や蛟の卵は温めなくてもそのうち孵るというのは、あながち間違ってはいないんだ」

「そうやって、噂をひとつひとつ尋ねて、本物かどうか見に行くの？」

紫鸞はその作業の繁雑さと、無駄に過ぎていく気の遠くなるような時間を思った。

「他に効率のよい方法を思いつければ、いいんだけどねぇ」

一角は投げやりにも聞こえる口調で応える。

「神獣になっても、やるべきことがたくさんあるのね」

紫鸞は感慨深げに言った。

「どうなんだろうね。私は他にすることがないから、青鸞を手伝っているだけなんだけど」

「山神なんだから、一角にもすることはたくさんあるでしょう。颶娘《ぐじょう》はいつも忙しく山を見回っていたのに」

ここでも本業の怠慢ぶりを責められる一角であった。

「ああ、そろそろ日が昇る。今回は何日いてくれるの？　イーグィの学問を見てくれるのでしょう？」

「そうだね。イーグィが独習で進めたところまでを一通り、見終わるまではいられると思う」

このように長安と賀蘭部を往復し、時に卵の噂を追って他の都市を飛び回っているうちに、季節が巡り年が過ぎる。都市から都市へ、国から国へと移り歩く隊商は、遊牧民が季節毎に決められた放牧地を往復するように、同じ都市や集落を巡り歩く。一角は都市に長く滞在し、集散する商人から噂話を聞き取るだけに留まらず、自身が旅商人を装って隊商に加わった。かれらの固定された行路に詳しくなり、情報網にも通じるようになっていった。

大秦が涼州《りょうしゅう》をも服属させ、河西回廊とさらにその西からの文物が、盛んに行き来するようになってから、長安には常にこのように多彩な風俗と人種と物品があふれている。東方人にはありえない髪と目の色をした一角の、出自不明な容姿も長安では目立たない。

涼州以西の河西回廊から、黄河に沿ってオルドス地方を回ってくる大がかりな隊商が、二年ぶりに長安に帰ってくるという話を、一角はいち早く耳に入れた。

酒楼に立ち寄り、長旅の疲れを都の料理で癒《いや》している商人に話しかけ、よい酒を奢《おご》って勧めながら、旅の苦労話に聞き入る。相手の舌の回転がよくなったころ、折を見て、龍の卵について話を聞いたことはないかと訊ねる。

三人目の商人が、「そういえば――」と顎鬚を撫で上げた。

「劉衛辰に三男が生まれたんだが――」

「匈奴鉄弗部大人の？　西代郡を追い出されて、オルドスに戻っていたと聞く？」

「ああ、その劉衛辰だ。もともとの本拠地であった代来城《だいらいじょう》に引きこもって、匈奴独孤《どっこ》部《ぶ》の劉庫仁につけられた傷を舐めているってところだな。仲よく氏族《ていぞく》の支配下におさまっていくらもたたないうちに、同族同士で相争ってるんだから、忙しいこったな」

一角はさらに酒を注文し、男に勧めた。一角は話を引き出そうと、最近得た知識を口にする。

「劉衛辰の三男といえば、代が征服されたあと、衛辰は大秦天王の娘を娶ったと聞くけど、苻氏《ふし》との間に生まれたのかな」

男は身を乗り出して、声を低くした。

「長男と次男は拓跋氏の腹だが、こいつらも因果なことだ。祖父の代王を相手に戦って滅ぼした連中だ。代と大秦の間で、くるくると掌を返し続ける男が父親では、三男はいつか、母の祖国大秦に矢を向けかねん」

実際その通りで、劉庫仁との待遇の落差に腹を立てた劉衛辰は、大秦の太守を殺してしまい、苻堅の怒りを買っている。

「まあ、それでも名門鉄弗部の統領で、オルドスでは最強の勢力を誇る大人だ。大秦天王の孫にも当たる息子の誕生を祝って、鉄弗部や周囲の部落からの祝いで半年は賑わっていた。おれたちも祝いの品をたくさん売りさばいて、儲《もう》けさせてもらった」

その目録の中に、龍卵とされる置物があったという。

「本物の卵なのか、玉石をそれらしく磨き上げたものかは、判別できなかったという話だったが」

伝聞に過ぎないのだが、と男は断ってから、胸まで持ち上げた両手を瓜《うり》の大きさほどに広げて見せた。青みがかった卵であったとも語る。春の空に雲がたなびくような、そんな色合いで、陽光を弾いて虹色の影を床に落としたという。

「ま、何の石かはわからんが、龍卵という名の玉の置物だろうな。空色の石ってことは、瑪《め》瑙《のう》でも翡翠でもなさそうだが」

「硬玉の翡翠ならば、淡い青というのも、あった気がする」

適当に相槌を打って、男の相手をすませると、一角はその足で城壁に上った。周囲に人目がないのを確かめてから、北に面した胸壁から身を乗り出し、宙へと足を踏み出した。

オルドスにある城のどれが代来城であるか、聞いておけばよかったと後悔したのは黄土高原の上空を飛んでいたときだ。地図を持ってくれれば、なおよかったであろう。

後漢の終わりから、南匈奴が華北に移住し、遊牧を離れ定住するようになって、何世代も過ぎていた。おおよそ二百年であろうか。

漠北を去り、定住するようになったといっても、匈奴鉄弗部らが居住するオルドスの黄土地帯は乾燥し、地味は豊かではない。農耕は水を確保できる非常に狭い範囲に限られる。そのため、鉄弗部ではいまも牧羊が盛んであった。漠北ほどではないにしろ、季節によって決められた放牧地への移動と生活に必要な穹廬の集落も、日常的に目にすることができる。

劉衛辰もまた、鉄弗部の大人として大量の家畜を所有している。季節が変われば草の豊富な牧草地へと羊たちを連れて行かねばならない。代来城を見つけ出したとしても、劉衛辰とその家族が一年中その城に住んでいるわけではなかった。

一角は途方に暮れながらも、荒れ地や耕地の一隅に築かれた、人間たちの拠点をひとつひとつ確認していった。

このあたりの風景は、一角の聖王であった石勒が、幷州を拠点とする匈奴攣鞮《れんてい》氏の劉淵《りゅうえん》に仕えていた八十年前とあまり変わらない。

攣鞮部の劉淵と、鉄弗部の劉氏は同族であったが、黄河を境として隔てられたこの匈奴の名族は、当時はそれほど交流がなかったため、一角はオルドス地方の風俗や歴史には明るくなかった。

――当時は空を飛べなかったからな。地上から見た風景を、うっすらと覚えているだけだ――

城邑を見つけては大門の楼閣に降り、扁額を見て城の名を知る作業に三日をかけ、五つ目でようやく代来城の扁額を掲げた城を見つけ出すことができた。

前の四つの城邑に比べれば、規模は大きく夜も灯りが点《とも》されており、鉄弗部の要衝として賑わっているようだ。

一角は自分の気配を闇に溶かして、劉衛辰の城に忍び込んだ。

鉄弗部の首長がこの土地に住み着き、移動しない邸に居を定めて、長い時間が経ったのだろう。代来城は、漢族の太守や将軍が、この城に代々住んできた空気に満ちていた。土地の性質上、生計の中心はいまだ牧畜であるとはいえ、暮らしぶりは漢化が進んでいても不思議ではない。

鮮卑拓跋部や賀蘭部に比べると、鉄弗部大人の邸は、移動生活には不都合なほどの家具や財産であふれていた。

邸の中を物色しながら、そのようなことを考えていた一角だが、目当ての『龍卵』、もしくは青鸞の探し求める、鳳凰の卵であるかもしれない『お宝』に意識を集中した。

夏の放牧地、冬の城と移り歩く半農半牧の名氏族の長が所有する、珍しい玉石の置物、あるいは龍の卵は、どこが保管場所に相応しいであろうか。

一角はまず、生まれて間もない三男の部屋を探した。誕生の祝い品として献上されたものなら、赤ん坊の枕元に飾られているのではないか。

邸内の様式は漢風に寄せていたので、家族の部屋が並ぶ区郭は容易に探し出せた。

劉衛辰が赤ん坊も漢風に別室で寝かせていれば、一角にはなお都合がよい。

召使いと護衛兵の往来が途切れた深夜、一角は昼のあいだ赤ん坊の泣き声が聞こえていた部屋の扉を薄く開いて、影のように入り込んだ。

乳母らしき若い女が、部屋の隅で座ったまま眠っていた。一角は女を起こさぬよう、反対側の壁に沿って、赤ん坊が寝かされている寝台の枕元へと近づいた。漢風とは異なる小さな祭壇が枕元に据えられていた。赤子を害する邪気を祓《はら》い、無病を祈るものであろう。これが匈奴の風習なのか、初めて見る一角にはわからない。その祭壇に目をやった一角は、布を被せた丸い塊を見つけた。頬に笑みが浮かぶ。

一角の目には、布を透かしてぼんやりと揺れる、霊気の波動が映ったからだ。

だが、これだけで鳳凰の卵と断定することはできない。一角は鳳凰に限らず、霊獣の卵を見たことがない。さらに言えば、龍や妖獣の卵も見たことはないので、これが何の卵であるか判断することはできなかった。

もしかしたら、麒麟の卵かもしれないのだ。

青鸞が見れば、一発でわかるのだろうか。

胸の鼓動が高鳴る。いまここで中身を見て、その正体を知りたい衝動に駆られる。

だが、そんなことをしたら、卵の中にいる『もの』は死んでしまう。一角は震える手を握り締めて、真実を渇望する自分を抑えつけた。

どちらにしても、卵の中にいる『命』は生きている。抱卵されなくても、殻の中で静かに成長しているようだ。

一角はそっと布を外し、殻の表面に雲の文様が流れる空色の卵を、間近に観察した。どれだけ目を凝らしても、中にいる生き物の形は見えてこない。殻に触れ、掌に伝わる霊気の波動で、その種を知ろうとしたが、鱗の眷属であることしかわからなかった。

一角は掌越しに卵に霊気を送り、心話で中にいる『もの』に話しかけた。

――君は何者？――

殻の中で、ぞろりと柔らかな塊が動く気配がした。その感触は長い体軀《たいく》を感じさせる。龍か蛟であろうか。本当に龍の卵なのかもしれない。

微かな失望の滴が胸に落ちる。その滴は、一角の興奮を一瞬にして鎮める冷たさを伴っていた。

もしかしたら、霊獣の卵は、もっとありふれた存在として、人界や山界に転がっているのかもしれない。ただ、誰かがその存在を信じ、注意を払って探し出さない限り、誰にも気づかれないだけなのだ。

青鸞に失われた卵を探すように恃《たの》まれるまで、一角は人界のどこかに眷属の卵が眠っているとは、考えたこともなかった。いまこの卵を前にして、一角は無知と無関心に過ごした二百年を、深く後悔した。

卵を保護したいと思いつつも、一角はこの卵を持ち去ることをためらった。

地上では希少で貴重な宝物だ。鉄弗部首領の息子の寝室から忽然《こつぜん》と消え去ってしまったら、大変な騒ぎになるだろう。怒り狂った劉衛辰が、周囲の大人らを疑って、見境なく戦を仕掛けるかもしれない。

自分の行いによって、人々が争い、血を流し、命が失われることは、一角には想像することすら耐え難かった。

だが、このままここに置いておくわけにもいかない。

迷う一角の背後で、何者かの気配が動いた。

一角の心臓は跳ね上がった。

振り返った一角の視線の先には、寝台に身を起こした二、三歳の幼児が眠たげな目でこちらを見つめているだけだ。赤ん坊だとばかり思っていたが、商人から噂を聞いた時期を考え合わせると、誕生から二年はとうに過ぎていたのだろう。

はっとするような、美しい顔をした幼児であった。こんな幼いうちから、形のよい目鼻が絶妙に整った顔立ちをした人間を、一角は見たことがなかった。

一角が見てきた人間たちで、もっとも美しかったのは慕容沖《ぼようちゅう》とその姉であったが、目の前の幼児は、かの姉弟を超える美貌の持ち主になるかもしれない。

「だれ？」

たどたどしい漢語で、幼児が問う。一角は呆然として答える。

「一角」

「それ欲しいの？」

一角はうなずいた。

「でも、それ、ぼくの」

にっと唇の両端を上げて、幼児は笑った。寝返りで落ちないように寝台を囲う柵を握って、おもむろに立ち上がる。

「ぼくの。だから、あげない」

無意識に唾を飲み込んだ一角は、人間の幼児に圧倒されている自分に気づいて、かぶりを振った。静かな、落ち着いた声で話しかける。

「君の名前は？」

「ボーボー」

一角は呼吸を整えて、意識を集中した。ボーボーの目を見つめ、低く柔らかな声で話しかける。

「眷属の卵を探して心を飛ばしているうちに、君の夢に入り込んでしまったようだね。この卵が孵ったら、迎えにくる。それまでは大事に世話をしてくれ。おやすみ」

ボーボーは半眼になって、首を前後に揺らした。睡魔に打ち勝とうと、手摺《てす》りに摑まる手に力を入れようとするが、叶《かな》わずゆらりと寝床に横たわった。一角はボーボーの額に二本の指を当てて、今夜の記憶を抜き取る。

とりあえず、西方へ行った青鸞が戻るまで代来城を監視し、ボーボーの行く末を見守る必要がある。

ボーボーには聖王の徴を見いださなかった一角だが、抱卵もされずに生き続ける卵の命の源がどこから来るのか、それが気にかかった。そしてもうひとつの懸念。生まれたばかりの雛は、初めて見た動くものを親だと思い込んで従うという。

卵が孵ったときに、『生まれてくるもの』がなんであれ、それが最初に目にする『動くもの』がボーボーではないようにと、一角は心の底から祈る思いであった。

立ち去り際に卵に触れて、「必ず迎えに来る。君がなんであれ、私たちの眷属だ。私の霊波を、よく覚えておくんだよ」とささやきかけ、一角は布を元通りに被せた。

第九章　帝国の崩壊

イーグィが十二歳となった年の晩秋、中原に激震が走った。

華北を統一した大秦《だいしん》の苻堅《ふけん》が、ついに天下統一の軍を挙げて南の晋《しん》を攻め、敗北した。百万の歩騎と号した大秦軍は、淝水《ひすい》の戦いにおいてたった八万の東晋《とうしん》軍に、惨敗を喫したのだ。

大秦の軍が十分の一にも満たない東晋軍に破られた衝撃は大きく、その報せは中原のみならずたちまち長城を越え、漠北の地をも駆け抜けた。

「おお！　ついに苻堅が滅んだ」

いつ長安から召喚の使者が賀蘭部《がらんぶ》に現れ、愛《いと》しい我が子を奪われる日が来るかと怯えていた賀蘭氏は、目に涙を浮かべ、両手を揉み絞って喜んだ。

イーグィは冷静な面と声を保って母を諫《いさ》めた。

「母上、戦場から身ひとつで逃れたというだけで、苻堅の生死はまだ不明です」

「少なくとも、先の代王の直系であるあなたとコウが、拓跋《たくばつ》ではない部族の世話になる必要はなくなりました」

賀蘭氏は興奮に身を任せ、息子の言葉を聞き流す。春に開催されるシラムレン河の部族大集会には、イーグィが拓跋部の首長として立つことができると大喜びだ。そして弟のコウを抱き上げて頰ずりし、「おまえたち、もう他部族の世話にならなくてもいいのよ」と、いまにも踊り出しそうな浮かれようであった。

血縁と姻戚が複雑に絡み合った遊牧民の氏族社会において、父系の出自と素性が、個々の身分を決定する。

イーグィの自立と拓跋部の復興なくして、息子たちの未来には希望がないことを、賀蘭氏は誰よりも知っていた。賀蘭部の人間でありながら、同時に拓跋氏の嫡孫である息子たちの母親でもある彼女に、代国再建の機が訪れたことに浮かれるな、喜ぶなという方が無理であったろう。

五つのときから独孤部《どっこぶ》と賀蘭部に預けられ、どちらにおいても客分の扱いを自覚していたイーグィは、自らの立場を理解していた。そして、現状に楽観できる要素がないことを、母親よりも正確に察していた。

「秦の損害も詳しいことはわかりませんし。それより、大秦の南征に従軍した劉《りゅう》大人の安否が心配です」

華北の覇者、苻堅の敗北がこの先どういう意味を持つのか、代郡がふたたび代国へと自立する好機が巡ってきたのか、判断できる材料は何ひとつない。そして、たった十二歳でしかないイーグィには、拓跋十氏族を束ね、拓跋部に従う七十を超える大小の諸部族を背負《しょ》って立《た》つことができるのか、大いに疑問であった。

苻堅の要請に応じ、代軍の精鋭を率いて出陣したのは、独孤部大人の劉庫仁《りゅうこじん》とその弟の劉眷《りゅうけん》だった。大秦の南征軍は、その八割が戦死するか、敗走の途上で餓死あるいは凍死したという。イーグィは死者の列に劉庫仁と代の兵士が加わっているのではと、気が気ではなかった。

半年も先の部族集会について口にする母とは、見えている景色と地平の距離に差がありすぎた。

口を閉じたイーグィは、やり場のない疲労感を覚えた。

「遠乗りしてきます」

同席していた義兄のイィに目配せをして、母の穹廬を出る。

穹廬の天辺《てっぺん》で休んでいた紫鸞《しらん》は、ふわりと翼を広げてイーグィの近くまで舞い降りた。イーグィは革小手を巻いた左腕を上げて、愛鷹を受け止める。

「情報が足りない」

イーグィがつぶやくと、紫鸞とイィが同時に応えた。

——大秦の混乱状況についてですか——

「劉大人たちの消息が、気になります」

──長安のようすもだが──

イーグィは紫鸞に心話で話しかけ、義兄を振り返って応えた。

「劉大人に何かあると、ランガン叔父がますます増長する。賀蘭部が代替わりしてから、自分が首長気取りだ」

叔父の名を出したイーグィは、不快さを隠さずに吐き捨てた。

「賀蘭大人は、どうしてランガンを好きにさせているんだろう」

ランガンは常に、配下の手勢を率いて、近隣の部落から家畜を奪い、女たちをさらっては、中小の他部族の畏怖を買っている。

祖父のイェガンが世を去り、賀蘭大人の地位は伯父のナルイが継いだ。旧代国において、独孤部に次いで強大な部族の首長として立ったナルイではあったが、粗暴な弟ランガンを、うまく御しているとは言い切れない。もしくは、汚れ仕事をランガンに任せることで、悪評をすべて弟に押しつけ、自分は調停役を買って出ることで、人望を稼いでいるようにイーグィの目には映る。

いつか傍若無人な弟が、大切な息子たちを傷つけるのではと賀蘭氏は怖れていて、ランガンに逆らわぬよう、イーグィに言い聞かせていた。

「このまま庫仁姑父さんが帰ってこなければ、ランガンは草原を我が物顔に仕切りたがるでしょう」

イィはイーグィの胸中を口にする。

「ぼくがランガン叔父を避けているのは、あいつが怖いからじゃない」

イーグィが大人の伯父に意見もせず、ランガンに正面から対峙《たいじ》もせずにいるのは、余計な揉め事を起こして、時間を無駄にしたくないからだ。

ランガンは独孤部の劉庫仁が、太守として実質的に代を支配しているのが気に入らないのだ。さらにいえば、独孤部に成り代わって、賀蘭部こそが代において最も盛強な部族たらんと考えているのだろう。

代の主権そのものである拓跋氏の直系であり、賀蘭部にとっては切り札でもあるイーグィに対しても、ランガンは威圧的な態度を取り、絶えず力の差を誇示してみせる。ひと世代下の、一回りも二回りも体格の劣る相手に、尊敬ではなく恐怖による服従をたたき込もうとしているのだ。

具体的には、イーグィが漢学に打ち込むのを、徹底的に邪魔する。もっともその企《たくら》みは紫鸞のおかげで成功したことはない。常にランガンの先回りをして、学問のための時間と場所を確保してきた。

いまのイーグィは、手元にある漢語の書籍は史書から兵学書、思想書にいたるまで読破しており、その内容の大半を鮮卑語《せんぴご》で説明できる。それでも、賀蘭部に対抗できる劉大人の後ろ盾なしで、次の春までに拓跋部の首長となることには、不安が先に立つ。

——母上の血縁なんだから、賀蘭部をもっと信用してしかるべきなんだろうけど、人望と実績、そして人格においても、庫仁姑父さんとナルイ伯父では器が違い過ぎる。ランガン叔父にいたっては論外だ——

誰が聞き耳を立てているかわからないなかでの本音を、胸の内でつぶやく。

——劉大人の戦況を、見てきましょうか——と紫鸞が控えめに訊ねた。

「いや、いい。遅かれ早かれ、報せが届くだろう」

思わず声に出して返答し、怪訝《けげん》そうな顔をするイィに言い訳がましく「ひとりごとだ」と手を振った。

劉庫仁の近況は間もなく伝わってきた。

水軍の活躍が期待された淝水の戦いでは、騎兵ばかりの代軍は後方に詰めていたらしく、劉庫仁とその配下は、ほぼ無傷で撤退することが叶った。それが裏目に出たのだろう。大秦の敗戦を機に苻堅を欺《あざむ》いて河北へ逃れ、そこで自立の兵を挙げた慕容垂《ぼようすい》討伐の命が、劉庫仁と劉眷の兄弟に下された。劉庫仁は数千の騎兵を率いて、鄴《ぎょう》に立て籠もる苻丕《ふひ》の救援に向かったという。

代の遺民がもっとも頼りとする将軍は、大秦の敗北と弱体化につけ込む反乱の鎮圧に、奔走させられているようだ。

「姑父さんはどうして苻堅の味方をするんだろう。ぼくらと同じ鮮卑族の慕容垂と敵対する理由がわからない」

ただひたすら続報を待つ日々、少ない情報で話ができるのは、義兄のイィと紫鸞だけだ。母の賀蘭氏は希望的な観測しか口にしない上に、イーグィが代王に推されるであろう春の部族大集会の準備に余念がない。

イィは思慮深げに答える。

「劉氏《りゅうし》はもともと、匈奴《きょうど》だからでしょう。おれたちの祖母は鮮卑慕容氏だけど、慕容部が必ずしも拓跋部の味方というわけでもありませんから」

代国の太子であったイーグィの父と、その弟であったイィの父は、どちらも慕容垂の姉を母に持つ。つまり苻堅に反旗を翻して劉庫仁と戦っている慕容垂は、イーグィにとっては父方の大叔父にあたるのだ。

鮮卑族という枠組みが、漠北の広大な高原に遊牧する無数の人々の、漠然とした集合体にすぎない。始祖まで遡る伝説や神話を共有し、方言に違いはあるものの、通訳を必要としない同根の言語を話す無数の氏族が、ゆるやかにつきあい、あるいは争ってきた。鮮卑という母体が大きくなるにつれ、異民族であろうと配下に加わり、服属する部族も増えた。そしてこの数百年、自らを鮮卑の枝葉と認識する大小の部族は、定期的にシラムレンの河畔に寄り集い、調停役となる大首長――単于あるいは可汗《かがん》――を、無数の大人たちの中から選び出してきた。

だが、膨張の限界に達した集団は、やがて分散を始める。単于を輩出してきた有力な氏族が互いに主導権を争い、その氏族内部にも抗争は絶えず、鮮卑の中枢そのものが慕容氏、拓跋氏、段《だん》氏、匈奴より同化した宇文《うぶん》氏と、幾枝にも分かれていった。

地図上の勢力図のみならず、血縁と姻戚でつながった氏族らの系譜の、どこからどこまでが匈奴で、高車で、烏桓《うがん》、東胡《とうこ》の末裔なのか、線引きは曖昧であった。

なかでも、それぞれが中華圏に侵出し、独自の国を建てた慕容部と拓跋部との確執は深く、互いに掠奪し合い、たびたび交戦しては婚姻によって和解し、また協定を破って戦い続けてきた。

イーグィの祖母は慕容氏の燕《えん》から、拓跋氏の代に送り込まれた人質のようなものであった。イーグィら代国の人間にとって、慕容垂を親戚と捉える感覚はないに等しい。

相容れない敵という意識では、慕容部も氏族《ていぞく》の大秦も、大差はないのだ。

イーグィがいつものように母の穹廬へ朝の挨拶に上がると、大量の布地が広げられ、成形されていない獣の形そのままの毛皮が積み上げられていた。布の山には絹織物も見受けられ、毛皮も普段着の鹿や羊のそれではなく、狐《きつね》や貂《てん》など毛並みの柔らかな上質のものだ。正装用の衣類を一式仕立てようというつもりらしい。

次の大集会において、息子が拓跋部の首長となることを疑わぬ賀蘭氏は、お披露目の準備に夢中だ。その日に必要となるであろうイーグィの衣装や甲冑、代王の称号と家督を継ぐ者として相応しい穹廬を新しく作らねばならない。

イーグィ自身も、拓跋部を継ぎ代を再建するのが、自分であることを疑いはしない。だが、それが次の春に実現する確信までは持てなかった。ただ、ふたりの夫がどちらも我が子が生まれてくる前に世を去り、寡婦として七年以上も我が子の成長のみを楽しみにしてきた母の期待に、水をさすようなことは言えなかった。

賀蘭氏はうきうきと息子に語りかける。

「婚礼の衣装も必要ですね」

「婚礼?」

イーグィは思わず訊き返した。

「部族を率いる大人となれば、しかるべき氏族から妃を娶らねばなりません。私としては、賀蘭部から正妃を迎えて欲しいものですが、イーグィは我が一族の女たちのなかに、心に適《かな》う娘はいるの?」

「イィ兄さんがまだ妻を娶っていませんよ。リエ兄さんも」

イーグィは辟易《へきえき》して言い返した。賀蘭氏はあきれた調子で、軽い驚きを表す。

「この近所の、どの娘にも声をかけたことがないとは聞いていますが、イィに遠慮していたのですか」

身分の上下にかかわらず、北族の結婚は早い。首長の階級にある男女は、政略のために幼少から他氏族との間に許嫁《いいなずけ》が定められていることもあり、第二次性徴を迎えるとすぐに婚礼を挙げる習わしだ。

祖父の代王が健在であれば、イーグィの妃は何年も前に定められ、すでに婚礼もませていたであろう。そして、庶腹とはいえ、拓跋宗家の男子であるイィもまた、とうに妻を迎えていたはずで、いまごろは子どもも生まれていたかもしれない。

賀蘭氏は布を選んでいた手を止めて、きりりと声を高くして息子を諭す。

「いまは平時ではありません。兄弟順よりも、血筋の尊貴が優先されます。あなたが拓跋部を継承して初めて、イィたちの伴侶を選ぶことができるのです」

イーグィだけでなく、代王の兄弟もまた、妻とするべき娘は政略によって選ばれる。イーグィが賀蘭部から正妃を選ぶとしたら、拓跋氏と諸氏族との均衡を図るために、兄弟にはそれぞれ他の有力氏族から、正妻を娶ることになるのだ。

王家に生まれた以上、当然のことではあったが、イーグィはそちらの件について頭を悩ませたいとは思わなかった。

「騎射の練習と書見をしてきます。急用があれば、イィを呼びにやらせてください」

イーグィは紫鸞を伴って遠駆けに出た。

他者の侵入を許さない紫鸞の結界に守られた、秘密の学問所で、新しく知り得た中原の情報を整理するためだ。

「独孤部と鉄弗部も、同じ匈奴で劉姓なのに、不倶戴天《ふぐたいてん》の敵だからな」

イィとの会話を思い出しつつ、イーグィは矢軸の先で地面に線と文字を彫りつけた。『几《き》』の形に折れ曲がった黄河の線を引いてから、漠北と中原を分かつ長城を描き、境界の崩れた華北図を描いた。

燕鳳《えんほう》や一角《いっかく》が手配して届けてくれる中華の地図は、山河の描き方や縮尺に統一性がなく、どれが正確で信用できるのか、まったく見当がつかない。だが、遥か西の高山地帯から東の大洋へと流れるふたつの大河と、大陸の東岸から西の沙漠地帯へと続く万里の長城は、どの地図にも必ず描かれていた。そして春秋戦国の時代から黄河のほとりに栄えてきたいくつかの都は、だいたい同じ位置に載せられていた。

とても大雑把《おおざっぱ》ではあるが、中華圏とそれを取り巻く世界の形を、イーグィはいつでも地面や紙の上に描き出すことができた。

「代はずいぶんと辺境になるのだな」

イーグィがかすかな自嘲を滲ませてそうつぶやくのは、これが初めてではない。隠れ住む無為の暮らしの中で、取り返すべき祖国の形を思い描けるよう地図を描くことは、心が騒ぐときに気持ちを落ち着かせるための、儀式となりつつあった。

少年のかたわらに、ふわりと淡い紫の影を広げて、紫鸞が人間の姿をまとった。幼い日に、夢の中で初めて対面したときの、初々しい乙女の姿そのままだ。

イーグィの耳に、今朝方の母の問い――心に適う娘がいるのか――が蘇った。

「ですが、代の旧版図は、華北全土に匹敵するほどに広大です」

紫鸞の落ち着いた声に、イーグィははっと我に返った。一瞬、胸によぎった妄想を振り払い、自分の描いたいびつな地図を見下ろした。

国土の大きさについて、紫鸞が述べた意見を脳裏に繰り返す。

ふたつの大河を実際にその目で見て、東の大洋から、涼州の沙漠地帯まで飛行したことのある紫鸞がそう言うのならば、きっとそうなのだろう。だが、代の領土の大半は、砂礫に覆われた荒れ地と沙漠、急峻な山々と淡い色の草に覆われた草原ばかりがどこまでも続く、空虚で人口の希薄な大地であった。

森や穀倉地帯を擁する華北に比べると、とても豊かとはいえない。

苻堅が二十万の軍を送り込んできた七年前、代は防戦し押し返すだけの兵力と国力を持たなかった。そしていま、苻堅は百万の軍を動員して江南の晋を攻めた。結果は敗北だったとはいえ、それだけの大軍を君主ひとりの意見で動かせる大秦の国力に、イーグィは心から驚嘆していた。

十二歳の少年にとってさえ、代の諸部族から集められるだけの騎兵を掻き集めても、数万にも満たないことはわかる。

「そうか、だから、庫仁姑父さんはまだ代に帰ることができずにいるのか」

自ら描いた地図を見つめて、イーグィは独白した。

百万の八割が敗死しても、まだ二十万の兵士が長安を守っているのだ。代のような辺境の国が独立を果たそうと立ち上がったところで、たちまち叩き潰されてしまうであろう。

まして、戦地にある劉庫仁が采配できる騎兵は、一万にも満たない。

大秦は確かに大国であった。壊滅的な損害に打ちのめされた大秦と苻堅ではあったが、敗戦から立ち直る国力をまだ秘めているかもしれない。

数日前には理解できなかった劉庫仁の慎重な動向が、地図をにらみつけているうちに推察できるようになってくる。

イーグィは黄河の屈曲部の北側に立ち、『几』の内側のオルドス高原に勢力を張る、仇敵の劉衛辰《りゅうえいしん》を大人と仰ぐ鉄弗部を×で記す。それから矢軸を長安に移し、鄴へ至る線を引いた。

慕容垂が辿り、劉庫仁兄弟が追いかけているはずの道筋だ。

イーグィは目を閉じて想像してみる。

旧燕国の帝都であった鄴城の奪還と祖国の再建を志して戦う慕容垂と、同じく大秦に滅ぼされた代の遺臣である劉庫仁が、互いに死闘を繰り広げるさまを。

自分はまた、出遅れてしまっている。イーグィはぶるっと身震いをした。

「焦ることはありません」

イーグィの心を読み取ったかのように、紫鸞が諭す。

「焦ってなんかいない。ただ、秦が傾き、燕が復活するかもしれないこのときに、拓跋の生き残りであるこの自分が何ひとつできず、この手になにも持たないことが、あまりに惨めだ」

イーグィは踵《かかと》で地面をガツガツと蹴りつけ、自分の描いた地図を消してゆく。

「イーグィさまはその両手に、ちゃんとお持ちではありませんか」

何を？　と問い返そうとして、イーグィは広げた自分の両手を見つめた。

「時間です。未来といってもいいでしょう。慕容垂はすでに五十七歳」

知勇と徳、そして人望に恵まれた、稀代の傑人と評判の高い慕容垂であったが、すでに老境である。これから天下を目指すには、残された時間は少ない。

「だが、慕容垂には息子たちがいる。最年長は二十七か八ではなかったかな。知勇に優れた父親に従って、幾度も戦場に立っている」

イーグィは自分がどれだけ出遅れているかと、嚙みしめるように反論する。

「慕容垂の息子たちが、父親よりも優れているという評判は、まだ聞こえてきません。活躍の機会はいくらでもあったはずですが。それに、母親の異なる年の近い兄弟の数が多いのは、後継争いの火種になりかねません」

落ち着き払った紫鸞の助言に、イーグィは深く息を吐いた。

「シーランはどのようにして、慕容垂の家庭を詳しく知ったのだ？」

「私の知っていることは、イーグィさまがこれまで燕鳳先生や劉大人から受け取った書簡、旅の商人から聞き集めて学ばれた内容と変わりませんよ。ただ、私はイーグィさまより少しだけ長く生きているので、明らかになった事柄について、穿った感じ方や解釈をしてしまう、それだけのことです」

イーグィは顔を赤くして黙り込んでしまう。これまで、与えられる情報について読んだり聞いたりしただけで、深く吟味してこなかったことを恥ずかしく思った。

「異国の言葉で書かれた情報を読みこなすのは、おとなの人間にとっても、とても難しいことです。知り得た内容をさらに深く分析し、国事の役に立つよう考察できる十二歳の人間は、この天地広しといえども、存在したためしはなかったのではないでしょうか」

いっそう顔を赤くして、イーグィは地面を爪先で蹴った。それから思い切ったように吐き捨てる。

「苻堅は七歳で学問を志し、十三で龍驤《りゅうじょう》将軍に任命された」

紫鸞はそこで「ああ」と思って袖で口を押さえた。

イーグィが苻堅に抱えていた複雑な感情に、紫鸞は気づいてしまった。

劉庫仁に学問の必要性を説かれ、燕鳳に師事し、手に入る中原の書物を熱心に学んだのは、ただ代を再興するためだけではなかった。一角が訪れると、劉淵《りゅうえん》や石勒《せきろく》など、胡族でかつ一代で中華の天子となった人物の伝記を飽かずに聴いた。そして劉庫仁が帰省するたびに、華北を統一した大秦の天王苻堅が、どのような支配者であるのか、多くの質問を投げかけてきた。

苻堅は祖国を滅ぼした仇敵であると同時に、中原の覇王を目指す者にとって、手本であり、同じ時代に生きる英雄でもあったのだ。

恨みや憎しみを抱えながらも、中原に覇を唱えた人物に興味を抱き、自分もかくあろうと学んできたイーグィにとって、慕容垂は眼中になかったのだろう。

イーグィが代のみならず中原に出て行こうという野心を育てていたことは、紫鸞を驚かせはしなかった。『聖王』の器を持つ者は、長ずればいずれは天下を目指す。ただ、赤ん坊のころからイーグィを見守ってきた紫鸞は、いまだ世界を知らない少年が、不世出の名君に我が身をなぞらえることの危険を真っ先に考えてしまう。

紫鸞は先の尖った小石を拾った。イーグィが靴で消してしまった黄河の上に、盛楽城の印《しるし》を入れ直し、その北に陰山と賀蘭部の領地を書き足す。

「イーグィさま。私には予見の力はありませんから、あなたが戦う最初の敵が果たして誰になるか、知ることはできません。ただ、いまからあまりに遠くを見つめていては、足下がおろそかになってしまいます」

イーグィは拳をぎゅっと握りしめた。

「わかっている。ぼくは、賀蘭部すら掌握できない。ナルイ伯父とランガン叔父は、ぼくのことを部衆たちをまとめて号令を下すための道具としか思っていない」

「思わせておけばいいではないですか」

紫鸞はイーグィの拳を取って、両手で包み込んだ。

「代を再興し、秦からの独立を志しているという点では、同じ目的を持つ同胞です。ナルイ大人がイーグィさまのお手を煩わすことなく代王に担ぎ上げようとするなら、それに乗らない手はないでしょう？　拓跋十氏族と、代に服属する七十余部族の『王』となったイーグィさまが、ナルイ大人やランガンの言いなりになる未来は、私には見えませんけども」

紫鸞が微笑んでそう言うと、イーグィは怒ったような、笑い損ねたような表情で返す言葉を探す。

「シーランには予見の力はないのだろう？　ぼくが代王になったその先の、どんな未来も見えはしない」

「はい。でも、ずっとお護りします」

紫鸞は満面の笑みで即答した。イーグィは紫鸞に言われたことを思い返す。

「伯父たちの、独孤部にとって代わって拓跋部を操ろうとする野心を利用しろと？」

「それがイーグィさまの目的を果たす、最善で最短の方法ならば」

「シーランはずるいことを考えるのだな」

「たくさんの人間たちを見てきました。イーグィさまがお生まれになる前から」

「ぼくのような若輩者が、伯父たちを出し抜くことが、できるだろうか」

イーグィは自分の経験の少なさを自覚していた。まだ一度も弓を取って戦ったことはなく、燕鳳が実務をさばくところを目にしたこともない。

「豊富な知恵と経験を持つ老獪《ろうかい》な大人たちを出し抜くのは、簡単ではないでしょうね。だから、焦ってはいけないのです。敵や味方をじっくりと観察して、それぞれの為人《ひととなり》と、かれらが目指そうとするところ、そしてその先の成り行きを、幾通りも考え抜くことができれば、きっと」

イーグィはふうと息を吐くと、肩の力を抜いた。

「ぼくが自分の足下を見失ったり、おとなたちの意図を見抜くことができないときは、シーランが警告してくれるのか」

劉庫仁と対峙したときに、紫鸞に提案された言葉を思い出したのだろうか。紫鸞はにっこりと微笑む。

「イーグィさまは、おひとりではございません。イーグィさまの肩の上から、時に空から、常に背後と周囲に注意を払い、命をお守りするのが、私の務めです」

イーグィの、世の急変に感じる焦りと、自分をいいように扱おうとするおとなたちへの苛立《いらだ》ちは、紫鸞の穏やかな声とともに鎮まった。詰まるところ、いまだ成人しておらず、直属の騎兵隊も持たない孤児の自分にできることは、なにもない。

『その日』のために、体を鍛え、知識を増やし、知恵を養うこと以外には。

若く知見の浅い自分でも、いつか手にする王位をして、祖父が築いたよりもさらに強大で安定した国を築けるように、学ぶことは無限にある。

紫鸞の言う通り、そのための時間も、たくさんあるのだ。

「燕鳳先生に、慕容垂の事績や背景を——いや、慕容部の内部事情についても、詳しい情報を送ってもらおう」

最初にイーグィの前に立ちはだかる壁が誰になるのか。

慕容垂はすでに老齢で、怖れるに及ばずと紫鸞は考えているようだが、拓跋部と慕容部の確執は数世代に及ぶ。いずれ対決する日もくるであろうから、備えておくのに早すぎることはないと少年は考えた。

晴天の下、大地が凍り、氷点下の風が地上の砂と氷雪を巻き上げて吹きすさぶ厳寒の荒野を、毛皮の帽子と外套に雪片と氷を貼り付かせた伝令が、乗馬の心臓も破れんばかりの勢いで疾駆する。

馬体から飛び散る汗は空中でたちまち氷の粒と化し、口角から蒸気のように噴き出す熱い呼気もまた、陽光を弾いてキラキラと煌めく氷霧を残した。

冬空を旋回していた紫鸞は、命の限りを尽くして地上を駆ける騎兵のただならぬ気配と、その目指す先に賀蘭部の本拠地があることを見て取った。極寒の大気の他に遮るもののない空を、伝令の数倍の速さで飛翔し、賀蘭部に戻る。

イーグィは水場に出ていた。兄弟や部衆の少年たちとともに氷を割り、家畜や生活に必要な水を汲み出す作業を手伝っていた。

――イーグィさま――

はるかな高みから自分を呼ぶ声を聞き取ったイーグィは、青天に落とした一滴の墨汁にしか見えぬ猛禽の影を見上げて、厚い革手袋に覆われた左手を差し出した。

周囲の者たちが鷹の接近を察知する前に、短い矢のように急降下した紫鸞は、イーグィの頭上ほんの数尺のところで鉤爪を出し翼を広げて減速すると、羽ばたきの音も立てずに少年の拳に舞い降りた。

――南方から火急の伝令がこちらへ向かっています。急ぎナルイ大人の穹廬へ――

イーグィは口笛を吹いて愛馬を呼んだ。「伯父上の穹廬へ行く」と短く周囲に告げ、駆け寄ってくる愛馬へと駆け出した。

イィと少年たちは何も問わず、即座に自分たちの馬を呼び寄せ、すでに馬上にあって賀蘭部へと駆け戻るイーグィの後を追う。

イーグィがナルイ大人の穹廬に駆けつけて間もなく、全身に雪片と氷の粒を貼り付かせた伝令が、よろめくように集落に入った。騒ぎを聞きつけてナルイとその側近が穹廬から出てきても、伝令は自力で馬を下りることができずに、どうと倒れる馬にしがみついたまま、地面に投げ出された。

「水を！」

ナルイ大人が指示を出すより一瞬早く、イーグィが懐の水袋を出して伝令に駆け寄り、抱き起こした。伝令は半ば凍った唇を開く。口に押し当てられた吸い口からこぼれ落ちた水が、少しずつ喉を伝い落ちるにまかせる。伝令の手は手綱を持った状態で固まり、地面に投げ出された両足は騎乗した姿勢のまま、膝を閉じることもできずにいた。

数口の水を飲んだ伝令は、息を整えてかすれた声を出した。

「劉庫仁大人が、慕容文《ぼようぶん》の襲撃に遭って戦死。弟の劉眷《りゅうけん》殿が独孤部大人を引き継ぎ、手勢をまとめて長安へ撤退。損失はおよそ三千騎。賀蘭部大人とイーグィ殿下は至急、盛楽城へおいで願う」

伝令は燕鳳の印判を押した牌《ぱい》を差し出して報告を終えると、気を失った。馬はすでに事切れていた。

イーグィの頭越しに聞き耳を立てていたナルイ大人は、軽く咳払《せきばら》いをしてから口を開いた。

「優秀な伝令の命と引き換えにするほど、重要な報せであろうか」

「この者はまだ息絶えてはおりません。手当てを！」

イーグィは伯父に反論した。伝令の眉毛と黒ずんだ頰から氷雪を払い落とし、駆け寄ってきたおとなたちに引き渡した。

「王の代理である南部大人が戦死したのです。これより重要な報せがあるでしょうか。伯父上、盛楽城へ急ぎましょう。支度してまいります」

無表情ではっきりと言い放つ甥に、ナルイ大人は少し鼻白んだようであったが、ふんと鼻を鳴らした。忌々しげな口調で、側近に随員の選出と十日分の糧食の用意を命じた。

「燕鳳め。たかが漢人官吏の分際で、北部大人を呼びつけるとは」

王佐の南部大人に次ぐ北部大人を兼ねるナルイは、異国から招聘《しょうへい》された行政官に自分の立場が劣るなどとは微塵《みじん》も考えない。燕鳳の呼び出しは、空席となった南部大人を選出するためであろうから、急務と言われればそれはそうに違いない。

ナルイは自分が南部大人に承認されるであろう可能性を考え、北部大人と兼務してもいいと考えた。劉庫仁が異国の地であっさりと退場してくれたお蔭で、ナルイが何もしなくても代の実権が賀蘭部に転がり込んできたことを、密かに喜んでいた。

母の穹廬に寄って劉庫仁の訃報を伝えたイーグィは、自分の穹廬に戻り、義兄たちと旅の準備を始めた。イィとリエも、義弟と同じように、歯を食いしばり顔を強ばらせたままだ。

イーグィは、劉庫仁の死を受け止められずにいた。代の敗戦後にイーグィと対峙したときに、祖父の嫡孫として敬意を払った態度をとってくれた。代と拓跋部を継ぐ者としてイーグィの成長を心にかけ、直接会う機会が作れずとも書をやりとりし、長安にあるときは教育に役立ちそうな文物を送ってきた。

代が滅んでのち、七年にわたる劉庫仁とのやりとりを思い返していくと、イーグィの胸には熱くて湿った重い固まりが膨れていく。その人格を尊敬していたこと、血縁の伯父よりも頼りにしていたことを、改めて思い知る。

原野を行く厳冬期の旅は、北族の戦士にとっても決して生やさしいものではない。少しの時間でも皮膚を外気にさらしたままにしておくと、たちまち凍傷に罹《かか》ってしまう。賀蘭部に着くなり力尽きてしまった伝令の、氷点下の寒風をまともに受け続けたために、真っ黒に焦げてしまった頰を思い出して、イーグィは義兄たちに皮膚を露出しないよう注意した。

これまでも、冬が来るたびに靴を濡れたままにし、霜焼けを通り越して黒く変色させてしまった爪先を、壊死《えし》で失ってしまう者がひとりやふたりはいた。極寒の戸外であろうと、素手で作業することの多い奴隷には、指の欠けた者も少なくない。

代の領域において、北部に本拠地をもつ経験豊富な賀蘭部の大人が率いる旅路に、凍傷を負う者や凍死者が出る心配はない。だからこそ、その一行の中で足手まといと思われたくないとイーグィが気を張っていたのは、無理のないことだったかもしれない。ナルイ大人がランガンに留守居を命じ、同行しなかったことは、イーグィの気持ちを少しだけ楽にした。

盛楽にはすでに長安から帰還していた劉眷が、息子や甥らとともにイーグィ一行を迎えた。久しぶりに顔を見た従兄のカンニーと無言の抱擁を交わし、劉庫仁を失った痛みを共有した。学問の師である燕鳳との再会も、これから交わされるであろう議論を思えば、笑顔を見せることも憚《はばか》られる。

淝水の敗戦を目撃し、慕容垂との戦で部族の首長と代軍の半数を失い、長安の衰退ぶりをその眼で見てきた劉一族の語る、この半年あまりの世界の変容を、イーグィは誰よりも熱心に聴いた。

伯父のナルイは、次の南部大人を誰にするべきか議論を始めたいそぶりであったが、イーグィは大秦の現状、長安における慕容氏の動向、苻堅の身辺の変化、慕容氏の他に反旗を翻しそうな異民族について、時の経つのも気に留めずに質問を続けた。

南部大人の地位は、議論を経ずに独孤大人である劉眷が受け継いだ。ナルイ大人は明らかに不服げであったが、成人した拓跋氏の男子がひとりもいない以上、南部に本拠を置く独孤部の首長が南部大人を務めることに、誰も異論を唱えない。

そもそも、父イェガンの死後、長子のナルイが誰の承認も得ずに賀蘭部大人におさまり、なしくずしに北部大人の職位も我が物としたのだ。代王不在のいま、それぞれの氏族長は、自分自身の裁量で半ば自立した状態で各部を支配していた。

「厳冬の荒野を縦断して、得るもののない旅であったな」

その日の会合を終え、自室に引き取ったナルイが忌々しげに吐き捨てるのを、気配を殺して窓辺に潜んでいた紫鸞だけが耳にした。

城内の庁舎に用意された一室で、従兄のカンニーと旧交を温めているところへ、紫鸞が戻ってきた。カンニーは軽い驚きとともに、紫鸞へと手を伸ばす。紫鸞は避けることなくカンニーを見つめ返した。

「ずいぶんと長く飼っているのだな。野に帰して番《つがい》を求めさせてやらないのか」

鷹狩りのために巣立ち前に捕らえて調教した鷹も、成熟を迎えれば繁殖のために自然に帰すのが通例だ。イーグィが十年も一羽の鷹を飼い続けることを、奇異に思う者もいるであろう。

イーグィは愛鷹の正体を打ち明けるわけにもいかず、口の端を上げて言った。

「シーランは狩りをしないんだ。何か狩ってこいと命じたこともない。あんまり子どものときからそばに置いてきたせいか、ぼくのことを自分の雛だと思ってるんじゃないかな。過保護なくらいそばを離れようとしないし、どこへ行こうともしない」

「ま、生涯にただ一羽の鷹しか持たない鷹飼いも、いるというからな。二十年は生きるというから、なかには人間を伴侶と間違える鷹もいるかもしれん」

カンニーは冗談めかして鷹から目を離した。それ以上の追及や詮索はせず、話を変えた。

「そういえば、チョーファ兄さんは、独孤部へ帰ってしまったんですか」

再会したその日に、どこへ行くとも言わずに盛楽を去った劉庫仁の長男の名を出す。イーグィは傲慢な物の言い方をする狷介《けんかい》な質《たち》のチョーファが苦手であった。乱暴な叔父のランガンとどちらが嫌いかと訊かれたら、返答に迷うくらいに好きではない。重厚だが身内には穏やかであった劉庫仁や、気安いつきあいのできるカンニーと、同じ血を引くことが信じがたい。

苦虫を嚙み潰しつつ無理に笑おうとした顔で、カンニーはかぶりを振った。

「親父様のあとを継いで独孤大人になるのは、自分だと思っていたんだろうなぁ」

長子相続が一般的な漢族と異なり、鮮卑族では実力と人望を具えた者が次の首長に選ばれる。先代の兄弟がより優れた能力と実績を具えていれば、経験が少なく分別の足りない子世代の出る幕はなかった。

望んだ地位を得られなかったからと言って、叔父が南部大人に就任する場をすっぽかして自領に戻ってしまうなんて、おとなげないことだとイーグィは思う。

「カンニー兄さんは、眷姑父さんが独孤大人で不服はないんだね」

「あるわけない。独孤の将では、眷叔父は親父様が片腕としてもっとも恃みにしていたくらいだ。兄さんには悪いけど、頼り甲斐《がい》でいったら比べものにならない」

ふたりの会話に耳を傾けていた紫鸞は、身内の評判と評価についてあけすけに話すカンニーは、友人としては申し分ないが、二十代を前に一軍を率いる将としてはどうであろうかと思案した。それでも、何を考えているかわからないチョーファよりは信用できるだろう。

イーグィを取り巻く人間に対して、紫鸞は一角に教わった、霊力によって人間の善意と悪意を嗅ぎ分ける異能を常に発動させている。カンニーの態度と内心からは、イーグィに向ける素直な好意を感じるが、その兄のチョーファからは暗く酸っぱい臭いしか嗅ぎ取れない。この触れるのも不快な『気』は、少なくとも好意ではないはずだ。

カンニーは両手で自分の頬をぴしゃりと叩き、表情を引き締めた。口調も真面目になる。

「慕容垂との戦いで親父どのを失ったのは大きな痛手だった。代軍の半数を失ってしまったが、騎兵を集めるためという口実で、盗賊と餓死者で荒れるばかりの長安から撤退できたことは不幸中の幸いだったと思うことにしている」

そう思わなければやりきれない、と悲痛な面持ちで語るカンニーの悔しさは、イーグィにも痛いほどに伝わる。一見平静に見えて、実はその底で喪失の痛みを分け合う従兄弟同士のやりとりを、紫鸞は好ましく思った。

それから、従兄弟たちの間には少しの沈黙が続いた。カンニーは話題を変えて何か言わねばならないことがあるらしく、そのために従弟を訪れていたのだが、用件を切り出すのをためらっているらしいのだ。

カンニーの緊張を察したイーグィが黙って待っているので、ぎくしゃくした空気が流れた。カンニーは首を擦《さす》って、咳払いをする。

「ああ、城壁に囲まれた石と木の狭い部屋の中だと、息が詰まるな」

話したいことの核心から、遠く離れた感想を吐き出す。

「カンニー兄さん、何か話しにくいことでもあるんだったら――」

イーグィが話を促そうとしたとき、燕鳳の使いが来て、政庁の広間に来るよう、告げていった。

「なんの用かな。執務室でなくて、広間？」

イーグィが腰を上げつつ何気なく従兄に振り向くと、カンニーは万事休すといった顔になって両手で頭を抱え、両目を固くつむっている。

「おれも一緒に行く」

カンニーも同席しなくてはいけない用件なのかと、イーグィは特に深く考えることなくうなずき返した。

イーグィが案内された広間には、燕鳳と賀蘭部のナルイ大人、劉眷とその息子のルオチェン。そして年のころ十二、三歳らしき少女がいた。少女の豪華な刺繍を施した長衣《ながぎぬ》と、背中を覆う何本もの三つ編みには、色とりどりの紐が編み込まれている。繊細な幾何学模様に織られた小さな帽子の縁からは、丁寧に襞《ひだ》をたたんだ薄絹の布が肩まで垂れ下がり、正装した鮮卑貴族の女子であることが見て取れた。

ナルイ伯父へと視線を移すと、こちらはむっつりと不機嫌極まりないといった顔をしている。

異様な空気に、イーグィは入り口で足を止めた。

燕鳳はイーグィのためらいに注意を払うことなく、室内に招き寄せた。イーグィが引き寄せられるように広間の中央まで来ると、燕鳳はおごそかに訊ねた。

「殿下は、今年でいくつにおなりかな」

「夏が来れば、十三になります」

「では、そろそろ妃を持ってよい頃合いですな」

一瞬、ルオチエンの側に立つ正装の女子へと目がいきそうになる。そこへ、苛立った声で、ナルイ伯父が口を挟んだ。

「イーグィの妃選びは、性急になされるべきではないと思うが。何より、母妃である我が妹も立ち会うべきである」

「そのとおりです、賀蘭大人」

燕鳳は皺に覆われた顔をくしゃっとさせて、大きくうなずいた。

「イーグィ殿下の嫁取りについては、かねてより相談申し上げていたはずですが。賀蘭部にも、ほどよき年頃の貴い女子はおられませぬかと」

「そこまで急ぐ必要があるとは、思っていなかった」

不機嫌な伯父の顔に、イーグィはナルイには妙齢の娘がいないことを思い出した。

部族大集会の準備に大わらわであった母は、すでに兄のナルイを通して燕鳳の意向を知らされていたのだと悟った。ただ、伯父は甥に相応しい娘を用意できずにいたため、縁談を先延ばしにしにしてきたのだ。

燕鳳は皺深い笑みを浮かべたまま、まったく動じないようすで話し続ける。

「とても急ぎます。大秦の存続が危ぶまれるこのとき、中原は荒れに荒れることが予想されます。辺境の地とはいえ、これまでの歴史を鑑《かんが》みれば、代もまたふたたび戦乱に巻き込まれることは必至。苻堅という箍《たが》の外れた華北の諸民族が、漠北によろぼい出て掠奪に走ることも避けられません。代の再興を悲願とする大氏族の結束を新たにするために、イーグィ殿下に妃を娶り、他国からの侵略に備えることが肝要です」

鮮卑の大人である伯父が、配下部族の支配と放牧地の死守にのみ全力を傾けている一方で、鮮卑人ではない、どの氏族にも属さない異国人の燕鳳が、残り少ない命の限りを尽くして代の命運と国防に心を注いでいる。

イーグィはこの図式に、滑稽さとかすかな羞恥を覚えたが、表情は変えなかった。燕鳳から劉眷へと向き直る。視界の隅に、このことを予《あらかじ》めイーグィの耳に入れておくよう、叔父かあるいは従兄から命じられていたカンニーの、仕事をやり損なったバツの悪さを満面に湛えた顔が映った。

燕鳳は、ナルイ大人の苦情で中断されていた花嫁の紹介へと先を促した。イーグィは劉親子の前に進み出て、やがて妃となる娘の手を取る。そして、拓跋部と独孤部の盟約は、将来にわたって固く守られるであろうと請け合った。

賀蘭部へ戻る道すがら、ナルイ伯父の機嫌はすこぶる悪かった。

イーグィが賀蘭部への配慮をまったく見せずに、劉眷の娘との婚約を決めてしまったことが、その原因のひとつだ。

甥に小言を繰り返すナルイに、イーグィはいささかうんざりして言葉を返す。

「いまは有名無実となった拓跋宗家に、代の第一人者である南部大人が、掌中のひとり娘を嫁にやろうと申し出たのですよ。断る理由がありますか。というより、現実問題として、断れないでしょう。どのみち、正妃は独孤氏か賀蘭氏から立てるしかないわけですし」

拓跋氏の妃は、四つの大姻族から選ばれることが建前となっている。とはいえ厳密に守られているかといえば、系譜を知るイーグィは否であることも知っていた。正室が男子を残さなければ庶腹の男子が宗家を継ぎ、その母は出自の尊卑にかかわらず太后の位を授けられることも。

「わたしの後見が伯父上であることは、誰にも覆すことはできないのですから、正妃は独孤部の女子から立てるのが、どちらにも偏り過ぎぬ良策だと燕先生は考えたのでしょう」

いつまで、伯父の顔色を窺い、その機嫌をとり続けなくてはならないのだろう。

胸の内のぼやきを聞きつけたのか、ふふっ、と紫鸞の柔らかな含み笑いが脳裏に伝わる。イーグィは心をのぞかれたことに少しの焦りを覚えた。

──何もおかしくないだろ？　お祖父さまが生きていれば、ナルイ伯父に指図がましいことを言われたりはしなかったろう──

上空をゆっくりと舞う紫鸞を見上げて、心の中で抗議の声を上げる。

──先王の威光を振りかざして、部大人たちを従わせるのがお望みですか──

かすかに皮肉の滲んだ問いに、イーグィはむっと口を尖らせた。

──お祖父さまは、自らの威信で人を従わせられないような孫には、王位を譲ってはくれないだろうな──

──わかっておいでではないですか──

嬉しそうに笑う紫鸞の心の声が、イーグィの胸に心地よく響く。

第十章　独孤部内乱《どっこぶ》

賀蘭氏《がらんし》の祈りと願いは、天には通じなかったらしい。拓跋部《たくばつぶ》に従属する部族が集結し、大首長を選び承認するという、春の部族集会は開催されなかった。

「まあでも、即位式に相応しい支度が間に合わなければ、恥を掻くのは賀蘭部とイーグィですものね」

母が気を取り直す早さは、イーグィを驚かせた。遅かれ早かれ、息子が鮮卑《せんぴ》拓跋を率いる代王に就くことは、賀蘭氏の中では確定しているのだろう。

「婚礼も同時に執り行うとしたら、それは格式を整えたものにしなくてはなりません し。妃の選定も、時間をかけて行うべきだと、何年も前から兄さまには申し上げていたのに、独孤部《どっこぶ》に先を越されてしまって！」

忙しく頭に浮かんでくるあれこれを、穹廬を出入りする者に誰彼となく話しかけ、大急ぎで仕立てさせた衣装をひっくり返しては、糸を解《ほど》き始める。来年はきっと数年ぶりの部族集会が開かれて、イーグィが天壇《てんだん》の祀りを主催する拓跋氏の首長となり、同時に王位に就くであろうと自らに言い聞かせている。

賀蘭氏は仕立てたばかりの衣装や甲冑を解くよう、縫い子たちに命じた。少年が一年で伸びるであろう身長に合わせて作り直すためだ。それに、もっと質のよい糸や布を取り寄せて、代の復興に相応しく、旗や幟もいっそう華やかな新しいものを作らねばならない。

若き代王の新しい穹廬は、かつて誰も見たことがないほど、豪壮で華やかなものでなければならないのだ。

巨大な穹廬の建材となる新しいフェルトを作らせるために、賀蘭氏は何千頭という羊の冬毛を求めさせ、何十人もの女を集めて刈り取った羊毛の山を叩かせている。

——どんな穹廬ができあがるのでしょうか——

肩幅も広くなり、安定のよくなってきたイーグィの肩が定位置となっていた紫鸞《しらん》は、毛くずと埃のもうもうと立ち上る賀蘭部の女たちの営みを眺める。

——王の穹廬か。お祖父さまの穹廬には幾度となく上がったはずだが、あまりよく覚えていない——

——覚えていますよ——

紫鸞が頭をイーグィの頭にすり寄せると、遠い記憶が流れ込んでくる。

何枚もの綴織《つづれおり》を、一枚、一枚とめくっていくように、代国が安泰であった日々の祖父と継父、叔父たちの姿も脳裏に映し出された。継父イーハンの顔かたちは、イーグィの記憶しているそれよりも若々しい。イーグィの胸に、不意にあることが閃いた。

――シーランは、ぼくが生まれる前から盛楽にいるって言っていたね――

――ええ――

――では、ぼくの父の顔を知っているか。母の最初の夫の――

――太子さまですね。近くで拝見したことはありませんが――

紫鸞は意識を集中させて、記憶の底に埋もれていた太子の顔をたぐり寄せる。はっきりとした輪郭や細かな目鼻立ちはすでに失われていたが、その顔立ちはイーグィのそれとよく似ていた。

生きていれば、いまごろは第十一代の代王として、この草原を支配していたはずの実父の面差しに、イーグィはまぶたの裏がかっと熱くなった。思わず両手でまぶたを押さえる。

――母上にも、見せてさし上げたい――

――お妃さまは、いつもイーグィさまを通して、太子さまをごらんになっておいでですよ――

冬を生き延びた無数の羊が、薄明から日没まで柔らかな草を食み続ける草原の春は、中原の擾乱《じょうらん》など感知すらしないようすで、今年も去年と同じように変わらず通り過ぎてゆく。ぐんぐんと背を伸ばす草の緑は日々濃さを増し、初夏もまた例年に変わることなく巡りくる。

そのような茫洋《ぼうよう》とした日常の繰り返しではあったが、イーグィは刻々と移り変わる中原の覇権争いの経過について、燕鳳《えんほう》から頻繁に報告を受け取っていた。

年が明けてすぐに、慕容垂《ぼようすい》は中山《ちゅうざん》に拠って燕王《えんおう》と称し、国号を燕とした。鮮卑慕容部に加えて、丁零《ていれい》や烏桓《うがん》も慕容垂の軍に参じ、その兵力は二十万とも五十万とも噂されている。一度は滅ぼされた国の再建を、慕容垂は成し遂げたとするべきか。

――だが、まだ鄴《ぎょう》を取り返していない。時間の問題だろうけど――

この日も、盛楽から新たな書簡が届けられ、イーグィは急いで内容を確認しようと野駆けに出た。丈高い草に隠れた窪地《くぼち》を見つけ、そこに腰を落ち着ける。空に向けてまっすぐ伸びゆこうとする草叢《くさむら》は、イーグィの姿をすっぽりと隠し、まだ冷たい北風を防いでくれる。紫鸞が空高く舞い上がるのをチラと確認すると、イーグィは燕鳳の印が捺《お》された封を開いた。

慕容一族は、燕の滅亡後に移住させられていた長安を出奔して、河北で国を再興した慕容垂のもとに集結するだろうと、イーグィは予想していた。しかし、廃帝慕容暐《ぼようい》の弟たちは、関中《かんちゅう》に留まって苻堅《ふけん》に反旗を翻していた。イーグィは自分の読みが外れたことに失望したが、すぐに気を取り直した。そして、燕の皇族はかれらの皇帝を取り返さずして、河北に帰れないであろうという、燕鳳の解釈について考える。

　いつの間にか、かたわらに降りて翼を休めていた紫鸞に気づいたイーグィは、書簡を広げて鷹の前に置いた。人の姿に変じてひととおり目を通した紫鸞に、イーグィは自分の考えを話す。

「慕容暐は凡庸な人間で、国を滅ぼした暗愚な皇帝という世間の評判だけど、それでも一族にとっては取り替えの利かない君主なのだな」

　いっそのこと、知謀に長《た》け名声も高い慕容垂が、新しき燕の新皇帝として立てば、無駄な抗争を避けられ、すべてが円滑に進むであろうにと、年若いイーグィは考えてしまう。

「単純に、兄弟仲がよいのかもしれません。君主としては凡庸でも、弟たちが犠牲を払ってでも兄を救出したいと思えるほどに」

「国の再建より、家族の情を優先するのか」

　納得のいかない口調で、イーグィは問う。

「国は無数の家族から成り立ち、家族はひとりひとりの人間から成り立ちます。人界では、数え切れない人々と情が絡み合い、国ができているのではないでしょうか」

　イーグィは紫鸞の返答に満足しなかったらしく、小さく息を吐き、両手を大きく広げて草の上に仰向けに倒れた。

紫鸞もまた、少年の問いに返した己の言葉が、果たして適切だったのかと感じていた。守護する人間が人道を外れず、正しく『聖王』となるべく指標を授けるのも守護鳥の務めではあるが、そもそも人間ではない紫鸞が、人道や人の情についてどれほど理解しているといえるのだろう。

鷹の形態を取っている以上、人間たちの営みと密接なかかわりを持つことは何年もできずにいる。紫鸞の人間理解は、人界で人として過ごしたイーグィの誕生以前から、それほど進んでいるとは言い難かった。

紫鸞自身が学んだ『帝王学』は、一角《いっかく》と放浪していたときに読むように勧められた思想書から得た知識がほとんどだ。人間として、そして君主としてあるべき行いや姿勢といったものが書かれていて、読んだときはいいことが書かれていると納得したものであった。だが、先人の書き遺した『正道』を実践している人間を目にすることは稀であったし、国家の安寧と臣民の幸福に、その人生と心身を捧《ささ》げた君主を数えれば、片手の指で足りてしまうのではないか。

日々移り変わってゆく諸国の情勢が、自分の未来にどうかかわってくるか常に悩み、考え続けている少年に、文献から得た机上の人間観を口にしたところで、心に添う助言ができるものだろうか。

うすっぺらい一般論しか答えられない自分が、情けなく思えてくる。

——一角ったら！　こんなに長いこと顔を見せに来ないなんて！——

守護鳥としての在り方に迷いを抱いたときの紫鸞は、無意識に一角の言葉を思い出そうとする。そして『一角ならこう考えるだろう』『一角ならこう言うかもしれない』と自分の中の一角と対話してきた。

一角が賀蘭部に紫鸞を訪ねるようになってからは、それ以前よりもさらに、『導師』としての助言を一角本人に求めてしまうようになっていた。

その一角は、淝水の戦いの前後から、こちらに顔を出していない。

血と死を嫌う一角は、戦乱の世へ向かいつつある中原を嫌って、漠北に避難してくるのでは、という淡い期待もあった。勝手に抱いていた期待を裏切られて、紫鸞の心は穏やかでなかったし、日々成長していくイーグィの変化と、少年の心に絶えず湧き起こるさまざまな問いや感情に、どう対応すればよいのかという戸惑いもある。

『ようやく変化を習得したばかりの霊獣の仔が、聖王の器を守り、必要であれば導くのが務めだなんて、責任が重すぎるでしょう？——』と、一角に疑問を呈したことも思い出される。

「シーラン」

名を呼ばれて、紫鸞ははっと我に返った。密かに取り乱していた心を静め、くっと首を伸ばし、「はい」と応じる。イーグィの顔を見ると、口の両端が上がっていた。目は紫鸞の反応を面白がるように細められている。

「いま、ざわざわした気持ちでいただろう？」

勘づかれていたことに、紫鸞は動揺した。イーグィの笑みは広がり、くっくっと笑う声も喉から漏れる。

「シーランはいつも落ち着き払って、ぼくに対しては燕先生みたいに説教臭い話し方をするけど、内心ではずっと、ぶつぶつざわざわとしゃべっているね」

「心の声が、聞こえてました？」

バツが悪そうに、紫鸞は鳥が翼をふくらませるような仕草で、肩をすくめた。

「言葉としては聞こえてこないけど――」

イーグィは手を伸ばして紫鸞の頰に触れる。

「シーランは、夢で初めて会ったときからぜんぜん変わらない。ぼくの背はもうシーランの背を追い越しているのに。ぼくに対してはうんと年寄りじみた話し方になる。一角と話しているときは、見た目通りの娘らしい雰囲気としゃべり方になるのに」

紫鸞は百歳も年下の少年に、自分の未熟さを見透かされていたことが恥ずかしくなり、仄かに頰を染めて目を逸らした。

「ご不満ですか」

イーグィは首を横に振った。

「ぼくも、伯父や他の大人の前で、おとなぶって見せる。態度も言葉遣いも、拓跋を代表する人間として相応しい挙動をしなくてはならない。たとえそれが虚勢に過ぎないとわかっていても」

「ご自分で虚勢と自覚しておられるなら、部大人らに代王だ単于だと祭り上げられても、周囲のおだてに乗せられて、ご自身の器量を見誤ったりはなさらないでしょう？　イーグィさまが大人たちの前でまとっておられるのは、虚勢ではなく鎧《よろい》なのです。その鎧をつくろい、磨き、より威厳のあるものに仕上げていく。そうしているうちに、真に代に立つ君主としての器に、実《じつ》が入っていくのだと思います」

紫鸞は心に思ったことをそのまま口にした。イーグィは褒められた子どものように素朴な笑みを口元に湛えて、小さくうなずいた。そして背筋を伸ばし、咳払いをひとつしてから厳かに宣言した。

「君主としての器が足りずとも、窮地に陥ったときに、兄弟が命がけで救おうと駆けつけてくれる王に、わたしはなりたいと思う」

凡庸さゆえに国を滅ぼしてしまった慕容暐と、皇帝であった兄を見捨てない弟たちを思い浮かべたのか。イーグィの静かな覚悟を、紫鸞は穏やかな気持ちで受け止めた。

いまはただ時を待つ日々に耐えるばかりの少年に、人の道に適い、その心に添った答を、どうやら返せたようだ。

「でも、シーランの前では、年相応の振る舞いをしても許されるだろう？　それに、シーランもわたしよりは長く生きているのかもしれないが、わたしの前で『虚勢』を張る必要はない」

『守護者』であり『導師』でもあろうとして、虚勢を張ってきたのが紫鸞自身であることを看破されて、紫鸞は隠れたくなる恥ずかしさとともに、翼から力の抜けてゆく解放感を覚えた。

「一角は洛陽が晋《しん》の都であったころから、人の世を見つめてきた老師ですから。かれに比べたら、私は文字通り嘴の黄色い雛にすぎませんもの」

少しばかりの照れ臭さとふてくされた響きを、紫鸞は隠そうともしなかった。

祖父が謀殺され、代が滅んでからの八年すら、イーグィは永遠に感じてしまう。そんな少年にとって、かつては晋と呼ばれたひとつの王朝が、華北と華南の両方を領土とし、北は代の南部にまでその支配力を及ぼしていた時代の大陸図など、想像もできない。

何十年も前に、黄河の流域から江南に逃れた旧晋の皇族が、そこで晋の系譜を継ぐ国を建て、絶えず北伐を企んでは大燕や大秦《だいしん》と干戈《かんか》を交えていることは、イーグィも知識として知っている。だが、イーグィの脳内にある世界図において、現在の晋が有する長江とその南の大地は、まったくの空白であった。

「世界は広い。わたしはどこまで行けるだろう」

「どこまでも、イーグィさまのお望みのままに」

イーグィの小さなつぶやきに応える紫鸞の声は、厳かでもなくおとなびてもいなかった。見上げなくては視線を交わすことのできなくなった少年に、同じ年頃の少女のような声で話しかける。

不相応に背伸びをしていたのは、イーグィだけではなかったと、紫鸞はしみじみと自分を振り返る。


その年も、北からも南からも代に影響を及ぼすような動きはなかった。このまま年も暮れるのでは、と思われていたときだった。

静かに沈下を続ける大秦という巨船は、ふたたびの嵐に見舞われた。

燕の廃帝慕容暐が苻堅の暗殺を試みて露見し、捕えられて処刑された。激怒した苻堅は長安にいた鮮卑族を狩り、男女幼老を問わず皆殺しにした。氏族は異なるとはいえ、数千とも数万ともされる同祖の民が虐殺されたという報告は、遠い漠北にいて書面の報告を受けるイーグィの心を激しく揺さぶった。

「また、ただ傍観するだけか。自分には何もできないまま、ただ報告を読むだけの時間が過ぎていく」

くるくると巻き戻した書簡を、イーグィは不満とともに書几《しょき》に叩きつける。

――長安の鮮卑族のことは、慕容氏がかたを付けるべき案件です。すでに慕容暐の弟たちが長安を包囲し、攻勢をかけています――

「我々が介入する問題でもないし、そんな力は代にはない。燕鳳が秦の現状を報せてくるのは、我らの独立の機を窺うためだ。そんなことはわかっている」

イーグィは激しい怒りを抑えかねて、鬱憤とともに吐き出す。

少年が抱えている焦りと怒り、そして不満は、複雑な要素がからみあっている。紫鸞はひとつずつ解いていく必要を感じた。

怒りの引き金が、苻堅による鮮卑族虐殺であることは疑いようがない。苻堅の行った非道な虐殺は、紫鸞の心にも『聖王失墜』の四文字を、真っ赤に焼けた鏝《こて》のような熱さで焼き付けた。

一角が姿を現さなくなったのは、淝水の戦いの少し前からであった。そのときの紫鸞には思いがいたらなかったが、苻堅もまた、一角の養い仔である蛟の翠鱗《すいりん》を守護獣とする『聖王』の器であった。だが廃された皇帝の過ちを数千、あるいは数万という無辜《むこ》の民に償《つぐな》わせる者が、聖王であり続けるはずがない。

聖王を失った翠鱗はどうなったのか、どうしているのか。

会ったこともない遠い眷属を思い、その養い親である一角の胸の内を思うと、紫鸞もまた居ても立ってもいられなくなる。

同時に、憎むべき祖国の仇ながらも、名君の評判の高い『華北の覇者』たる苻堅に、密かに自身と自分の未来を投影していたイーグィのやり場のない失望も、紫鸞は感じ取ることができた。そこへ、同祖の民を虐殺された怒りが加わり、代を滅ぼされた恨みが蘇る。

イーグィはどこへも向けようのない、いくつもの感情に翻弄されている。

さらにイーグィを苛立たせているのが、賀蘭部から動くことを許されないかれ自身の立場であった。いまこのときも、代に従属しながらも慕容部に心を寄せ、拓跋部に逆らって反乱を繰り返す白部《はくぶ》の鎮圧に、独孤部の劉眷《りゅうけん》とその一族が駆り出されているというのに、イーグィは出陣を認められていない悔しさもあった。

独孤部にばかり、異民族の侵攻と内部紛争の始末を押しつけ、自らは陣頭指揮を執ろうとしない賀蘭部大人であるナルイ伯父への不満。せめて千騎を借りて劉眷大人を援護したいとの願いも却下されたことへの鬱憤。

実父も継父も、十五で初陣を飾っている。カンニーたち従兄と肩を並べて、イーグィが戦場に立ってはいけない理由はどこにもない。

伯父に出陣を却下されたイーグィは、賀蘭氏に伯父への口添えを頼み込んだ。だが、賀蘭氏は息子の肩を抱き、涙ながらに「やがて王となるべき大切なお体に、矢傷でも負ったらどうするのです」と訴え、イーグィに出陣を断念させた。

自らの処遇すらままならない少年の忍耐は、あとどれだけ保つのだろう。

——盛楽に移りましょう。燕鳳先生と即位の準備が必要であると言えば、賀蘭氏もナルイ大人も反対はできないことでしょう。ナルイ大人は淝水の戦い当時から、イーグィさまの代王即位を急ぐよう、密かに燕鳳先生に要請していたくらいですから——

「伯父上が？」

知らされていなかった伯父の暗躍を、イーグィは驚いて訊き返した。

——劉眷大人の娘がイーグィさまに輿入れすることが決まって、即位を急ぐのは考え直したようですけども。イーグィさまがナルイ大人の妹を娶ると言えば、すぐにでも盛楽に送りだしてくれるでしょう——

イーグィは思わず眉を顰《ひそ》めた。

「だが、末の叔母上でも、すでに二十歳ぐらいだろう？」

——ランガンの娘を娶るよりは、よいのではありませんか——

冷静な紫鸞の指摘に、イーグィは顰めた眉をまっすぐに戻した。

鮮卑族の結婚観では同氏族間の婚姻を禁忌とするが、氏族が異なれば血縁の濃さは問題としない。それにもかかわらず、ナルイ大人はこれまで、独孤部に対抗するためとはいえ、未婚の妹をイーグィに娶るよう勧めたことはない。母の賀蘭氏もまた、妹の誰かを候補に考えた気配すらなかった。

イーグィは母の穹廬に出入りする叔母の顔を思い浮かべた。美しいとも醜いとも思ったことはない。早婚を習わしとする社会で、二十歳近くになるまで嫁がずにいる妹を娶ると言えば、伯父は甥に感謝するのではないか。

「叔母のひとりはカンニー兄さんに嫁いでいるし。姻戚を通して独孤部の将と義兄弟になるのは、悪くない」

イーグィは自分の考えを声に出して検討する。

「ランガン叔父の娘はまだ幼い。独孤部の娘には対抗できないのだから、成人している叔母の方が、ナルイ伯父には都合がよいだろうとは思う」

ランガンに舅風《しゅうとかぜ》を吹かされるよりは、義兄弟になった方がまだましであろうと、イーグィはまったく気が進まないながらも、紫鸞の提案に乗った。

異なる氏族から、それぞれ娘が同時に妃として輿入れした場合、どちらが先に男子を産むか、部族間の静かなる抗争が始まる。子作りには年上の花嫁の方が有利であろうと、ナルイはイーグィが盛楽に行くのを快く承諾するだろう。

二代続く拓跋氏の首長と賀蘭氏宗族の結婚は、イーグィが予想した以上にナルイを喜ばせたらしい。イーグィの一行が見栄えよくなるよう、気前よく百頭の羊を分け与え、長期の滞在になるならば、体裁を保てる穹廬が必要だと、さらに多くの部民と家財を持たせてくれた。

イーグィの誤算は、盛楽城に母の賀蘭氏もついていくと主張を曲げないことだった。

「独孤部の婚約者を、牽制するためかな」

ただでさえ移動に時間がかかる高貴の女性を伴うことに、イーグィはげんなりして言った。荷物は多くなり、馬車の数も増える。一刻も早く盛楽に着きたかったイーグィは、母の前では抑えていたうんざり顔を、紫鸞の前では隠さない。

――お妃さまも、賀蘭部から少し離れたいのではないでしょうか――

紫鸞の女性らしい気の回し方に、イーグィの眉間に寄った皺が消えた。

「シーランが母上の侍女になってくれたら、母上の気も紛れるだろうに」

賀蘭部の女たちに囲まれているから、母の視野はだんだんと狭くなり、イーグィの身辺にあれこれうるさくなっているのだと、紫鸞の指摘によって気づかされる。

ひと月後には陰山を越え、盛楽に着いたイーグィが、城の郊外に自分と兄弟、そして母の穹廬を建てると間もなく、どこからともなく馬と羊を連れた小さな集団が集まってきた。代が滅んだときに、それぞれ離散し小さな部落に分かれて生き延び、あるいは他の部族の親戚を頼って避難していた拓跋部の人々であった。

小部族を率いる庶長や、それ以下の戸数を束ねる中小の部帥《ぶすい》はイーグィの前で膝をついて拝礼し、賀蘭氏の手を取って雌伏《しふく》の報われる日が近づいていると祝い言を述べた。十代から二十代の牧夫たちは、愛馬を引き弓矢を携えて集まり、忠誠を誓う。

かれらは遠巻きにではあるが、自分たちの穹廬を建ててイーグィの小さな穹廬群を囲み始める。ぽつぽつと増えていく小さな集落は、徐々に大きくなっていった。

かつて代国を支配していた拓跋部は、始祖リウェイのさらにその祖父から枝分かれしていった血族の九氏族と、宗室である拓跋氏によって構成される。もっとも強勢な漠北の支配者であり、独孤部や賀蘭部など七十を超える遊牧民の部族を従えて代を建国したというのに、その栄光は六十余年しか続かなかった。

それがいま、復活を遂げようとしているのだ。

遠方の遊牧地にいて離れることのできない拓跋血族の首長らは、息子や甥に騎馬の小隊をつけて盛楽に送り出した。イーグィはいきなり降って湧いたような自分自身の騎馬部隊に、満面の喜びもあらわに、両手を広げてかれらを迎えた。

イーグィが独孤部や賀蘭部に庇護を受けていた間は、草原に身を潜めていた拓跋部の部民たち。かれらも自分と同じように、ふたたび立ち上がる日を待ち続けて忍従の日々を生きてきたのだと知って、イーグィは胸を熱くした。

イーグィが一声上げれば、草に潜み野に雌伏していた代の臣民が、いっせいに集結することだろう。祖父の時代には及ばないかもしれないが、国をひとつ再興するには十分な数になるはずだ。始祖リウェイが拓跋部を継承したときも、他部族に押されて離散するほどの、小さな勢力に過ぎなかった。リウェイははじめ、他の部族に従属して力を伸ばし、大氏族との婚姻によって拓跋部を漠北の覇者にのし上げた。

イーグィは始祖リウェイにあやかり、子孫として恥じない働きを心に誓った。

まずは人心を摑むこと。帰ってきた拓跋部の小帥《しょうすい》たちをもてなし、かれらが耐え忍んできた苦難の日々に耳を傾ける。かれらに分け与えるものが何もない現在、イーグィにできるのは、拓跋の人々と心を分かち合い、必ず代を復興すると約束することであった。

再生しつつある拓跋部を援助したのは燕鳳で、新たな集団が到着するたびに、当座必要な穀類を届けさせた。

イーグィは兄弟で手分けして、年齢も練度もバラバラな一握りの騎兵隊を調練し、編成した。イーグィの上洛《じょうらく》を知って独孤部から妹を連れてきたルオチェンが、豊かな実戦経験を踏まえて指導に加わる。

近隣の情勢を、日を置かずに盛楽城の燕鳳から直接聞けるのも、ありがたいことであった。ある日の会談では、秦の重臣であった姚萇《ようちょう》なる羌族《きょうぞく》の将軍が、慕容の反乱軍に敗北したことから、処罰を怖れて出奔し、自らを秦王と称して自立したと知らされた。そして、処刑された廃帝の弟たちは慕容垂とは合流せずに、長安に『燕』を再建したことから、西と東にふたつの燕が成立した形になっている。三すくみとも四すくみとも言える状態で、中原に割拠する群雄たちは、誰ひとりとして長城の北へ関心を寄せる余裕などなさそうであるとも。

隠れて燻《くすぶ》っていたときの焦りが嘘のように、イーグィの周囲であらゆることが滑らかに動き出した。

「大秦の瓦解は、すでにとどまるところを知りません。代の独立もまた、時間の問題です。心構えはできておいでですか」

「覚悟だけは、もう何年も前からできています」

拳の震えは止められなかったが、イーグィは明瞭な声で、代国を支え続けた異国出身の老政治家に宣言した。

「苻堅が長安を放棄したころあいで、代の独立と王の即位を宣言します。大氏族や大部の大人らは、どうしても大集会を開いて、即位式と同時に伝統の行事を執り行いたいと希望しておりますが」

「『大単于《だいぜんう》による、天壇の祀り』か。母はもちろん、集まってきた拓跋の部衆らも、口々に大集会の開催を懇願する。天壇の祀りそのものが、単于の即位式という意識があるのではないかと思う」

大集会と天を祀る行事についての、イーグィの記憶はおぼろげだ。代替わりではない季節行事であれば、全部族が集結するというほどの規模ではなかったであろうし、毎年開催されるわけでもない。祖父の即位式は四十年以上も昔のことゆえに、手順を正確に覚えている者は多くはいないだろう。だが、人々が期待と喜びを込めて口にする壮大な儀式には、イーグィの胸を躍らせるものがあった。

自分が主役となれば、なおさらである。

天壇の祀りは春に行われる。燕鳳は翌年の春を目処《めど》に、即位の準備を手配させた。

——こんなに、簡単に物事が進んでいいのだろうか。わたし自身は、王となるために必要なことは、何もしていないというのに——

家族にさえ打ち明けられない戸惑いを、イーグィは紫鸞にそっとささやいた。

——何もしていない、ということはありません。一度も長城の南へ行ったことがないのに、十四で漢語を堪能に話し、文献を読み、漢字の文章を書きこなし、鮮卑の言葉に翻訳できる人間はイーグィさまのほかに地上にいません。漢籍の兵法を読み込まれたからこそ、寄せ集めの牧童も、たちまちまとまりのある騎兵隊に練り上げられました——

——実戦経験の豊富なルオチェン兄のお蔭だ。ルオチェン兄がわたしの義兄になると思うと、頼もしいな——

　謙遜しながらも、ルオチェンの講釈する戦術のあれこれを難なく理解できるのも、何年ものあいだ、繰り返し兵法を読み込んだ成果ではある。歩兵を中心とする中原と、騎兵が主力の鮮卑族では、戦い方は同じではない。だが、軍団の編成や運用に、共通するところは多々あった。

　新王の即位と建国は、宣言したその日から突然始まるものではない。準備に長い時間と手間がかかる。来年の春というその時を、ずいぶん先のことだと物足りなく思ったのはイーグィひとりではなかった。だが、時間が過ぎるにつれ、間に合うのかと不安になるほど、毎日が忙しかった。

　イーグィの頭をもっとも悩ませたのは、拓跋部の再生と再編成であった。王室宗家の男子がほとんど死んでしまい、その子孫も大秦に連れ去られたため、大人として大部を統率する人材が足りなかった。そのため、かれらの放牧地はこの隙をついて他の部族に掠《かす》め取《と》られたり、本拠地を逐《お》われたりした部衆もいた。

　放牧地の占有権についての諍いは、独孤部や賀蘭部のような、より発言力のある大人を介して、公正な裁断を下さなくてはならない。

　代王に即位した暁には、国土を隅から隅まで巡幸して、各部族の不満が最小限となるよう、それぞれの領域を定めなくてはならない。一国の王として働く日が楽しみに思えてくるイーグィだが、あまり先のことを口にすると、軽率の謗《そし》りを受けるだろう。

将来の展望は、紫鸞だけに打ち明ける。

――やはり、イーグィさまは聖王の器をお持ちでいらっしゃるのですね。お若いうちから、受け継ぐ国のありさまを知ろうとし、どう支配するかではなく、どのように治めるか、常に考えておられる。君主たるべき者の資質は、すでに明らかです――

紫鸞は誇らしげに応じた。

盛楽城とその周辺で、数十年に一度という儀式を待つ空気が、人々の顔を明るくしていたときだった。

イーグィのもとに、叔父の劉眷について反拓跋勢力部族の鎮圧に回っていた従兄、カンニーの使者が駆け込んできた。途中で一度も馬を替えることなく、休まず駆けてきたのかと思われるほど、頭頂の髪から長靴の爪先まで、黄色い砂埃で覆われていた。

「劉大人が甥のチョーファ殿に殺害されました。チョーファ殿は独孤部大人の継承を宣言し、イーグィ殿下へ刺客を放ちました。すぐに逃げてください」

「どういうことか」

イーグィが即座に理解できなかったのも、無理はなかった。従兄のチョーファが何を目的としているのか、わからなかったからだ。叔父にあたる劉眷を殺害して独孤部を掌握し、代王となるべき従弟のイーグィを暗殺したあとに、チョーファがその手に何を得るというのだろう。

大秦が崩壊を続けているこのときを好機とし、イーグィの首級を挙げて、自ら代王に即位するつもりなのか。

そんなやり方で、代の民がチョーファをかれらの王と承認すると、本気で考えているのか。

独孤部だけでなく、代に服属する多数の部衆からも人望のあった劉庫仁《りゅうこじん》と劉眷の兄弟でさえ、その道を取らなかったというのに。チョーファは父と叔父を超えた器量を己が具えていると自負しているのか。

「チョーファが独孤軍を率いて攻めてくる、ということか」

側に控えていたイィが、使者を詰問した。

「いえ、チョーファの軍はまだ、動いておりません。ですが刺客はすでに放たれました。どこに潜んでいるかわかりません。盛楽には見知らぬ人間が多く出入りします。拓跋部の人間にまぎれて、すでに入り込んでいるかもしれません。かれらよりも先にチョーファ殿の陰謀をお知らせするために、私は昼夜休まず馬を走らせてきたのです」

イーグィの脳裏に最初に閃いたのは、「逃げるものか」という激情であった。刺客を怖れて覇道を進むことはできない。

イーグィが刺客を迎え撃つ決意を固めたとき、賀蘭氏が立ち上がって息子に命じた。

「すぐに、賀蘭部へ避難しなさい。そして、兄さまに持てる賀蘭部の騎兵を盛楽に送るよう、要請するのです。独孤部のすべてが叔父殺しのチョーファにつくわけではないでしょう。だからこそ刺客などという、卑劣な手段で代王となる者を消そうとしているのです。己の手勢だけで拓跋部と賀蘭部の連合軍と正面から戦えば、決して勝てないのを知っているのです。賀蘭部が拓跋部につけば、チョーファの直属ではない独孤部の部衆も、チョーファを見捨ててこちらにつきます。急いで！」

即位式の準備に気を取られ、その話ばかりしていた賀蘭氏の豹変《ひょうへん》ぶりに、イーグィだけでなくイィや他の側近も度肝を抜かれた。大氏族の首長の家に生まれ、代の王室に嫁ぎ、二度も夫を刺客の手に奪われた賀蘭氏の直感と嗅覚は、息子と息子の未来を守るために何をすべきか知っていたのだ。

いま、何を決断すべきか。イーグィはぐっと拳を握りしめた。

「イィ、拓跋の首長らに、チョーファの卑怯《ひきょう》な謀略を伝え、わたしの名において戦闘の準備を命じろ。リエは騎兵隊を率いて盛楽城に入り、ルオチェン殿にこの凶事を伝えろ。拓跋の兵士は賀蘭部の援軍が来るまで待機」

イーグィは、緊張のあまりかたわらで下唇を嚙みしめる弟のコウへと、視線を向けた。

「コウはいますぐ盛楽城に向かえ。そして燕鳳先生に会って、使者の報告と母上の指示を一言一句間違えないように伝えるんだ。そのまま、燕鳳先生のもとから動くな」

弟が拓跋王家の最後のひとりとなったときのために、イーグィは弟を拓跋と独孤の戦いに巻き込むつもりはなかった。燕鳳の庇護下にあれば、生き延びられるはずだ。

「わたしは馬の準備ができしだい、賀蘭大人に援軍を要請しに出発する。母上も御支度を」

「わたくしはここに残ります」

イーグィは母を伴って逃走するつもりであったが、賀蘭氏はきっと眉を上げて断言した。

「わたくしがここに留まり、いつもと同じように即位の準備にいそしんでいれば、刺客や間諜はそなたがまだ何も知らず、ここにいると思って捜し回るでしょう。数日は時間が稼げます」

賀蘭氏は長かった隠遁《いんとん》生活ではついぞ見せたことのない、決意と矜持に満ちた眼差して、息子たちを見つめる。

「しかし」

「わたくしが一緒に逃げても、足手まといになるだけです。そなたを守ることが、あなたのお父さま、太子さまへのわたくしの務めです」

イーグィは母の目に固い決意を見て、説得をあきらめる。

「では、賀蘭部の援軍を連れて戻るまで、拓跋の部衆が戦に逸《はや》ることのないよう、手綱をお任せします」

イーグィは兄弟と新しい側近たちを見回して、手にした弓を高く掲げた。

「われらの初陣だ！」

若き戦士ばかりで構成されたイーグィ直属の側近たちは、興奮に目を輝かせて弓や拳を空に突き出す。

時を置かず数十頭の馬が引き出され、イーグィはイィと直下の数騎だけを伴って盛楽を発った。

春の即位が、また先に延びたな、と心中で空をゆく紫鸞に話しかけ、苦笑する余裕が馬を駆るイーグィにはあった。

両翼を広げて蒼穹をゆく紫鸞の眼には、遥か行く手に聳《そび》える陰山の山脈と、眼下には小さな騎馬の一団が、果てしない草原を疾駆するさまが映っている。

この小さな騎馬の群れが、やがてはこの草原を埋め尽くす大軍となり、北ではなく南へ、黄河を渡って中原へと押し寄せていく光景を、紫鸞にはありありと思い浮かべることができた。

（下巻に続く）

前秦崩壊後の群雄割拠(385年)

本書は文庫書下ろし作品です。

|著者|篠原悠希　島根県松江市出身。ニュージーランド在住。神田外語学院卒業。2013年「天涯の果て 波濤の彼方をゆく翼」で第4回野性時代フロンティア文学賞を受賞。同作を改題・改稿した『天涯の楽土』で小説家デビュー。中華ファンタジー「金椛国春秋」シリーズ（全12巻）が人気を博す。著書には他に「親王殿下のパティシエール」シリーズ、『マッサゲタイの戦女王』『狩猟家族』などがある。

霊獣紀《れいじゅうき》　鳳雛《ほうすう》の書《しょ》(上)

篠原悠希《しのはらゆうき》

2024年9月13日第1刷発行

発行者——森田浩章
発行所——株式会社　講談社
東京都文京区音羽2-12-21　〒112-8001
電話　出版（03）5395-3510
　　　販売（03）5395-5817
　　　業務（03）5395-3615
Printed in Japan

講談社文庫
定価はカバーに
表示してあります

KODANSHA

デザイン—菊地信義
本文データ制作—講談社デジタル製作
印刷———株式会社KPSプロダクツ
製本———株式会社国宝社

ISBN978-4-06-534096-7

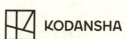

講談社文庫刊行の辞

二十一世紀の到来を目睫に望みながら、われわれはいま、人類史上かつて例を見ない巨大な転換期をむかえようとしている。

世界も、日本も、激動の予兆に対する期待とおののきを内に蔵して、未知の時代に歩み入ろうとしている。このときにあたり、創業の人野間清治の「ナショナル・エデュケイター」への志を現代に甦らせようと意図して、われわれはここに古今の文芸作品はいうまでもなく、ひろく人文・社会・自然の諸科学から東西の名著を網羅する、新しい綜合文庫の発刊を決意した。

激動の転換期はまた断絶の時代である。われわれは戦後二十五年間の出版文化のありかたへの深い反省をこめて、この断絶の時代にあえて人間的な持続を求めようとする。いたずらに浮薄な商業主義のあだ花を追い求めることなく、長期にわたって良書に生命をあたえようとつとめるところにしか、今後の出版文化の真の繁栄はあり得ないと信じるからである。

同時にわれわれはこの綜合文庫の刊行を通じて、人文・社会・自然の諸科学が、結局人間の学にほかならないことを立証しようと願っている。かつて知識とは、「汝自身を知る」ことにつきていた。現代社会の瑣末な情報の氾濫のなかから、力強い知識の源泉を掘り起し、技術文明のただなかに、生きた人間の姿を復活させること。それこそわれわれの切なる希求である。

われわれは権威に盲従せず、俗流に媚びることなく、渾然一体となって日本の「草の根」をかたちづくる若く新しい世代の人々に、心をこめてこの新しい綜合文庫をおくり届けたい。それは知識の泉であるとともに感受性のふるさとであり、もっとも有機的に組織され、社会に開かれた万人のための大学をめざしている。大方の支援と協力を衷心より切望してやまない。

一九七一年七月

野間省一

杉本章子　お狂言師歌吉うきよ暦
杉本章子　大奥二人道成寺〈お狂言師歌吉うきよ暦〉
ジョン・スタインベック　齊藤昇 訳　ハツカネズミと人間
諏訪哲史　アサッテの人
菅野雪虫　天山の巫女《みこ》ソニン(1)　黄金の燕
菅野雪虫　天山の巫女《みこ》ソニン(2)　海の孔雀
菅野雪虫　天山の巫女《みこ》ソニン(3)　朱鳥《あけがらす》の星
菅野雪虫　天山の巫女《みこ》ソニン(4)　夢の白鷺
菅野雪虫　天山の巫女《みこ》ソニン(5)　大地の翼
菅野雪虫　天山の巫女《みこ》ソニン　巨山《コザン》外伝〈予言の娘〉
菅野雪虫　天山の巫女《みこ》ソニン　江南《カンナム》外伝〈海竜の子〉
鈴木みき　日帰り登山のススメ〈あした、山へ行こう!〉
砂原浩太朗　いのちがけ〈加賀百万石の礎〉
砂原浩太朗　高瀬庄左衛門御留書
砂原浩太朗　黛家の兄弟
ラトナ・サリ・デヴィ・スカルノ　選ばれる女におなりなさい〈デヴィ夫人の婚活論〉
砂川文次　ブラックボックス
瀬戸内寂聴　新寂庵説法　愛なくば
瀬戸内寂聴　人が好き［私の履歴書］
瀬戸内寂聴　白道
瀬戸内寂聴　寂聴相談室人生道しるべ
瀬戸内寂聴　瀬戸内寂聴の源氏物語
瀬戸内寂聴　愛する能力
瀬戸内寂聴　藤壺
瀬戸内寂聴　生きることは愛すること
瀬戸内寂聴　寂聴と読む源氏物語
瀬戸内寂聴　月の輪草子
瀬戸内寂聴　新装版　寂庵説法
瀬戸内寂聴　死に支度
瀬戸内寂聴　新装版　蜜と毒
瀬戸内寂聴　新装版　花《か》怨《えん》
瀬戸内寂聴　新装版　祇《ぎ》園女御《おんにょうご》(上)(下)
瀬戸内寂聴　新装版　かの子撩乱
瀬戸内寂聴　新装版　京まんだら(上)(下)
瀬戸内寂聴　いのち
瀬戸内寂聴　花のいのち
瀬戸内寂聴　ブルーダイヤモンド〈新装版〉
瀬戸内寂聴　97歳の悩み相談
瀬戸内寂聴　その日まで
瀬戸内寂聴　すらすら読める源氏物語(上)(中)(下)
瀬戸内寂聴・訳　源氏物語　巻《まき》一《いち》
瀬戸内寂聴・訳　源氏物語　巻《まき》二《に》
瀬戸内寂聴・訳　源氏物語　巻《まき》三《さん》
瀬戸内寂聴・訳　源氏物語　巻《まき》四《し》
瀬戸内寂聴・訳　源氏物語　巻《まき》五《ご》
瀬戸内寂聴・訳　源氏物語　巻《まき》六《ろく》
瀬戸内寂聴・訳　源氏物語　巻《まき》七《しち》
瀬戸内寂聴・訳　源氏物語　巻《まき》八《はち》
瀬戸内寂聴・訳　源氏物語　巻《まき》九《く》
瀬戸内寂聴・訳　源氏物語　巻《まき》十《じゅう》
瀬尾まなほ　寂聴さんに教わったこと
先崎学　先崎学の実況!　盤外戦
妹尾河童　少年H(上)(下)
瀬尾まいこ　幸福な食卓
関原健夫　がん六回　人生全快
瀬川晶司　泣き虫しょったんの奇跡　完全版〈サラリーマンから将棋のプロへ〉
仙川環《たまき》　幸福の劇薬〈医者探偵・宇賀神晃〉

講談社文庫　目録

講談社文庫　目録

高田崇史　神の時空　三輪《みわ》の山祇《やまつみ》
高田崇史　神の時空　嚴島《いつくしま》の烈風
高田崇史　神の時空　伏見稲荷の轟雷
高田崇史　神の時空　五色不動の猛火
高田崇史　神の時空　京の天命
高田崇史　神の時空　前紀〈女神の功罪〉
高田崇史　鬼棲む国、出雲〈古事記異聞〉
高田崇史　オロチの郷、奥出雲〈古事記異聞〉
高田崇史　京の怨霊、元出雲〈古事記異聞〉
高田崇史　鬼統べる国、大和出雲〈古事記異聞〉
高田崇史　源平の怨霊〈小余綾《こゆるぎ》俊輔の最終講義〉
高田崇史　試験に出ないQED異聞〈高田崇史短編集〉
高田崇史ほか　読んで旅する鎌倉時代
団　鬼六　悦楽王〈鬼プロ繁盛記〉
高野和明　13階段
高野和明　グレイヴディッガー
高野和明　6時間後に君は死ぬ
大道珠貴　ショッキングピンク
高木　徹　ドキュメント 戦争広告代理店〈情報操作とボスニア紛争〉

田中啓文　件《くだん》〈もの言う牛〉
田中啓文　誰が千姫を殺したか〈蛇身探偵豊臣秀頼〉
高嶋哲夫　メルトダウン
高嶋哲夫　命の遺伝子
高嶋哲夫　首都感染
高野秀行　西南シルクロードは密林に消える
高野秀行　アジア未知動物紀行 ベトナム・奄美・アフガニスタン
高野秀行　イスラム飲酒紀行
高野秀行　移民の宴〈日本に移り住んだ外国人の不思議な食生活〉
高野秀行 角幡唯介　地図のない場所で眠りたい
田牧大和　花合せ〈濱次お役者双六〉
田牧大和　質草破り〈濱次お役者双六 二ます目〉
田牧大和　翔ぶ梅〈濱次お役者双六 三ます目〉
田牧大和　半可心中〈濱次お役者双六〉
田牧大和　長屋狂言〈濱次お役者双六〉
田牧大和　錠前破り、銀太
田牧大和　錠前破り、銀太　紅蜆《べにしじみ》
田牧大和　錠前破り、銀太　首魁《しゅかい》
田牧大和　大福三つ巴〈宝来堂うまいもん番付〉

田中慎弥　完全犯罪の恋
高野史緒　カラマーゾフの妹
高野史緒　翼竜館の宝石商人
高野史緒　大天使はミモザの香り
瀧本哲史　僕は君たちに武器を配りたい〈エッセンシャル版〉
竹吉優輔　襲名犯
高田大介　図書館の魔女　第一巻　第二巻
高田大介　図書館の魔女　第三巻　第四巻
高田大介　図書館の魔女　烏《からす》の伝言《つてこと》(上)(下)
大門剛明　完全無罪
大門剛明　死刑評決〈「完全無罪」シリーズ〉
橘もも著 沖田×華原作 安達奈緒子脚本　小説 透明なゆりかご(上)(下)
橘もも著 ヤマシタトモコ原作 相沢友子脚本　さんかく窓の外側は夜〈映画版ノベライズ〉
橘もも 脚本 三木聡　大怪獣のあとしまつ〈映画ノベライズ〉
滝口悠生　高架線
高山文彦　ふたり〈皇后美智子と石牟礼道子〉
高橋弘希　日曜日の人々《サンデー・ピープル》
武田綾乃　青い春を数えて
武田綾乃　愛されなくても別に

谷口雅美　殿、恐れながらブラックでござる
谷口雅美　殿、恐れながらリモートでござる
武川佑　虎の牙
武内涼　謀聖　尼子経久伝〈青雲の章〉
武内涼　謀聖　尼子経久伝〈風雲の章〉
武内涼　謀聖　尼子経久伝〈瑞雲の章〉
武内涼　謀聖　尼子経久伝〈雷雲の章〉
立松和平　すらすら読める奥の細道
高梨ゆき子　大学病院の奈落
珠川こおり　檸檬先生
高原英理　不機嫌な姫とブルックナー団
陳舜臣　中国五千年(上)(下)
陳舜臣　中国の歴史　全七冊
陳舜臣　小説十八史略　全六冊
千早茜　森の家
千野隆司　大店の暖簾《のれん》〈下り酒一番〉
千野隆司　分家の始末〈下り酒一番(二)〉
千野隆司　献上の祝酒〈下り酒一番(三)〉
千野隆司　大《おお》酒《ざけ》の合戦〈下り酒一番(四)〉
千野隆司　銘酒の真贋〈下り酒一番(五)〉
千野隆司　追跡
知野《ちの》みさき　江戸は浅草
知野みさき　江戸は浅草2〈盗人探し〉
知野みさき　江戸は浅草3〈桃と桜〉
知野みさき　江戸は浅草4〈冬青灯籠《そよごとうろう》〉
知野みさき　江戸は浅草5〈春の捕物〉
崔《チェ》実《シル》　ジニのパズル
崔実　pray human《プレイ ヒューマン》
筒井康隆　創作の極意と掟
筒井康隆　読書の極意と掟
筒井康隆 ほか12名　名探偵登場！
都筑道夫　なめくじに聞いてみろ〈新装版〉
辻村深月　冷たい校舎の時は止まる(上)(下)
辻村深月　子どもたちは夜と遊ぶ(上)(下)
辻村深月　凍りのくじら
辻村深月　ぼくのメジャースプーン
辻村深月　スロウハイツの神様(上)(下)
辻村深月　名前探しの放課後(上)(下)
辻村深月　ロードムービー
辻村深月　ゼロ、ハチ、ゼロ、ナナ。
辻村深月　V.　T.　R.
辻村深月　光待つ場所へ
辻村深月　ネオカル日和
辻村深月　島はぼくらと
辻村深月　家族シアター
辻村深月　図書室で暮らしたい
辻村深月　噛みあわない会話と、ある過去について
新川直司 漫画 辻村深月 原作　コミック　冷たい校舎の時は止まる(上)(下)
津村記久子　ポトスライムの舟
津村記久子　カソウスキの行方
津村記久子　やりたいことは二度寝だけ
津村記久子　二度寝とは、遠くにありて想うもの
恒川光太郎　竜が最後に帰る場所
月村了衛　神《み》子《こ》上《がみ》典《てん》膳《ぜん》
月村了衛　悪の五輪
辻堂魁《かい》　落暉《ゆうひ》に燃ゆる〈大岡裁き再吟味〉
辻堂魁　山桜花〈大岡裁き再吟味〉

2024年6月14日現在